集英社文庫

続 会津士魂 一

艦隊蝦夷へ

早乙女 貢

集英社版

本書は、一九八九年十二月、新人物往来社より刊行されました。

続 会津士魂 一

目次

序文「続 会津士魂」を上梓するにあたって 10
開城 17
泣血氈 37
失われた町 51
流亡記 65
姫君夜行 76
血の河 91
西軍迫る 108
血に染む雪 117
悵恨悵恨 131
雪の別れ 145
遺恨深し 166

首の座　186
殉難の墓　201
権兵衛切腹　215
扇子腹　227
脱走　236
配所の月　248
榎本艦隊　257
フランス士官　272
蝦夷へ　284

解説　高橋千劔破　303
巻末エッセイ　松平保久　308
年表　312

「会津士魂」十三巻のあらすじ

会津《あいづ》藩主松平容保《まつだいらかたもり》が京都守護職《しゅごしょく》に任命されたのは、文久《ぶんきゅう》二年（一八六二）のことであった。黒船来航以来、急激に尊王攘夷《そんのうじょうい》運動が高まり、尊攘を標榜《ひょうぼう》する不逞《ふてい》浪士たちの異人斬《ぎ》りや異人館焼討ちなどが各地で相ついでいた。ことに京都での、一部の過激な尊攘派公卿《くぎょう》と結び付いた彼らの暴戻《ぼうれい》な行為やテロは、一般市民にも及んでいた。

幕府は、治安の回復と御所《ごしょ》の警備のために京都守護職を設置した。だが混迷する時局の中で、誰をその任に就かせるかは極めてむずかしいものがあった。結局、家門《かもん》の一で有力な親藩である会津藩主松平容保に、白羽の矢が立ったのである。

しかし若き容保は病弱であり、火中の栗を拾うがごとき京都赴任には、国家老の西郷《さいごう》頼母《たのも》をはじめ家中《かちゅう》の多くが反対した。容保もはじめは固辞した。だが家門としての立場上、やむなく大役就任を承諾した。藩祖保科正之《ほしなまさゆき》の遺訓である会津松平家の「家訓」に従ったのである。このときから会津藩主従は、悲劇への道を歩みはじめることになる。

京へ向かう会津藩士の中に、鮎川兵馬《あゆかわひょうま》もいた。兵馬は、京都赴任直前に会津を脱藩して逃亡した三田村新蔵《みたむらしんぞう》を敵《かたき》として追っていた。新蔵は、兵馬の純真無垢《むく》な妹雪乃《ゆきの》を弄《もてあそ》び、父外記《げき》を失明させた男だ。

会津藩主従が赴任した京都は、ほとんど無法地帯といっていい状況下にあった。兵馬たちは、京都守護職の支配下に入った新選組《しんせんぐみ》と共に、生命を張って京洛《けいらく》の治安維持につとめた。文久三年八月、会津は薩摩《さつま》の協力を得、公武合体派の中川宮《なかがわのみや》らと謀り、朝廷から尊攘派公卿を一掃し、長州《ちょうしゅう》を京から逐《お》うことに成功した（八・一八の政変）。しかし翌元治《げんじ》元年七月、長州は大軍を率いて京都に攻め込み、御所を襲撃する（禁門の変）。

翌年一月、坂本龍馬《さかもとりょうま》の仲介で討幕のための薩長同盟が成立した。兵馬ら会津藩士や新選組の活躍にもかかわらず、時局は尊攘派の有利に展開していく。その間、兵馬は尊攘派に身を投じている新蔵と遭遇するが、その都度たくみに逃げられてしまう。

やがて将軍家茂《いえもち》が倒れ、徳川慶喜《とくがわよしのぶ》が十五代将軍となるが、容保を信頼していた孝明《こうめい》天皇が不審死をとげ、少年天皇を担ぐ薩長と岩倉具視《いわくらともみ》らが権力を掌握してしまった。大政奉還《たいせいほうかん》となり王政が復古されたが、薩長勢力は徳川家に連なる勢力を一掃し、会津を徹底的に叩《たた》くため、錦旗《きんき》を盾に戦争へと突き進む。鳥羽伏見《とばふしみ》戦に敗れた会津藩主従は江戸へ戻るが、責任を回避しようとする慶喜が容保の登城を禁じたため、やむなく会津へと引き上げた。六年振りの無念の帰国であった。

薩長を中心とする新政府は、奥羽《おうう》列藩同盟の嘆願や会津の恭順を認めず、大軍を投じて北陸・東北の地を戦火で蹂躙《じゅうりん》していった。幕末における已《おの》れらの暴戻を糊塗《こと》するため、何としても会津の口を封じたかったのだ。二本松《にほんまつ》少年隊の惨劇、北越《ほくえつ》戦争での河井継之助《かわいつぐのすけ》の悲劇を経て、圧倒的兵力を誇る西軍は会津へと雪崩《なだれ》込む。そして白虎《びゃっこ》隊士の自刃《じじん》、娘子《じょうし》軍の中野竹子《なかのたけこ》の死などを経、明治元年（一八六八）九月、ついに会津鶴《つる》ヶ城《じょう》は落城した。だが会津藩士たちの士魂は、決して消えない。――以下、物語は続篇へと続く。

◆主要登場人物

松平容保《まつだいらかたもり》　会津藩主。京都守護職を務めて薩長の恨みをかい、戊辰戦争では抗戦むなしく敗れる。

鮎川兵馬《あゆかわひょうま》　血気の会津藩士。戊辰戦争を戦い抜いたが、越後高田へ謹慎護送される。

鮎川雪乃《あゆかわゆきの》　兵馬の妹。才次郎は弟、外記は父。

麗性院《れいしょういん》　先代二本松藩主・丹羽長富夫人。二本松落城後、会津に落ちのびる。

萱野権兵衛《かやのごんべえ》　会津藩筆頭家老。容保父子の助命歎願を行い、一藩の責を一身に負う。

秋月悌次郎《あきづきていじろう》　会津藩士。謹慎中に脱走、山川健次郎少年らを越後の奥平謙輔のもとに連れていく。

奥平謙輔《おくだいらけんすけ》　長州藩参謀。秋月悌次郎とは知友で、山川大蔵の弟・健次郎少年らを預かる。

伴百悦《ばんひゃくえつ》　会津藩士。戦後処理のために会津に残る。藩士たちの亡骸を葬るべく、奔走。

町野主水《まちのもんど》　会津藩士。伴百悦らと戦後処理に従事、藩士たちの埋葬にも尽力する。

大庭恭平《おおばきょうへい》　会津藩士。伴百悦らと戦後処理に従事。

久保村文四郎《くぼむらぶんしろう》　越前藩士。民政局の役人で、会津を侮蔑。

榎本武揚《えのもとたけあき》　旧幕府海軍副総裁。艦隊を率いる。

ブリューネ　熱血のフランス士官。幕府陸軍を指導し、教え子らに同調して榎本軍に身を投じる。

序　文

「続　会津士魂」を上梓するにあたって

戊辰《ぼしん》戦争といえば、会津《あいづ》では、まだ昨日の出来事のように、生々しく肌身に迫ってくるものがある。会津地方をかたちづくる広大な盆地と、四囲の山脈《やまなみ》の四季それぞれの風色も、嵐気も、川の声、地の呻《うめ》きにも、戊辰戦争の犠牲者の痛恨が秋虫のすだきのように立ちのぼり、歴史の傷痕《きずあと》を思い出させずにはいない。

会津と会津人が受けた屈辱と傷痕は、それだけ重く、深い。戦前・戦中は、一億総動員のために、勤皇・佐幕の図式を正・邪に置き換えられて、徳川《とくがわ》幕府と会津藩は朝敵の汚名をくりかえし、重ね塗りされた。

歴史が意図的に政治目的に利用されたのだ。明治藩閥政府の工作にはじまり、軍国主義に継承されて一世紀に垂《なんな》んとする長年月が、多くの日本人に誤まった歴史認識を植えつけて、戦後に至っても尚、それは改められることがなく、会津の山野に慟哭《どうこく》は満ちていた。

歴史の翳《かげ》りが明らかにされ、大多数の人々が真実を知ったとき、はじめて、会津の天地は、その温和な相貌《そうぼう》をとり戻し、風は清新に草木は甘やかに豊かな緑を満ち溢《あふ》れさせるに違いない。

「会津士魂」を私が書きはじめたのは、直木賞（第60回）を受賞した翌年、すなわち昭和四十五年秋からである。以来、十八年、二百十三回で完結を見た。戊辰慶応《けいおう》四年九月、会津鶴《つる》ヶ城《じょう》は孤立の果てに籠城戦《ろうじょうせん》に疲れ降伏開城するに至った。正義の戦いも衆寡《しゅうか》敵せず、白虎隊《びゃっこたい》の少年たちの悲劇に象徴される哀しく雄々しい敗軍であった。多くの老幼婦女子の自刃《じじん》も、暴虐《ぼうぎゃく》な薩長兵の辱《はずかし》めを受けるより死を選ぶ武家の貞節が齎《もたら》したものである。

「会津士魂」全十三巻の長篇になったが、幸いにも多くの読者の好評を得ただけでなく、平成元年度の吉川英治《よしかわえいじ》文学賞を受ける光栄に浴した。昭和六十三年に完結し、平成元年に受賞ということも時代の変わり目としての意義があるが、思えば、直木賞から二十年目、またこの年は戊辰戦争から、百二十年目の同じ戊辰年であった。奇《く》しき因縁というしかない。

もとより、執筆しはじめたときは、そういう計算も計画もあるはずはない。当時の心ぐみでは、文久《ぶんきゅう》二年の肥後守容保《ひごのかみかたもり》が京都守護職《しゅごしょく》を幕府に押しつけられた時から筆を起こしたので、大体、一年を十二ヶ月、慶応四年までの六年間が同じ年月で書き終えるだろうという程度の見当をつけていたにすぎない。

それが毎月の枚数が諸般の事情で、まちまちになり、気がついてみたら、六年が二倍の十二年経っても終わらず、遂《つい》に三倍の十八年もかかったというわけである。計算など出来るわけがない。そして鶴ヶ城の落城が思いがけなく百二十年目に遭遇したという次第であった。

枚数を数えているひまはないが、編集部の計算では、凡《おおよ》そ七千枚ということであった。それから、添削をして誤りを直し、新しい発見の事実などを加えたので、連載中のものとはかなり違った部分がある。

十八年という長年月、一つの小説を書き続けるということは、ただ根気だけでなく、〝朝敵〟〝賊軍〟の汚名を霽《は》らし、歴史の真実を明らかにすることで、三千余の非業に死んだ戊辰の犠牲者の霊を慰める、鎮魂の目的があればこそであった。またこの私の悲願に、多くの方々の励ましがあったことが、挫《くじ》けかける気持ちを支えて下さったことも銘記しておかねばならない。現在、会津在住の方々ばかりでなく、遠くは南米ブラジル、あるいはカナダ、スウェーデンやドイツなどからまで、お手紙を頂いた。

会津の山河を追われ、不毛の地斗南《となみ》に流罪にも似た苛酷《かこく》な運命を強いられた人々は、四散を余儀なくされた。私が旧中国のハルビンで生まれたことも、その一つの例証である。

また会津の血の呼び声に呼応するものばかりでなく、薩長土《さっちょうど》と称される、勝利者の土佐《とさ》や長州《ちょうしゅう》からまで、真実を知り得て父祖の不審がはじめて解《は》けた、という礼状を受けた。この十八年間に、少しずつでも、明治維新、王政復古の仮面が剥《は》がれて来たことは喜ばしい。会津人の清廉潔白さを物語る自民党の伊東正義《いとうまさよし》氏が汚職と腐敗のこの国の政治の救世主として期待を寄せられたのも会津人の溜飲《りゅういん》を下げる出来事だったが、特に嬉《うれ》しかったのは、週刊朝日の〝総裁のイスを蹴《け》る会津っぽ伊東正義氏はこんなひと〟の特集記事中に、読書家として〝事務所には早乙女貢著〔会津士魂〕十三巻がズラリ〟とあったことだ。

戊辰戦争から、六十年目の昭和三年には容保公の孫娘にあたられる節子姫が、秩父宮《ちちぶのみや》にお輿入《こしい》れあって、勢津子《せつこ》妃殿下となられたことであり、漸《ようや》く朝敵の汚名が消えると会津では三日三晩提灯《ちょうちん》行列で祝ったという。そして、また六十年を経た今日、第二皇子礼宮《あやのみや》妃に決定した紀子《きこ》さんの母方の祖父は会津藩士で大阪市長となった池上四郎とか。これまた奇しくも喜ばしい因縁というしかない。

鶴ヶ城開城による敗戦の痛手は会津藩士とその家族五万余の人々を困苦と貧窮と絶望で打ちのめしたが、斗南に蝦夷《えぞ》に、新天地で生き抜く姿にこそ、真の会津士魂があるといえる。「続 会津士魂」は明治の世に生きる人々の士魂を描く。完結までに七、八巻、おそらくなお、十年近い歳月を要するであろう。その第一巻を上梓《じょうし》するにあたって、多少の感慨なきを得ず、序文に代えた次第である。明治という新しい時代の会津士族の生きざまが平成の時代に何らかの意味を齎すことが出来れば幸いである。

平成元年霜月《しもつき》　秋風騒然たる日

早乙女　貢

続　会津士魂　一

艦隊蝦夷へ

◆本巻関係地図

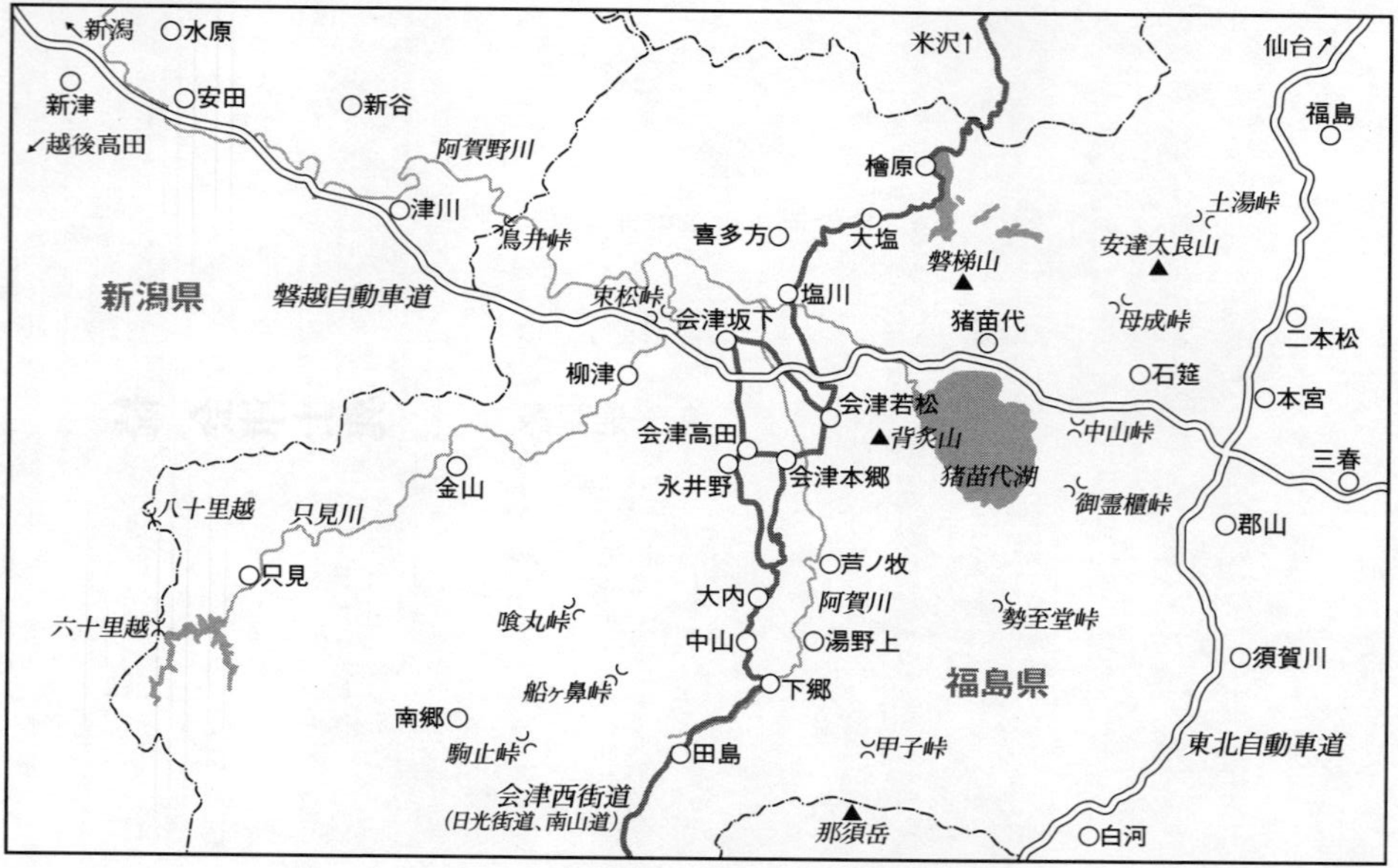

新潟
水原
新津
安田
越後高田
新谷
阿賀野川
津川
鳥井峠
新潟県
磐越自動車道
東松峠
会津坂下
柳津
喜多方
塩川
大塩
檜原
米沢
磐梯山
猪苗代
安達太良山
土湯峠
母成峠
石筵
仙台
福島
二本松
本宮
三春
郡山
会津若松
背炙山
猪苗代湖
中山峠
御霊櫃峠
会津高田
永井野
会津本郷
金山
八十里越
只見川
只見
六十里越
芦ノ牧
大内
阿賀川
中山
湯野上
勢至堂峠
喰丸峠
船ヶ鼻峠
下郷
福島県
須賀川
南郷
駒止峠
田島
甲子峠
東北自動車道
会津西街道
(日光街道、南山道)
那須岳
白河

開城

一

鶴《つる》ヶ城《じょう》内各部署に降伏開城の命が下ったのは、慶応《けいおう》四年（一八六八）九月二十一日の朝である。

将士の大半がにわかには信じなかった。すでにして数日前から一部に開城の機運は動いていたが、多くは城を枕に討死にの気持ちだった。八月二十三日の西軍城下乱入以来、城内にあって傷病兵の看護や銃弾のハトロン作りなどを手伝っていた婦女子も、籠城《ろうじょう》の果ては老若ともに自害して果てる気に変わりはなかった。

突然の開城命令に怒って割腹した老武士もいた。誰もが戸惑って、

「流言ではないか」「何かの間違いではないか」

と、耳を疑う者が多かった。

城外にあって敵と闘っていた人々はいうまでもない。総督の佐川官兵衛《さがわかんべえ》は前《さき》に米沢《よねざわ》藩の使者針生虎之助《はりうとらのすけ》に降伏勧告を受けたとき激怒して一蹴《いっしゅう》している。

このとき老公（前藩主）松平肥後守容保《まつだいらひごのかみかたもり》の意志も開城に傾きかけていたのである。米沢藩に使者となっていった桃沢彦次郎《ももざわひこじろう》も、そのことを告げて降伏のやむなきに至ることを説いたが、佐川は信じようとしなかった。かれは、城門に白旗が掲げられた日、南会津《みなみあいづ》に侵攻してきた西軍を邀撃《ようげき》すべく、朱雀士中《すざくしちゅう》三番隊に進撃の命令を出している。

日光口《にっこう》総督山川大蔵《やまかわおおくら》（浩《ひろし》）が鶴ヶ城包囲さると聞いて山王峠《さんのうとうげ》から兵を引き払い劇的な帰城をしたあと、北関東に集結していた西軍が南会津に雪崩《なだれ》こんでいた。

佐川官兵衛は、歴戦の朱雀隊や砲兵隊を率いてこの大軍を殲滅《せんめつ》するために、一《いち》ノ関《せき》から高《たか》田《だ》に進んで布陣していたのである。

南会津から若松《わかまつ》城下に至る街道は三本。南から北へ通じる。主街道は日光街道、あるいは南山《みなみやま》道と呼ばれる、山王峠から田島《たじま》を経て下郷《しもごう》で阿賀川《あがかわ》とわかれて大内《おおうち》の宿へ至り、大内峠を越えて関《せき》、高田へ至る道だ。

会津藩公の参勤交替には多くこの街道が用いられていた。

田島から西へ折れて駒止《こまどめ》峠を越え南郷《なんごう》村（伊南《いな》）を経て只見川《ただみがわ》へ出、川沿いに柳津《やないづ》を経て坂下《ばんげ》で会津西街道に交わる道と、駒止高原を伊南から北へ向かう喰丸《くいまる》峠越えの道がある。これも右すれば高田、左すれば柳津の近くへ出る。

南方からの西軍の動向を捜《さぐ》るために派遣されていた斥候《せっこう》が二十一日の午後、西軍の先鋒《せんぽう》が大沼《おおぬま》郡に入ったと告げた。

「西軍は大芦《おおあし》、両原《りょうはら》、喰丸の村々に集まり、大芦を本営にすると見受けられます」

佐川官兵衛は意外だった。まだ田島辺で布陣して進撃計画を練っているはずだった。

「駒止峠を越したのか。思ったより早いな、やつら」

「はい、多分、船《ふね》ヶ鼻《はな》を越えて来たのではないかと思います」

「御前《ごぜん》ヶ岳《たけ》の峠か。間道《かんどう》だな」

田島村の農民が威《おど》されて道案内に立ったに違いない。八月の母成《ぼなり》峠の敗戦も、中山《なかやま》峠（現在の磐梯熱海《ばんだいあたみ》）越えなども、土地の者が道案内をしている。会津地方は周囲を山に囲まれ、これが天然の要害をなしていたはずだが、麓《ふもと》の住人が脅迫されて、先導すれば、どんな間道でも通れる。

南会津五万石はもともと天領地である。御蔵入《おくらい》り領として、会津藩の御預りになっていた。肥後守容保が京都守護職《しゅごしょく》の大役に任じられたことで莫大《ばくだい》な京都在陣費用のため、この地を附されたのだ。会津藩領になる前から会津松平家とは二百年の関係がある。農民も山賤《やまがつ》もこの御家の危機に際して新隊の結成に進んで志願する者が尠《すくな》くなかった。数日前、西軍が入って来たとき、会津兵の大軍が押し寄せてくるはずだから、と西軍をあざむき、さらに先導して道なき谷へ案内して、待ち伏せのうえ、竹槍《たけやり》や鈍刀《どんとう》で突き殺し打ち殺すなどの大手柄をたてている。

あるいは、そのことが負目《おいめ》となって、西軍に協力を強いられたのかもしれない。

この伊南へ集まった西軍は、しかし、山王峠を越えてきた田島経由の隊ばかりでなく、尾《お》瀬沼《ぜぬま》から駒《こま》ヶ岳《たけ》を越え檜枝岐《ひのえまた》へ降り、川沿いに伊南へ来た加賀《かが》藩、高崎《たかさき》藩の兵が多かったのである。

佐川官兵衛は、朱雀士中三番隊を小野田雄之助に指揮させるほか武井柯亭《たけいかてい》の進撃隊とともに、伊南へ向かわせた。そのほか、砲兵隊も派遣している。田中左内《さない》の後を継いで鈴木多門《たもん》が、砲兵隊隊頭《たいがしら》となって暁天《ぎようてん》に出発した。

佐川のところに、開城の決定が届いたのはその直後という。

佐川は一笑に附した。

「降伏開城などあろうことか」

確信があって、そう言ったのかどうか。信じたくない気持ちと、いまさら進撃を中止撤回できるものか、という思いで、敢えて信じようとしなかったのではないか。

矢は弦《つる》を放れた。南方の敵に対した佐川とその隊にとって、鶴ヶ城の降伏開城は後方の出来事である。前方を向いた武士には、背後の事象は振り返る意味を持たない。

(いまさら兵を退《ひ》けぬ)

という気持ちには、すでに死を覚悟した者の割り切ったものがある。数日前の融通寺町《ゆうつうじまち》から長命寺《ちようめいじ》に至る界隈《かいわい》の決戦では、誰もが死ぬ覚悟でここを先途《せんど》と戦ったのである。鳥羽伏見《とばふしみ》以来、越後《えちご》でも長岡《ながおか》の河井継之助《かわいつぐのすけ》を扶《たす》けて戦いを重ね、さらに白虎隊《びやつこたい》の悲劇を生むに至った戸《と》ノ口原《くちはら》の決戦など、多くの戦場に指揮をとりながら、敗退を余儀なくされてきただけに、

(おめおめと生き恥を曝《さら》して城へ戻れぬ)

決意はゆるがなかった。

（城へ戻るときは、西軍を撃攘《げきじょう》して、江戸《えど》へ進撃するときだ）

その可能性がもはや万に一つもないことを佐川官兵衛は誰よりもよく知っていた。どの戦場でも、いやというほど、西軍の装備の充実ぶりを見せられた。もう一門大砲があれば逆転できる、と歯軋《はぎし》りしたことが、どれほど多かったか。

いま、官兵衛にできることは、死ぬことだった。西軍を撃破し、一兵でも多く仆《たお》し、力尽きたとき、討死にする。それ以外に考えることはなかった。降伏開城はかれの知らぬことである。

官兵衛のその決意は、前《さき》の融通寺町の決戦の際にも、容保の察したところであった。

「官兵衛は死ぬ気じゃ、その方、疾《と》く行って止めよ」

平尾豊之助を走らせて上意を伝えさせたほどであった。

降伏開城が決定したとあれば、なおさら官兵衛は死ぬしかなかった。総督としての重責を果たし得なかったという慚愧《ざんき》の思いがそれに加わった。

かれの率いる朱雀隊や砲兵隊など、将士たちがいずれも、心を一つにしていると信じていた。共に死のう、と出陣の際に叫んだのである。

翌九月二十三日、砲兵隊は針生《はりう》峠を越えた。

砲兵隊の先鋒は河原田治部《かわらだじぶ》である。峠を越えたとたんに、轟然《ごうぜん》たる砲声とともに、飛弾が傍らの立木に炸裂《さくれつ》し、ばさっと落ちてきた。

大砲を据える間に、次々と砲弾が炸裂し小銃の音が峠を震撼《しんかん》させた。たちまち河原田は弾を撃ちつくしてしまい、あわてて補給しなければならなかった。

「敵だ、あの林だ、狙《ねら》え」

それほどこの砲兵隊の意気込みは凄《すさ》まじかったのである。おそらく、ほとんど抵抗なしに燧《ひうち》ヶ岳《たけ》を越えてきた加賀兵にしてみれば、会津兵の頑強な応戦と敵愾心《てきがいしん》は予想外のものだったらしい。半刻《はんこく》（約一時間）たらずで敗走した。それを追って駒止峠を越え入小屋《いりごや》に至ると、すでに屯営に火を放ち西軍は遁走《とんそう》していた。さらに進んで山口《やまぐち》に至ったが、そこも、すでに裳抜《もぬ》けの殻《から》になっていた。

たまたま字名《あざな》が、長州《ちょうしゅう》藩が一時政庁を置いた地名と同じ〝山口〟というのが、会津兵を嬉《うれ》しがらせた。

「山口を奪ったぞ」「次は萩《はぎ》じゃ、萩に進め進め」

佐川隊の士気はいやが上にもあがった。山口は伊南川沿いの聚落《しゅうらく》である。現在では南郷村に包含されている。村人に聞くと、川沿いに遁走しているという。さらに追躡《ついじょう》して宮床《みやとこ》まで来たとき日が暮れた。

朱雀士中三番隊と進撃隊は、田島から船ヶ鼻峠を越えて喰丸に出るため浅布《あざふ》に集まって相談した。大芦の西軍本営を襲撃するのである。砲兵隊が堺《さかい》（伊《い》南と伊北《ほう》の郡堺）から石上山の峠を越えて大芦への砲撃を開始するのに呼応するという作戦だった。

船ヶ鼻峠越えは現在は道が整備されているが、当時はけもの道に等しく、急坂険阻《けんそ》で樹木密生して歩行も困難だった。土地の者の言葉も会津兵の壮図《そうと》を止めることはできなかった。

「いかに困難であろうとも、お前たちが行けるのなら、われらも行く。さ、案内してくれ」

朱雀三番隊書記の津田《つだ》範三《はんぞう》は、農夫を促した。道を二手にとり、黒沢《くろさわ》通りを朱雀寄合《よりあい》三番隊が進むことにした。同士中三番隊の偵察には、名越治左衛門《なごしじざえもん》と安恵又三郎《あんけいまたさぶろう》が任じられた。

こうした会津兵の進撃を大芦の西軍は全く気がつかなかった。

喰丸と両原の中間に大芦へ通じる岐路がある。ここを抑えれば、北進は不可能になる。

この要地に大砲を据え、第二陣の幌役原直鉄《ほろやくはらなおてつ》と農兵差図役頭取一瀬一馬《さしずやくとうどりいちのせかずま》が農兵を率いて西軍を制圧する。その砲声を合図に大芦村の本陣を襲撃するという作戦は完璧《かんぺき》なものであった。

この九月二十三日、山中の前線では、降伏開城の決定を知らなかった。

二

容保が降伏開城の意志を公《おおやけ》にしたのは九月二十一日のことである。暁天から一切の発砲騒《そう》擾《じょう》を禁じるとともに、重臣将校らを城中に召集して、決意を披瀝《ひれき》した。

将士の大半は開城を肯《がえ》んじなかった。籠城と決まったとき、誰もが城を枕に討死にの心を固めたのである。家族たちが自ら死を選んだのはそのためであり、開城は家族一統の死を無駄死にすることになる。容保直々の言葉は、自ずから懇諭《こんゆ》するかたちになった。

籠城にともなう悲惨な結果は覚悟の上だったとはいえ、一ヶ月という日時は、人間の限度だった。広大な城域ではあったが、五千人の男女があるいは傷つきあるいは病を発して呻吟《しんぎん》し、病室はほとんど立錐《りっすい》の余地もないほどだった。容赦なく落下する砲弾は、炸裂するたびに御殿を震撼させ、炸裂しないものも、屋根を砕き、壁を打ち破り、穿《うが》たれた穴に詰められた火薬が凄まじい炎を噴き出した。

狎《な》れてくると、女たちも袢天《はんてん》や綿入れを水に浸したものをかぶせて、消火し、この砲弾を逆利用に供することができた。が、この危険な行為は、時に炸裂弾を見誤り、飛びついて消そうとしたとたんに爆発して五体が四散するという悲惨なことも二、三にとどまらなかった。

本丸《ほんまる》の大書院や小書院、黄金の間なども婦女の病室に充《あ》てられていたが、手や足を失った者や火傷《やけど》で苦しむ者などが押し合うようにして横たわり、看護の者が膝《ひざ》をつく隙間《すきま》もないほどだった。異臭が部屋に籠《こも》り、苦痛の呻《うめ》きは昼夜をわかたず、その声が絶えたと思うと、息を引きとっていた。その死体の始末も容易ではなかった。城内には腐臭が漲《みなぎ》り、絶望の色は蔽《おお》うべくもなかったのだ。

容保はその悲惨な家臣と家族たちの姿を見るほどに、降伏開城の決意を固めるに至ったのである。

(これ以上の犠牲を出すにはしのびない。いまのうちなら、まだ……)

あるいは、その決断は遅きに失したとの非難があろう。だが、それに甘んじて、戦《いくさ》を終結させなければならなかった。

いま容保に課せられた使命は、如何《いか》にして血気の将士を慰撫《いぶ》するかであった。自ら声涙《せいるい》ともに下るものとなって、重臣将校らも涙を圧《お》さえることができなかった。

そのほかの家臣らへは、容保から書面をもって諭《さと》された。

今度大総督仁和寺宮《にんなじのみや》様自国《じこく》（会津）御征伐トシテ御入込被成《おはいりこみなされ》候条　誠ニ以《もっ》テ驚愕《きょうがく》之至恐入奉存《おそれいりぞんじたてまつり》候　元来其方共自分噂朝廷へ歎願《たんがん》各藩へ相頼候下夕及戦争《せんそうにおよび》遂ニ領民一同塗炭《とたん》ノ苦ヲ受ケ今更奉対朝廷恐懼泣血《ちょうていにたいしたてまつりきょうくきゅうけつ》身ヲ措《おく》ニ所ナク苦痛ノ情　実ニ察入《さっしいり》給リ度《たく》候　依《よっ》テ今度城地差上ケ降伏謝罪閑地ニ引籠謹慎罷在《まかりあり》国民一同ノ義ハ免苦難《くなんをめんじ》候様奉歎願候間　其方共儀モ銘々ノ居所へ速ニ引移リ屹度《きっと》謹慎罷在可申《まかりあるべく》候　万一モ末《すえ》々ノ者疎暴《そぼう》不心得有之候《これありそうらい》テハ奉対朝廷不相済《あいすまざる》ハ勿論《もちろん》自分ニ対シ候テノ不忠不過之《これにすぎず》候　此段屹度相心得可申候　以上

九月二十一日　祐堂《ゆうどう》

家老始

諸臣中へ

尚以《なおもって》已後《いご》対敵ト不相心得《あいこころえず》官軍王師《おうし》ト相心得誹謗怨望《ひぼうえんぼう》ケ《が》間敷《ましき》儀決《けっし》テ有之間敷《これあるまじく》候

前条之趣意町在《ちょうざい》迄漏ナク行及候様取計可申候

というものであった。因《ちな》みに祐堂とは、会津へ退隠してからの容保の号である。

容保の決断は、内には城内の将士婦女子の悲惨な現状に苦悩し、外には、先に降伏した米沢藩主上杉斉憲《うえすぎなりのり》の勧めによって、下されたものであった。

上杉中将は、当初、会津藩の立場を理解し、薩長土《さっちょうど》西国雄藩の卑劣な奸策《かんさく》に憤怒《ふんぬ》し、仙台《せんだい》中将を語らって奥羽越《おううえつ》同盟による会津救解を首唱したひとである。

しかし、敗戦の要因がもはや薩長土西軍が、勅諚《ちょくじょう》による〝官軍〟であることを認識せざるを得ない現実に逢着《ほうちゃく》し、王師に抗することの許されざる立場を識《し》ることで、降伏したというのであった。

容保の論旨はこの点にかかっていた。王師を名乗る卑劣な西軍が、現段階で正規の官軍なら抵抗することは不忠になる。

勤皇一途《いちず》に生きてきた会津藩は朝敵ではない。〝王師〟なれば旗を伏せるしかない。皆もその認識のもとに抵抗を止《や》めよ、というのである。

さらに容保は別に南会津在陣の諸将にそれぞれ親書をしたためている。大内宿にある上田《うえだ》学太輔《がくだゆう》、諏方《すわ》伊助《いすけ》、桑原《くわばら》病院にある一《いち》ノ瀬《せ》要《かなめ》人、そして田島在陣の佐川官兵衛である。

籠城の人々を圧さえるのは、まだ楽だが、広い山野に散らばって死闘を続けている人々をして刃を伏せさせるのは至難であった。

一書申遣《もうしつかわし》候　永々滞陣度々《たびたび》苦戦尽力之程　察入《さつしいり》候　然処《しかるところ》　此度大総督宮近々領分迄御入込《おはいりこみ》ニ相成王師官軍ニモ相違無之《これなく》誠ニ以恐縮之至《のいたり》ニ候　就而《ついて》ハ永世朝敵之汚名ニ沈候而《て》ハ御祖先ニ奉対候《たいしたてまつりそうらいて》　而モ不相済《あいすまざる》候儀ト一決シ爰元《ここもと》居合之家老共懇談之上降伏謝罪開城ニ及候　其方共苦戦ノ此節残情之儀モ可有之《これあるべく》一同熟談ヲ遂《と》ケ及開城度《かいじょうにおよびたく》存意ニ候処　何分切迫之場合故　当所限リニ而《て》治定致候　右ニ付而《て》ハ書類彦次郎半介へ持セ委

細之都合モ申含《もうしふくめ》遣《つかわし》候間両人ヨリ可承《うけたまわるべく》候

この書面も同じ日付（九月二十二日）である。

桃沢彦次郎と北原半介《はんすけ》は、早馬を飛ばして、大内宿に向かった。城下から大内宿まではおよそ二十キロ。大内宿から田島までほぼ同じくらいである。平坦《へいたん》な道なら半刻で飛ばせるが、峠の難所があり、所々に敵味方の木戸ができている。胸《きょう》壁《へき》から突然、発砲されてもやむを得ない時であった。両者とも疑心暗鬼になっている。桃沢らが大内に至った時刻はわからない。田島にもその日のうちに着いたのかどうか。九月二十二日に朱雀隊が出発したのを考えると上使の着到は遅れていたことになる。

それとも佐川官兵衛が握り潰《つぶ》してしまったのだろうか。使者が急いでも、山賤かよほど道馴《な》れた者しか登り難い間道だったから、追い付くことができなかったとも考えられる。

大芦村の西軍屯営襲撃を敢行したのは、朱雀士中三番隊のうちから二十五人を選抜して率いた小野田雄之助と武井柯亭の率いる五十余人。小野田は左側の山腰を巡って斬《き》り込んだ。両原、喰丸の両方面からの砲撃に呼応することになっていたが、暁闇《ぎょうあん》の約束が一向に砲声が聞こえず、夜が白《しら》んでくるのをじりじりして待っていたが、もう待ち切れなかったのだ。夜が明けきってしまえば夜襲にならず、寡勢《かぜい》の奇襲は失敗する。が、これ以上待っていられなかった。右側より迂回《うかい》した武井の進撃隊も同じだった。肌を刺す寒気の中で、誰もが唇の色を失《な》くして斬り込みの時を待っていたのだ。

小野田隊が斬り込んだ喚声《かんせい》があがると、

「突っ込め」

進撃隊の先頭に立った三沢与八が大喝《だいかつ》して突進した。鉄砲を撃つひまはない。全員、抜刀して、文字通りの斬り込みであった。

西軍はすでに目ざめていた。が、寝呆《ねぼ》け眼《まなこ》のところに凄まじい斬り込みである。銃を執《と》るどころか、刀を抜く余裕もなく、悲鳴をあげて逃げまどう加賀兵たちは、たちまち二十数人が斬り仆《たお》された。山腹の熊野《くまの》神社に拠《よ》った朱雀士中三番隊からの射撃はこれらの斬り込みを援《たす》けて、西兵は屯営を捨てて中津川《なかつがわ》方面へ遁走するに至った。

会津側の戦果は、将校の首級《しるし》七、生捕り一人、ほかに弾薬糧餉小銃器械等多数。たまたま朱雀寄合三番隊半隊頭丸山友吉《まるやまゆうきち》も黒沢方面から来て、この戦闘に加わった。東軍の圧倒的勝利だったが、間もなく中津川から加賀兵と高崎兵の新手《あらて》が来援して、銃砲で盛んに攻撃してきた。小野田も武井も、踏みとどまって、隊士を励まし応戦したが、武井の左脚を敵弾が貫いた。

武井はいったん倒れたが、すぐ起き上がって、ひるむな、おれは足が滑《すべ》っただけだ、と叫んだ。が、脛《すね》の骨を弾丸は削《けず》っていた。ふたたびどうと倒れた。

「いかん、退却だ」

小野田は農家の戸板に無理に武井を寝かせ後ろに運ばせた。

「やい、退却など許さん、置いてゆけ」

と、喚《わめ》いていたが、隊士はどんどん担《かつ》いで走った。

武井がこの戸板の上で作った詩がある。

豈耐西軍毒我民　半宵銜枚度嶙峋
羸将拙計君休笑　元是吟花嘯月人

退却の途中である。激痛に呻きながら、こうした余裕があるのは、死生観に揺るぎないからであろう。追分《おいわけ》から浅布の仮本営まで退却するのに小野田は万全の手を打っている。付属兵をして、退路の左右の山上に登らせて大砲を装置し、追撃の西軍を撃攘する用意をしたうえで、火を木地小屋に放ち、篝火《かがりび》を船ヶ鼻峠に焚《た》いて擬兵として、徐々に退いたのだ。

夜の十時ごろには、朱雀隊も進撃隊も浅布に到着してはじめて身を横たえることができた。この南会津最後の戦は勝利といえるかどうか。

武井柯亭ほか十数名の負傷に加えて、朱雀士中三番隊士角田五三郎《つのだごさぶろう》が討死にしている。重傷を負ったかれは、とても退却できぬことを悟って、岩田秀三郎に介錯《かいしゃく》を頼み莞爾《かんじ》として切腹している。秀三郎は首級を陣羽織《じんばおり》に包んで隊列のあとから眼を赤くして歩いていった。

翌九月二十五日、朱雀士中三番隊と進撃隊は、田島に戻るべく昼すぎに浅布を発《た》ったが、高野の聚落で少憩をとっているとき、降伏開城の知らせを聞いて愕然《がくぜん》となった。

これは田島の佐川官兵衛からの知らせだった。したがって佐川は、その前日二十四日には遅くとも開城の事実を知っていたことになる。

三

開城の儀式は九月二十二日に行なわれていた。巳《み》ノ刻《こく》（午前十時）であるが、その少しのち、会津藩重臣らが、甲賀町《こうかまち》通りの式場に赴いた。北追手門《きたおうてもん》前に白旗が掲げられたのは、軍事奉行添役《ぶぎょうそえやく》の秋月悌次郎《あきづきていじろう》（胤永《かずひさ》）、大目付《おおめつけ》清水作右衛門《さくえもん》、目付野矢良助《のやりょうすけ》らである。麻上下《あさかみしも》を着して白緒の草履《ぞうり》で城を出た。甲賀町通りには陣将梶原平馬《かじわらへいま》、内藤介右衛門《ないとうすけえもん》をはじめ、軍事奉行添役の秋月悌次郎、式場がこしらえられていた。儀式は正午に執り行なうことを通告されていて、その前に間に合うように居並んだのであった。

「此処《ここ》で時刻を待てばよいのか」

と、梶原平馬は床几《しょうぎ》に腰をおろして落ち着かない表情だった。平馬だけではない。誰もがこの初めての儀式にとまどいと、不安を抑えかねていた。

開城と決まって故実を調べようとしたが、御文庫も被災し、急場に間に合うべくもない。屋敷の大半が炎上し、あるいは荒らされて蔵書は散逸《さんいつ》消失している。首実検や切腹まで作法に厳しい世界である。主従、城を枕に討死にするつもりでいただけに降伏開城の際の手はずや儀式のことなど誰も考えてはいなかった。漠然とした知識で執り行なうしかなかった。

正午と思われるころあい、西軍の将校がやってくるのが見え、梶原平馬たちは立ち上がった。

「町角まで出迎えるべきであろう」

と、秋月悌次郎が言った。

「それがしが」

と内藤介右衛門が踏み出そうとするのを、

「いや、御家老は泰然としていて下さらねば」

と、微笑で抑えた。

この場合、梶原と内藤は容保父子の代理である。軽々に動かないほうがいい。秋月は左右を顧みて、鈴木為輔《ためすけ》と安藤熊之助に従《つ》いてくるようにいった。

「秋月どの、これを」

と、清水作右衛門が白い小旗を渡した。

「なるほど、降伏のしるしですな」

悌次郎は小旗を持ち、悪びれる風もなく、歩いていった。

悌次郎は容保の京都守護職にある時、公用方として、大名や公卿《くぎよう》との接触が尠くなかった。薩摩《さつま》はむろん、長州や土佐《とさ》にも、顔馴染《かおなじみ》が多い。祇園《ぎおん》や島原《しまばら》などで酒盃《しゆはい》を交わしたことも屢々《しばしば》である。

そうした相手の誰もが、悌次郎の学識に感歎し、その沈着豪毅《ちんちやくごうき》の人柄に畏敬《いけい》の念を抱いている。立場を超えて、人間的な交わりが、此度《こたび》の降伏の儀式にも役立つに違いないと思われた。

いまは、せめて一縷《いちる》の望みにでも縋《すが》るしかない会津藩主従だったのである。

西軍を代表してやって来たのが薩摩の中村半次郎《なかむらはんじろう》だったのは、意外だった。中村は軍監に過ぎない。土佐の板垣退助《いたがきたいすけ》や長州のもっと名のある者が来ると想像していただけに、拍子抜けの感じだった。中村は西郷吉之助《さいごうきちのすけ》の意志を体《たい》して来たのであろうと、悌次郎は思った。

中村ともう一人は軍曹《ぐんそう》の山県小太郎《やまがたこたろう》。山県は長州出身だが、鷲尾隆聚《わしのおたかつむ》侍従に仕えて、鷲尾が東征大総督府参謀から白河《しらかわ》口総督になり、山県はその股肱《ここう》として従軍、鷲尾が発病して職を辞し帰京したあとも会津攻撃の先鋒となり活躍したのだ。

この二人に使番唯九十九《つかいばんゆいつくも》が従ってやって来たのを秋月は丁重に出迎えて言った。

「秋月胤永でござる。御使者御苦労に存じます」

式場に導いて入ると、あらためて、梶原平馬や内藤介右衛門を紹介した。かれらも名札を出して口々に名乗った。

「おっつけ主人罷《まか》り出御直《おじき》に申し上《あ》ぐ可《べ》きも先《ま》ず以って私共儀、御出迎えに罷出《まかりい》でました次第」

と、内藤が言った。

中村らが定めの席へ着くと、清水作右衛門と目付の野矢良助が城中に引き返して容保らに出城の時が来たことを報じた。

容保と喜徳《のぶのり》公はすでに麻上下の礼服に身を整え、心静かに待っていた。容保は取次《とりつぎ》の者から聞くと、軽く頷《うなず》いて立ち上がった。

脇差《わきざし》だけは前半《まえはん》に差しているが、大刀は袋に入れ侍臣をしてこれを持たせた。

二公に続く家臣は十人ばかり、いずれも麻上下を着け脱刀して従った。式場に至ると、かれらは幕外にとどまって、居並んだ。

毛氈《もうせん》と薦《こも》が敷かれ、中村半次郎らが正面に居並び、入ってくる二公を凝《じ》っと見つめた。

世が世なら中村ごとき卑臣は、容保の前に出られるものではなかった。況《いわん》や傲然《ごうぜん》として不《ふ》遜《そん》な態度には会津藩重臣らは唇を噛《か》み、憤《いきどお》りを抑えるのに懸命になった。

容保は恭《うやうや》しく、降伏謝罪の書を差し出した。

——臣容保乍　恐　謹《おそれながらつつしんで》而奉言上候……にはじまる文章は、京都在職中は朝廷より莫大《ばくだい》の鴻《こう》恩《おん》を受け乍《なが》ら萬分之微衷《びちゅう》も奉らぬうちに、伏見表への暴動の一戦は行き違いから生じたことではあるが、天聴を憚《はばか》らぬ罪は、天地に容《い》れざる大罪にて、人民に塗炭の苦しみを受けさせたのは容保之所　致《いたすところ》であるから、此《この》上ハ何様之大刑仰セ付ケラレ候トモ聊《いささか》モ御恨ミ申シ上ゲズ……とある。

とくに容保が気がかりだったのは、主従とも武士の身なれば、どのような処刑にも甘んじねばならないが、城中の婦女子が同じ憂目《うきめ》を見ることを免れさせようとしたことである。

——但《ただ》シ国民（領民）ト婦女子共ニ至候而《て》ハ元来無知無罪ノ義ニ候ヘハ一統之御赦免被仰付《おおせつけられ》候様伏《ふして》而奉歎願候……。

と、あった。

使番唯九十九はこの書を受け、中村半次郎に差し出した。

容保の書に続いて、重臣らは連署して歎願書を出している。

——亡国之陪臣……にはじまるこの書面には、この度の反逆は畢竟《ひっきょう》、微臣ら頑愚疎暴にして（主君の）輔導之道を失い候……と重責を感じているという次第を述べて、署名は松平若《わか》狭《さ》（喜徳）重役、萱野《かやの》権兵衛《ごんべえ》以下九人の氏名を並べ、外諸臣一同、謹上、とある。これは容保父子に寛大の御《ご》沙汰《さた》候様御《お》執成《とりなし》なしくだされ度《たく》、という歎願だった。

降伏謝罪の式は、きわめて短いものだった。が、容保は帰国以来の苦しみの月日が、

（これでいいのだ……）

と、しだいにうすれゆくのをおぼえていた。

（切腹の上意あれば、立派に死のう。わしは死んでも家名は残ろう）

容保は、式が終わって、城へ戻ると、あらためて、重臣らを召してその苦戦辛勤をねぎらい、訣別《けつべつ》の意を表した。

「其《そ》の方共の忠勤は忘れぬぞ」

といったとき容保の双眸《そうぼう》は潤み、怺《こら》え切れずに嗚咽《おえつ》の声が家臣たちの間から起こった。

容保は城中の空《から》井戸および二ノ丸の墓地にいって香花を供して礼拝し、居並ぶ諸隊の前にいって一隊ごとに辛勤の労を慰めて訣別を告げた。三軍の将卒の嗚咽が城中に満ちた。

すでに容保は再びくることのないであろう城中本丸から出た。重臣以下は太鼓門《たいこもん》で送った。

容保の行き先は、決まっていた。

太鼓門に駕籠《かご》が二台用意してあったが、この駕籠の前後にあるのは薩摩と土佐の二小隊であった。

これは護衛であり、その時から容保はかれらの監視下に置かれたのである。佩刀《はいとう》は袋に入れて侍臣がこれを捧《ささ》げ薩摩兵のあとに扈従《こじゅう》するのであった。

軍曹の山県小太郎は礼儀を心得ていた。馬から下りて、二公の駕籠に向かって慇懃《いんぎん》に目礼している。

護送の指揮をとる者がこれだけの礼を尽くせば容保も応《こた》えなければならない。駕籠から降りてこれに答礼した。

「われら両人病気の為に輿《こし》に乗ることを宥《ゆる》されよ」

と、挨拶《あいさつ》した。

山県は馬上の人となって二公の先頭に立った。行き先は妙国寺《みようこくじ》である。甲賀町通りから上一ノ丁、博労《ばくろう》町、滝沢《たきざわ》町を経て、妙国寺に入った。

ここが容保の謹慎する場所であった。

暫《しばら》く経って容保の義姉照姫《てるひめ》の輿も城を出て、妙国寺に向かった。

宝光山妙国寺は日蓮宗のお寺である。顕本法華宗《けんぽんほっけしゅう》を開いた日什《にちじゅう》の誕生入寂《にゅうじゃく》の霊場として名高い。

容保父子と照姫が入ると、土佐と越前《えちぜん》の兵が周囲を固めて、胡乱《うろん》の者の接近を禁じた。

兵隊だけではない。大砲五、六門を装置し、砲門を寺に向け、終夜、篝火を焚いて警戒することにした。

これほど屈辱的な降伏をしながら、脱出するはずはない。

が、当局から見れば、逃がさないようにしておくためには、兵隊と銃砲に頼るしかない。

容保公には用人の大藪俊蔵《おおやぶしゅんぞう》や奥番丸山主水《まるやまもんど》など十四人が付いて身のまわりの世話をすることを許された。

喜徳公には梶原平馬、清水作右衛門らが付き、照姫には萱野権兵衛や井深茂右衛門《いぶかしげえもん》らが、お傍《そば》に付いたが、この人選には、かなり意図的なものがある。家老たちと容保をそのままくっつけて置いては、不穏な情熱がまためらめらと燃え上がると恐れたからであろう。

この日、総督一ノ瀬要人が桑原村の病院で死んだ。

泣血氈

一

会津鶴ヶ城落城時に、松平肥後守容保《かたもり》以下、奥女中から下女の端に至るまで生き残った総人数は四千九百五十六人——ほぼ五千人である。

これだけの人数が残りながら、なぜ最後の一人まで戦わなかったのかという心ない批判がある。

もしも容保がその気になって非情な命令を出していたら、おそらく累々《るいるい》たる死屍《しし》をもって西軍の入城を迎えたにちがいない。

薩長の軍を王師と認めざるを得ない事態に立ち至ったことと、日々増える老幼婦女子の悲惨な苦痛が、容保をして降伏の決断をさせたことは、心ある者には、理解できることであった。

西軍の先鋒《せんぽう》になっていた大垣《おおがき》藩は、鳥羽伏見では会津と協力して薩長と戦っている。

戦後、藩論が一変して西軍の走狗《そうく》となっただけに、会津藩の苦衷《くちゅう》がよくわかっていた。

その記録にある。

――八月二十三日会津城下へ打チ入リシ以来三旬此間《このかん》会津臣民ハ老幼ヲ問ハズ生命ヲ賭《と》シ只《ただ》君主ノ為メ互ニ奨揚シツ、戦ヒシモ弾丸兵食相殫キ且《か》ツ寒気相加ハリ一層困難人民塗炭《とたん》ノ疾苦ヲ憂慮シ遂《つい》ニ降参セリ戦敗ハ時運ニヨルノミ今日ノ場合其《その》進退ヲ官軍ニ任セテ多ク士卒ヲ害セズ人民ヲ塗炭ニ苦メザリシハ是レ大勇ノ致《いた》ス処《ところ》識者ハ必ズ感歎スベシ嗚呼《ああ》人傑多キカナ

また、こうも書かれている。

――老君侯父子血涙ヲ呑《の》ンデ臣下ト生別シ家族ト共ニ輿《こし》ニ乗リ十時退城……城外滝沢村妙国寺ニ至リ謹慎セラル諸藩ノ官軍途中ニ之ヲ目送ス嗟々《ああ》戦国ノ習ヒトハ言ヒナガラ皆落涙衣襟《いきん》ヲ湿サヾルモノナシ……同藩ノ真情嗟嘆《さたん》ニ堪ヘズ又《また》鳥羽戦争ニ携《たずさ》ハリタル大垣藩隊士等非常ノ感動カ胸中ニ湧出シ悲喜交〻《こもごも》至リ戦争ノ悲哀ハ今モ昔モ変リナシトテ涕泣《ていきゅう》禁ゼザルモノアリ

と。

容保父子を薩摩と土佐の兵が前後を挟んで妙国寺へ向かったとき、沿道には勝利に酔った西軍がひしめいて、罵詈《ばり》雑言《ぞうごん》して、父子を辱《はずかし》めた。野卑な連中である。薩摩などでは、刀の差し方も知らない連中を狩り出して軍隊を編成したのだ。下劣な輩《やから》が多い。輿の中の容保父子の胸中は、屈辱にまみれて、胸中は煮え返る思いだったろう。

薩摩兵が大半、下劣だったことはしかたがなかった。薩摩を、いや西軍を代表して降伏儀

式に臨んだ中村半次郎そのものが、人斬り半次郎の渾名《あだな》通り、ろくに字も書けぬ無教養の野蛮な男だったのだ。

　そのことは、半次郎自身の述懐として、こう伝わっている。

「予《よ》は今日位《ぐらい》苦しき目に遭《あ》ひたることなし、元来予は人を斬り人を斃《たお》すの術を知るも、学問に至ては固《もと》より其必要を感ぜしことなく、つまり書は以《も》つて姓名を記すに足る、などと豪語し居《お》りしが、今日といふ今日は、慚汗《ざんかん》骨に徹し差出されたる書類を見て、何が何だか少しも判《わか》らず、従容自若《しょうようじじゃく》をよそほひども、心中の苦しさ殆《ほと》んど卒倒せん許《ばか》りであつた……」

　と、白状したという。

　かれは〈日本外史《にほんがいし》〉も読めなかったのだ。薩摩藩士の教養のほどが知れる。

　いまさらのように会津藩学の厚さ深さを知ったわけだが、さらに天守閣《てんしゅかく》に上《のぼ》って、無数の弾痕《だんこん》と剝落《はくらく》した壁などを見て、再び愕然《がくぜん》として、よくここまで持ちこたえた会津藩主従の沈《ちん》勇剛毅《ゆうごうき》の心に嗟嘆良々《やや》久しくしたという。

　錦旗《きんき》さえ掲げていなかったら、野卑な奸賊《かんぞく》にすぎない西軍に降を乞《こ》い、ひれ伏さなければならない屈辱は味わうことはなかった。主従は唇を嚙《か》み、泡立つ怒りと哀しみに胸で哭《な》いた。

　萱野権兵衛《かやのごんべえ》、梶原平馬《かじわらへいま》が重臣の代表となり、これについで手代木直右衛門《てしろぎすぐえもん》、秋月悌次郎《あきづきていじろう》の二人が付き添った。

　すべてが悲惨であった。

降旗は三旒《りゅう》を制したが、すでに傷病兵の手当に白布は払底していたので、残りの小布片を縫い合わせて辛《かろ》うじて、旗を成したのである。

そのみじめな降旗を見ただけで、城内の人々は断腸の思いで滂沱《ぼうだ》たる熱涙に眼をあけられなかったのだ。

北追手門甲賀《こうか》通り角での降伏の儀式に用いられたのは十五尺《しゃく》（約四・五メートル）四方の緋毛氈《ひもうせん》であった。これは会津藩御用達《ごようたし》商人である足達仁十郎《あだちじんじゅうろう》の献上品で、西軍の使者三人の床几《しょうぎ》が並べられた。その南北に幕を張り、西側にうすべりを敷いて会津側の席とした。三方に幕を張って南側から容保、喜徳《のぶのり》の席は一段前にあり、その左側に、萱野、梶原、手代木、秋月と居流れ、安藤熊之助や鈴木為輔《ためすけ》がこれに続いた。その他の供廻《ともまわ》りは幕外に控え、小姓《こしょう》は父子の佩刀《はいとう》を袋に入れて捧《ささ》げ持った。

降伏開城はすなわち会津松平藩二百年の伝統に終止符を打つものであった。萱野権兵衛が筆頭重役として、重役九人の連署からなる歎願書《たんがんしょ》を差し出しはしたが、主君父子への寛大な措置を願うもので、藩の存続が可能なはずはなかった。城地召し上げは免れぬところである。

この日をもって松平主従は、この会津の地とは無縁になるのである。それは代々の墳墓の地からの追放を意味していた。

人斬り半次郎が読めなかったという書類の一つ、萱野らの歎願書の冒頭に、

〝亡国之臣長修《ながはる》（萱野）等謹《つつしみて》而奉言上候……〟

うんぬんとあるように、かれらの〝国〟を滅ぼしたのだ。

式が終わったのち、かれらは、

「今日の辛苦蓋《けだ》し戦場に啻《ただ》ならず、畢生《ひっせい》忘るる能《あた》わざるなり、乃《すなわ》ち此《この》氈を切り、同苦者相分《あいわか》ち、以《もっ》て徴據《ちょうきょ》といたそう」

と、緋毛氈を裁断して、苦しみの記念とした。

前記歎願書に、容保父子に寛大の御沙汰《ごさた》を賜わるよう〝不顧忌諱《ききをかえりみず》泣血奉祈願候……〟との文字から、これは〝泣血氈《きゅうけつせん》〟と呼ばれるようになったのである。

悲愴《ひそう》の気は城内に満ち、城兵はもとより、婦女子までが、憤激して縊死《いし》する者が出たほどであった。

切腹した武士は三人。日新館《にっしんかん》の儒者《じゅしゃ》で医学師範の秋山左衛門《さえもん》は、降伏決定と聞くや憤慨のあまり、

「春秋に城下の盟、之を愧《は》ずとあるぞ」

と叫んで自刃《じじん》した。

また遠山舎人《とねり》(四百三十石)の叔父豊三郎は、性剛毅にして文武の達人だったが、中年になって耳を煩《わずら》いほとんど聾者《ろうしゃ》にひとしかった。そのため早くに致仕《ちし》していた身だが、八月より籠城《ろうじょう》して決戦に備えていたのである。たとえ耳は悪くとも、目は見えるし手足も効《き》く。薩長の奴輩《どはい》に一泡吹かせぬでは眼はつむれぬ、といきまいていたのだが、九月十四日には砲弾の破片で傷つき、動けなくなってしまっていた。

降伏開城となり、おめおめ生き延《なが》らえて益なし、と、三ノ丸の庭中に槍《やり》を立て、自害した。

その槍の千段巻《せんだんまき》に短冊《たんざく》が結びつけられていた。
発見されたとき激しい雨に打たれて、上の句はにじんで読めなかったが、下の句に、

腹きりかねてのどをつきけり

と、あった。

また六十四歳になる庄田久右衛門《きゅうえもん》も自ら果てている。久右衛門は朱雀隊小隊頭の又助（二百石《ひ》）の養父であったが、豊三郎と同じ日に城中で負傷して、小書院で治療していたが、悲憤慷慨《ふんこうがい》の果てに自刃したのである。又助は八月二十九日に佐川官兵衛の決死隊に入り、長命寺の決戦で討死にしていた。

このときなど文字通りの決戦で、その決死の覚悟のほどは、誰一人として生還を期す者はなかったことが、死者の懐中を見てわかったことであった。大垣藩の報告の中に、

――賊ノ死屍凡《およ》ソ百二三十其《その》懐中ニ各自法号ト慶応四辰年八月二十九日戦死ト認《したた》メタル紙片ヲ所持セリ其《その》最後ノ決心ト見ヘ……。

と、ある。

薩長土西軍への怒りを死をもって霽《は》らそうとしたのは男たちばかりではない。不発弾に身を投げて噴く火花を消し止めようとした女たちもまた、その胸のうちは同じであった。

縊死《いし》した女は、悲憤のあまりおのれの指を嚙《か》み切って、滴《したた》る鮮血をもって、辞世を壁に書いて縄に首を差し入れたのである。

その辞世は、

君王城上建降旗
妾在深宮何得知

というものであった。

その女性の名前はわからない。わからないために、実は城中で果てはしなかったが、山本《やまもと》覚馬《かくま》の妹八重子《やえこ》ではないかとする説がある。のちに新島襄《にいじまじょう》夫人となって同志社を設立するに与《あずか》って力があったこの女性は、砲術指南の兄に習って銃砲の知識があり、戦争となるや、断髪し男袴を穿《は》いて活躍した。

落城と決まったとき、笄《こうがい》をもって城内の白壁に書いた句がよく知られている。

明日よりは何処《いずこ》の人か眺むらん
なれし大城《おおき》にのこる月影

小指をかみ切って書いたのが八重子だといわれるのは、いくつかの条件が合致していたせいもあるが、実際、彼女の右手の小指が短かったからだ。そのことを問われると八重子は微笑するだけで、なんとも答えなかった。

二

会津藩の立場に同情した多くの人々が、義勇軍として参加していたのはよく知られている。旧幕府の歩兵奉行大鳥圭介《おおとりけいすけ》や土方歳三《ひじかたとしぞう》をはじめとする新選組《しんせんぐみ》などである。石州浜田《せきしゅうはまだ》の残兵もいたし、美濃《みの》の郡上八幡《ぐじょうはちまん》から応援にきた凌霜隊《りょうそうたい》もいた。最後の老中板倉勝静《いたくらかつきよ》や桑名《くわな》侯松平《まつだいら》越中守定敬《えっちゅうのかみさだあき》（容保の弟）も扈従《こじゅう》の臣とともに会津を離れた。

最後まで苦闘を倶《とも》にしたのは、水戸《みと》の人々である。

いわゆる天狗党《てんぐとう》の乱では、攘夷過激派《じょういかげきは》の天狗党が激発して関東信濃《しなの》を抜けて北陸《ほくりく》に至って降伏したが、三百数十人が斬首《ざんしゅ》という結果に終わっている。

これに対抗した、いわゆる諸生派《しょせいは》の市川三左衛門《いちかわさんざえもん》、朝比奈《あさひな》源太郎らに率いられた数百名（一説に八十余名）は、会津を経て越後《えちご》に転戦し、長岡落城とともに再び会津に戻り、籠城に加わっていたのである。

会津が降伏開城となれば、水戸武士たちはとどまっているわけにはいかなかった。かれらは、しかし、新選組などとともに仙台や蝦夷《えぞ》に向かう気はなかった。藤田小四郎《ふじたこしろう》や武田耕雲斎《たけだこううんさい》などが徳川慶喜《とくがわよしのぶ》の怒りを買って越前敦賀《えちぜんつるが》で処刑されたことは知っている。水戸の情勢も諸生派に有利なはずであった。

だが、江戸の上野《うえの》から水戸に退隠し、恭順の姿勢をとった慶喜には、会津藩の抵抗は迷惑であり、いまではすべての罪を容保に被《き》せようとしていた。

市川三左衛門たちの期待とはうらはらに、水戸の空気は大きく変わっていたのである。

だが、かれらには行くところがなかった。

水戸へ帰るしかない。

会津落城直後に、水戸諸生派の帰郷の噂《うわさ》は城下を緊張させた。二十三日に会津を後にした市川・朝比奈らは三日後に下野《しもつけ》（今の栃木県）の馬頭《ばとう》までやってきたが、水戸の反対党の待ち伏せにあった。帰城が容易でないと知ったかれらは、武力で水戸城を奪取することを誓い、二手に分かれて急行した。各地での邀撃《ようげき》を打破して水戸城に迫った。かれらが押し立てた旗には「徳川再興」とあったことからでも、目的が窺《うかが》える。一行の中には旧幕府の脱走兵も加わっていた。かれらが、会津藩に協力したのは、あくまでも佐幕《さばく》の心だった。

同じ水戸人による城の攻防戦は熾烈《しれつ》をきわめ、しばしば烈公《れっこう》（故斉昭《なりあき》）や順公《じゅんこう》（故慶篤《よしあつ》）の未亡人たちの奥殿にまで弾丸が飛びこんできた。

烈《はげ》しい戦闘は二日に及んだが、城兵らの頑強な抵抗にあい、幕府の脱走兵は攻撃をあきらめた。市川らに訣別《けつべつ》して下総《しもうさ》（今の茨城・千葉県）に去っていった。

かれらを頼みにしていただけに市川らは失望した。二百余人となったいま、もはや水戸城奪取は諦《あきら》めねばならなかった。だが、下総へ退くかれらに追撃の手は容赦なかった。会津藩に協力した〝賊軍〟の討伐に太政官《だじようかん》は出兵を吝《おし》まなかった。

市川勢は下総の八日《ようか》市場《いちば》で包囲襲撃を受け、奮闘虚《むな》しく朝比奈源太郎が討たれ、市川は佐《さ》倉《くら》へ逃がれた。いったん江戸へ潜入することができたが、水戸藩吏の追求厳しく捕縛の憂目《うきめ》を見て、同志とともに逆さ磔《はりつけ》にされている。

君故に捨つる命は惜しまねど
　　忠が不忠となるぞ悲しき

市川三左衛門の痛憤の辞世である。

同じ応援の部隊でも、郡上八幡の凌霜隊は自由行動をとらなかった。

隊長の朝比奈茂吉《もきち》は、いさぎよく切腹しようとして、西出丸の持ち場に戻り、抜刀したところを、参謀の速水小三郎《はやみこさぶろう》に止められている。

「われわれは形は脱藩だが、内実は藩命によって、会津の応援に派遣されたのだ。たとえ、どのようなことになろうとも、帰藩してこの始末を伝えるつとめがあるはずだ」

十七歳の朝比奈が隊長になったのは、江戸家老の倅《せがれ》だからであった。かれらは会津藩の無実を信じて倶に戦った。ことに九月十四日の決戦でも、融通寺《ゆうつうじ》町に突出して戦ったことはよく知られている。

敵軍を混乱させるべく、

「土佐藩の板垣退助を討ちとったぞ」

「板垣討死にせり」

などと、虚報を叫んで斬りこむという機智《きち》で、西軍を動揺させている。このことは、その後、味方の間で痛快な話として伝播《でんぱ》した。

西軍は東征大総督の名をもって、即日、会津藩士の処分を発表した。将士は城下を退去して、猪苗代《いなわしろ》にて謹慎。傷病者は郊外の青木村に移らしめ、婦女子および六十歳以上、十四歳以下の男子は、勝手に立ち退くべし、というものであった。

凌霜隊の一行も、翌九月二十三日に猪苗代へ向かった。大小はすべて西軍へ渡した。かれらが割り当てられたのは、猪苗代の駄菓子屋だったという。

一方、南会津の田島にあった佐川官兵衛に容保の親書を齎《もたら》した桃沢彦次郎と北原半介は、降伏開城のやむなきに至ったことを縷《る》々《る》述べて漸《ようや》く説得することができたのである。上田学太輔《がくだゆう》、諏方《すわ》伊助なども、親書に従うことを約した。かれらは塩川《しおかわ》に集結して謹慎することになった。

凌霜隊は大小を外《はず》したとあるが、会津藩士らは双刀を帯びたまま三ノ丸埋門《うずめもん》を出ている。一行は米沢藩兵に護衛されて、本《もと》一ノ丁から天寧寺《てんねいじ》口を出て、石引道《いしびきどう》より滝沢村を経由して、猪苗代へ向かった。

米沢兵がついたのは、徒《いたず》らな摩擦を避けるためであった。途中、西軍の連中は、勢家《せいか》老狗《ろうく》の身を糊塗《こと》するように、罵詈《ばり》を浴びせたが、会津藩士たちは、唇を噛み、眼を外《そ》らして、一言も駁《ばく》せず、昂然《こうぜん》と項《うなじ》をあげて、歩を進めた。

戦《いくさ》には敗れても、御家門《ごかもん》会津藩士の誇りは失わないのである。

一行の中に鮎川兵馬《あゆかわひょうま》は大庭恭平《おおばきょうへい》と並んで歩いていた。

「情けないことになったぜ、このまま猪苗代にゆくのか」

大庭は右脚に負傷して、歩くたびに曳《ひ》きずるようにしていたが、元気だった。

「行くしかあるまい」

道は滝沢峠にかかっていた。兵馬は大庭恭平の覇気を羨《うらや》ましく思った。この男は容保公の密命を受けて京都で不逞《ふてい》浪士の群れに加わり、足利《あしかが》三将軍の木像梟首《きょうしゅ》事件に関わった。過激な浪士らが一網打尽にされるや、恭平もまた罪を得て禁固に甘んじていたのである。大政《たいせい》奉還《ほうかん》後、復帰して越後口で転戦し、負傷したのであった。

「猪苗代でどうなる」

「どうなるかわからぬ」

「全員切腹ということになるかもしれぬ」

「あるいはな、そうなっても……」

「止《や》むを得ぬか」

大庭恭平は笠《かさ》の下で眼を光らせた。

「おれはいやだ」

「………」

「死ぬことはない。やつらに殺されてなるものか。しかし、米沢の護衛とはうまいことを考えたな、これでは、斬り抜けることもできぬ」

「誰の考えか。板垣か、中島《なかじま》か。案外、智恵者がいる」

「米沢には義理がある。斬りまくるわけにもいかぬな」

と、自嘲《じちょう》するような調子になって、

「ともかく、温和《おとな》しく猪苗代にゆくか。二、三日落ち着いてから考えてもいいな」

意気消沈している者が多い中で、恭平の逞《たくま》しさは、貴重だった。五千の将士とその家族が、この敗戦の焼土の中からどう立ち上がるべきか、いまはそれを考えねばならぬ時だった。

疲れ切った将士の胸にあるものは何であろうか。家族のすべてを失った者と、家族の生存を知った者とでは、明日の生きる力となるものは、自ずから別のものがある。たとえ生きているることがわかっても、一緒には住めないのである。家族はお構いなしだが、かれらは、監視のもとに、太政官からの処分が出るまで、謹慎していなければならないのだ。

家族にしても、城下の郭内《かくない》は大半が焼土と化していた。これから寒さに向かうのに、住む屋根もなく、蔽《おお》う夜具もないのだ。食糧を需《もと》める金もあるまい。

誰もが、城とともに死ぬ覚悟だった。生をぬすむために逃亡した者は将士の中に誰もいない。身分の軽い者の中には、あるいは脱走した者もいるかもしれないが、微々たる数であろう。

雪国の会津では、間もなく雪が降ってくる。西軍に焦りがあったのもそのせいだった。籠城の実をあげるのは、本当はこれからだったのに、と悔やんで切歯する者も尠《すくな》くなかった。雪国の者は耐えることを知っている。南国から遠征してきた連中には、とても雪国の耐忍と競うべくもない。

薩摩や土佐の者たちは、この盆地の雪風を思うと、一日も早く攻め落とさねば、と猛攻してきたのだ。容保の決断が早かったと、罵《ののし》る者もいた。容保が江戸と実家の領地である美濃(今の岐阜県)の高須《たかす》とそして京しか知らないゆえに、飛雪と寒気を逆手《さかて》にとって、西軍を悩ませる作戦を思いつかなかったのだと、したり顔にいう者もいた。

それはこの国に生まれ、この国に育った者には、一理ある考えにちがいなかった。だが、容保には、一日降伏が延びれば、一日だけ城士や婦女子が苦しむことになり、死傷者が増える、それを見かねての決断だったのだ。

知人や親類を郊外に持っている者は、まだいい。厄介《やっかい》になっても、軒先や納屋を借りるくらいのことはできよう。が、そうした知己《しるべ》がない人々は、乞食《こじき》のような暮らしをするしかなかった。雪の中で薦《こも》をかぶり、空腹を抱えて、はたして冬を過ごせるだろうか。

黙々として、道を辿《たど》る人々の胸に、それぞれの思いが揺曳《ようえい》しているに違いなかった。

鮎川兵馬も妹や母のことが気になっている。

屋敷は焼けたであろう。誰のところに頼るのか、知己は尠くはないが、他人の家に居候《いそうろう》などしたことのない家族が、どういう手段《てだて》で生きてゆくかを考えるのに、兵馬は、胸が詰まって、呼吸もできないような気持ちになるのだ。

「降ってきた」

と、大庭が、ふり仰いだ。

鉛色の空から、冷たい雨が落ちてきた。囚人の一行にはあまりにも無情な氷雨《ひさめ》であった。しだいに視界を閉ざして雨はしぶいてきた。滝沢峠に上っていく一行の足は重くなっていた。この峠を越えていけば、果たして、二度と再び、ここを下ることはあるまい。

(会津は、もはや他人の土地なのだ)

そう思うと、いっそう絶望感と寂寥《せきりょう》が深くなってこみ上げるものがある。

「ひでえ雨だ、今日くれえ降らねえでいられねえものか」

いまいましげに恭平がいい、しぶきを拭《ぬぐ》うように掌《てのひら》で顔を撫《な》でた。あるいは、あふれる涙を拭ったのかもしれない。もとより、峠からふりかえっても城下は濃い霧の下にあった。

失われた町

一

西軍の城受け取りは九月二十四日の巳《み》ノ刻《こく》(午前十時)であった。一ヶ月に及び立て籠《こも》った五千の男女が、前日のうちに城を出た。女性はおよそ六百人ほどいたが、負傷や病気で倒れた者を除き、老若を問わず、城内の片づけと整理清掃を行なった。

立つ鳥跡《あと》を濁さずの譬《たと》えもある。悲惨な籠城《ろうじよう》の有様《ありさま》を勝者である西軍の目に曝《さら》したくないという思いは、誰の胸にもある。

「会津の女子はだらしがねと嗤《わら》われぬようにしっぺ」

病人も足弱も励ましあって、取り片づけた。

死者の遺骸《いがい》の始末だけでも大変だった。武士たちはまず銃砲類弾薬類を一ヶ所に集め、目録を作るのに大童《おおわらわ》であった。槍《やり》一筋《すじ》、弓一張《はり》、矢一筋に至るまで数量を明確にして引き渡すことで、降伏開城の手続きは完了するのである。

城受け取りの使者は、先日の儀式に出席した三人——すなわち軍監中村半次郎、軍曹山県小太郎、使番唯九十九《ゆいつくも》である。

これに応対したのは、藩相山川大蔵《やまかわおおくら》、軍事奉行小森一貫斎《こもりいっかんさい》、大目付竹村助兵衛、器械奉行相馬繋《そうまけい》、作事奉行在竹四郎太《ありたけしろうた》、目付日向新左衛門《ひなたしんざえもん》らで、追手中門で、西軍使を迎えた。大書院に案内して、ここで武器引き渡しの目録を差し出したが、一部を並べただけで、残りは土蔵に納めたままの交付であった。

大砲、小銃、弾薬から胴乱《どうらん》の箱まで、数を整えてあった。因《ちな》みに槍は一千三百二十筋、長刀は八十一振《ふり》である。

この儀式を終えてから、山川大蔵や海老名郡治《えびなぐんじ》（季昌《としまさ》）らは、猪苗代に向かうことになる。二人とも家老職で重責を果たしたが、まだ二十代半ばであり、将来を嘱望《しょくぼう》された者であった。海老名はフランス留学中であったのを、鳥羽伏見の敗報に接して急遽《きゅうきょ》帰国したのであり、山川大蔵は日光口総督として、大鳥圭介若松入りのあとを引き受けて、関東の敵に一歩も山王峠を越えさせなかった。その入城するにおよび、彼岸獅子《ひがんじし》を先頭に立てて、城下包囲の敵をあざむき無事入城した機智は、敵味方とも賞賛しない者はなかった。

山川は猪苗代へ赴く前に、妙国寺の主君を見舞いたいが、と申し出た。

「いかがであろう、是非ともお取り計《はか》らい願えぬか」

薩摩の伊地知正治《いじちまさはる》は太い眉根《まゆね》を寄せて、かぶりを振ろうとした。それを抑えるように、土佐の赤い熊毛《しゃぐま》をかぶった隊長が、宜《よろ》しかろう、といった。

「短い間なら、大事ないきに」

と、頷《うなず》いた。

「忝《かたじけな》い。御尊名を伺えぬか」

「土州藩隊長中島信行《なかじまのぶゆき》」

と、かれは言った。

容保《かたもり》父子の謹慎する滝沢村の妙国寺まで、半隊を率いた中島が案内した。山川と海老名は顔を見合わせて、西軍にも話せるやつがいる、と頷きあった。籠城中から、敗戦後まで、耳に入ってくる西軍の噂《うわさ》は、非道極《きわ》まりない話ばかりであった。敗れた者には、かれらを非難し、抗議することも許されない。中島のような人柄に接すると、ほっとするものがあった。

妙国寺の少し手まえまでいったとき、突然、中島が言った。

「おてまえ方の家族は、入城しちょったであろうか」

山川と海老名はまた顔を見合わせた。そうした立ち入ったことを問われるのが意外すぎたのである。

「いや……不幸中の幸いと申すか、われらの家族は早鐘《はやがね》に間に合い、入城したゆえ、無事ですが」

「そうか、そりゃよかったぜよ──」

中島はしゃぐまの下で表情を弛《ゆる》めた。

「自刃《じじん》しちょる女共も多いきに、のう」

と、言った。それ以上は口にしなかったが、かれは、大町《おおまち》通りと甲賀《こうか》町の角の大いなる屋敷（西郷頼母《さいごうたのも》邸）に入ったときに目にした、女性ばかり二十余人の壮烈な自刃の場を思いだしていた。

その中の娘一人が、まだ死にきれず呻《うめ》いていたが、かれの近づいた姿を見て、敵か味方か、とかすかに問いかけたので、思わず、味方だといってしまったのである。味方なら介錯《かいしゃく》してほしい、と短刀をさしだされて、あまりの痛ましさに、とどめを刺して逃げるように外へ出た。

その情景は、いまも中島の脳裡《のうり》に、ありありときざまれている。苦しげな声も耳朶《じだ》にこびりついていた。

武士は相身互《あいみたが》いという。立場を変えれば、東軍が土佐の高知に攻め寄せてきて、かれの家族がそうした悲惨な状況にならないとは言いきれないのだ。

女子供に罪はない。現に籠城の婦女子はお構いなしで解放している。

（何も死ぬことはなかった……）

そう言ってやりたかった。が、西国から攻め上られて城中の主従も城を枕に討死にし果てると思いこんだ婦女子が、夫や兄弟の足手まといにならぬように、かたまって自刃したのは、この国の状況を考えれば、止《や》むを得ないことだったのか。

（それにしても、哀れな……）

美しく品のいい女性たちだった。ことにかれが手にかけた娘は、十六、七歳とも見える若さが、あまりにも哀《かな》しい。女たちは衣服の乱れをきらい、襟元《えりもと》をきっちり合わせ、膝《ひざ》の下をしごきで縛ったところも、感動させられたのである。

中島はその目撃したさまを口にしようか、と思ったが、あるいは二人の知人かもしれぬ、と思うと、それ以上いえなかった。北出丸に向かい、大町通りを挟んだ大邸宅はいずれも家老や重臣たちの住居だから、山川や海老名も行き来していた朋友《ほうゆう》にちがいなかった。

中島は、筆頭家老の萱野《かやの》権兵衛《ごんべえ》はじめ、これらの若い家老たちもが落ち着いた動作で降伏の儀式に臨み卒爾《そつじ》がなかったことに、心中、ひそかに感服している。もしも自分がかれらの立場だったら、このように滞《とどこお》りなくやれたかどうか。

いまさらのように、御家門《ごかもん》の伝統と誇りを持つ会津藩の奥深さを感じるのだった。

宝光山妙国寺は顕本法華宗開祖日什大正師御廟奉安《にちじゅうだいしょうしごびょう》の霊場で、応永《おうえい》元年（一三九四）、高弟日仁《にちにん》上人の開創になるものである。容保の謹慎所を妙国寺に定めたのは、いかなる理由に拠《よ》るものかわからない。八月二十三日以来の城下の戦火が、幸いここには及ばず無傷だったからだろうか。

容保は二人がやってきたと聞くと、大いに喜んだ。

「城開け渡しの儀は悉《ことごと》く皆済んだか」

「はっ、滞りなく相済みましてございます」

「よかった。何事もなかったか、そうか」

容保は、藩士の生き残りの中から、無謀な者が出るのを恐れていたのだ。

妙国寺には照姫《てるひめ》ほか奥女中方も三十人ばかりがきていたので、何となく華やいで見え、山川らは安堵《あんど》して猪苗代へ出立した。

容保は謹慎の身ではあったが、城内で呻吟《しんぎん》していた傷病者のことが気にかかっていた。御殿の大書院などを病室に開放して、籠城中も親しく見廻《みまわ》って、励ましの言葉をかけていたのである。謹慎の身となっては、境内から一歩も出ることは許されなかった。

容保は西軍参謀に願書を届け出、青木村の病院に慰問の使を出している。奥番望月弁次郎《もちづきべんじろう》と膳番武井小橘《たけいこきつ》が、下賜品を持って青木村の病院を訪れている。傷病者たちは感泣した。

こうした容保の心は、また領民の心でもあった。郭外の商家農家の者や戦火を避けて近郊に寄宿していた者たちが、容保の謹慎を洩《も》れ聞くや、

「殿さまに不自由かけてはなんねべし」

と、魚鳥果菜等を持って連日、門前に蝟集《いしゅう》し、薩摩と土佐の護衛兵らは、追い払うのに大童《おおわらわ》になった。

「そぎゃん持ってきたっちゃ、食いきれもはんど」

「もう庫裡《くり》は野菜が山積みじゃきに、持っち帰れ」

領民たちにそこまで慕われる主君という存在が、薩摩や土佐の兵には、不思議でならなかったという。

長州もそうだが、薩摩や土佐では、討幕に移行する前は、下層階級の上層への反発が、革命の機運を盛り上げた。伝統の破壊と、既成概念の転換が、軽輩らの情熱の源だったのである。

そこにあるものは、生活の不如意《ふにょい》や抑圧への反発だった。土佐における参政吉田東洋《よしだとうよう》の暗殺がそのことを象徴している。薩摩藩では島津久光《しまづひさみつ》を頂点とする上層の下級武士への軽侮などが底流となって、伏見寺田屋《てらだや》事件などを惹起《じゃっき》することになったのだ。

そうした上下の確執が、この会津藩主従にはなかった。

そのことは、南国の人々には、あまりにも不思議であった。同じ武士でありながら、君臣の一体感に改めて瞠目《どうもく》させられたのだ。

二

会津藩士たちが謹慎の地に猪苗代を指定されたのは、格別の意味はない。ただ会津城と城下から、一刻でも早く引き離すという西軍帷幕《いばく》の思案からである。猪苗代は蘆名《あしな》氏の時代から、独立した城地であったが、蒲生《がもう》氏入部以来、支領として城の規模は小さく、ほとんど陣屋程度にしか用いられていない。一応、亀ヶ城と称せられるのは、城郭の趣きの故ではなく、会津若松の鶴ヶ城との対称であった。

この城の役目は、中通りの二本松《にほんまつ》や須賀川《すかがわ》からの侵入を防ぐ出城《でじろ》の役目をなすものだったが、大鳥圭介の失策から母成《ぼなり》峠が破れ中山峠を抜かれると、何の役目もなさなかった。

城代の高橋権太輔《ごんだゆう》は、防衛の兵員の少なきを歎《たん》じ、自ら焼いて、この城を捨てたのである。

いま、謹慎の地とされて、三千もの人数が猪苗代に送りこまれても、宿所があまりにも足りない。

農家や寺院のすべてを動員しても、なお不足だった。ために六畳一間に七人も八人も詰めこまれ、土間に帯を敷き、薪《まき》を枕代わりにするしかない者が多かった。

食糧もこれだけの人数を賄《まかな》うには、各地から集めてこなければならない。武士たちの間に不満の気が漲《みなぎ》りはじめるのに、三日と要さなかった。

「多すぎるきに、あのままでは、また事件《こと》ぜよ」

「分散させるがよか」

「他国者《よそもん》が入っつろう、あぎやん奴輩ば、引き離すがよかたい」

まず旧幕府歩兵や越後高田藩士、それに郡上八幡《ぐじょうはちまん》の青山《あおやま》家からの兵ら四百六十人を東京へ送ることにした。

これには、長州藩と大垣兵が護送の任につく。

かれらが去ったあと、いくらか猪苗代には、余裕がとれた。だが、不自由なのは事実だった。明日知れぬいのちを、誰もがそれぞれの思いで、過ごさねばならなかった。

山川大蔵は弟の健次郎《けんじろう》の行く末を案じていた。その下の妹捨松《すてまつ》のことも案じられたが、捨松の親類の者が引き取ってくれるという。大蔵は土佐の中島信行の問いに、家族は無事といったが、実は、妻を失っていた。

もっとも、入城したあとのことで、城内で重傷を負い死んだのだ。

妻とせ子は、まだ十九歳。宝蔵院流《ほうぞういんりゅう》の名誉北原匡《きたはらただす》の二女で、大蔵のもとに嫁いだばかりである。籠城以来、照姫様守護につとめ、妹の操《みさお》も傷病者の看護にあたるという身分を忘れての献身だったが、十四日の攻防戦で敵弾が照姫の居室で破裂し、多勢が死傷した。そのとき、四ヶ所の重傷を負ったのだ。

「姫《ひい》さまの御安否は……姫さまは御無事ですか」

苦痛の中から何度も聞きかえし、御無事だと聞くとはじめて安堵の表情になって息を引きとったという。

八月二十三日から丸一ヶ月の籠城と包囲戦は、城下の人々にも苦しみを強いることになった。

遠い西国から長駆して雪崩《なだれ》こんできた異邦人たちによって、城内を除く郭内から郊外まで埋め尽くされたのである。訛《なま》りの激しい南国の言葉は、ものをいうときでも静かに話す伝統の雪国の人たちには、まるで怒鳴りつけられているように感じるのであった。

たとえ悪意はないにしても、また侮蔑《ぶべつ》の念はない場合でも、かれらの横柄で尊大な態度からは、悪意と侮蔑を感じる。況《いわん》や、〝徳川幕府と会津〟を仇敵《きゅうてき》として乗りこんできた薩摩や長州などの連中は、勝利を幸いに、横暴の限りを尽くしていた。

昨日まで唐芋焼酎《からいもじょうちゅう》もろくに飲めず泥の中を這《は》いずり、薩摩の限られた地域しか知らなかった者が、突然、憧《あこが》れの武士にして貰《もら》って、刀を与えられ、

「茄子《なす》か大根でも斬るつもりで、叩《たた》っ斬りゃよか」

と鼓舞されて押し寄せてきたのである。士族が相手なら、敵として、どんな暴戻《ぼうれい》も許され

たし、農工商でも、
「敵地の者《もん》じゃ、敵と同じじゃ、背を見せたら、やられるけん、先にどやしつけたれ」
西国雄藩の強さを見せつけるには、食糧を強奪し、反抗する者を〝朝敵〟の名のもとに殺反抗する者を〝朝敵〟の名のもとに殺《さつ》
戮《りく》し、女を手当たりしだいに犯すことであった。
色の白い東北の女は、色の黒いかれらから見れば、ふるいつきたくなるのである。野蛮で
無教養なかれらには、この東征行は旅の疲れもものかは、快楽に満ちたものに思われたろう。
城下に侵攻してきて以来、奥羽鎮撫総督府《おううちんぶ》の名のもとに領民は一切の反抗を許されない。
西軍のすることは御無理ごもっともで、従わなければならなかった。
忍耐強い雪国の人々である。軒端《のきば》に達する積雪に埋れて、春のくるのを待つ。父母が、祖
父母が、曾祖父母が、そうやって代々を耐えて生きてきたのである。
西国から吹いてきた嵐は、城下を地獄火で焼き、殿さまはじめ、藩士たちの多くを危地へ
追いこみ、あるいは殺戮し、なお盆地から去ろうとしない。その嵐はいつ去るのか。春の陽
光は、いつ照ってくるのか。
しかし、藩士の家族たちで、気丈に反抗する者もいたのである。
それが、西軍にいっそうの警戒と憎しみと、弾圧を促したのは否《いな》めない。
佐川官兵衛は鬼官兵衛と称《い》われた猛将である。その母も貞淑な会津の女であったが、内に
激しいものを秘めた芯《しん》の強さが、還暦を迎えても衰えることがなかった。夫の幸右衛門が長
命寺で討死にした後のことだったが、気落ちすることなく、官兵衛の留守を守っていた。あ

る日、郭外に買い出しに出た。いつも売りにくる近郊の農民たちが恐れて近寄らなくなっていたからである。途中、人気のないところで、財布を強奪されそうになった。が、気丈にも懐剣《かいけん》を抜くや、その男を刺殺して、難を免れ、目的地へ野菜を需《もと》めにいったという。

籠城戦のさなか、郊外に逃がれた藩士の家族たちは、夫や兄弟や子供たちが着替えもなく戦っているのを案じて、衣類を届けている。会津の陰暦八月下旬はすでに仲秋であり、九月半ばになると、朝夕の寒気は、かなりの厳しさになる。ことにこの年は雨が多かった。晴れ間も少なく、寒気が平年より早かった。飯盛山《いいもりやま》自刃の白虎隊士の少年たちが絶望感と疲労感が甚だしかったのは、一晩中、雨に打たれる塹壕《ざんごう》の中に在ったうえに、空腹を抱えての退却、山中の彷徨《ほうこう》が、気力を失わせたのだ。

その無情な冷雨は、家族たちの胸をしめつけた。雨に濡《ぬ》れそぼって着替えもなく任に就いている夫を、子を思うと居たたまれなかった。

だが、着のみ着のままで猛火の中を脱出した人々は、贈ろうにも調達の銀子《ぎんす》を持たぬ者もいた。糯米《もちごめ》を手に入れて餅《もち》を作り、あるいは素朴な菓子を作り、果物などを農家を廻って買いうけ、それを持って西軍の屯営に売りにいったりした。もとより武家の風では徒《いたず》らに敵愾心《てきがいしん》を掻《か》き立てさせるから、下賤《げせん》の者に扮《ふん》してのことである。

目的のためには、冷笑を浴びせられ罵倒《ばとう》されても忍んだ。

だが、中には、一ノ丁の露店で品物を物色するうち、はからずも自宅に置いてきた衣類を見た人もいる。

これらは分捕りと称して、西軍が焼け残った屋敷を荒しまわり、それを露店で売っていたのである。

卑劣な薩摩や長州の連中だった。まるで、山賊と同じだった。

(これが王師か、天皇の軍か)

会津武士の母や妻たちは、歯を食いしばって怺《こら》えた。敗れた者には、一言の抗議もできないのだ。

だが、それを購《あがな》おうとすると、思いもよらぬ高値を吹きかけられた。

「それは、あまりのお値段でございましょう」

さすがにむっとなって口をすべらすと、

「何じゃと、こん糞《くそ》ババァ、われら天下の官軍ば何と心得ちょる！　汝《め》りゃ賊軍の後家《ごけ》か」

と、噛《か》みつくように怒鳴られた。

やむなく、食費にととっておいた金も出して、買い求めたが、涙が止まらなかったという。

そうした女性の一人であろう、各地に転戦していた朱雀隊の後を追い、わが子に衣類を与えようとして、漸《ようや》く追いついたときは、すでに討死にしたと聞いて、呆然《ぼうぜん》と声も失った女性がいた。不愍《ふびん》のあまり、どう慰めたらいいか、言葉がなかったと、隊士の一人が後に語っている。

それでも、家族と連絡がとれ、何とかそうした衣類や合羽《かっぱ》などを届けて貰《もら》った者はいいが、家族の安否もわからぬまま、転戦していた者の多くは、夏着のままの着たきり雀《すずめ》で寒気に顫《ふる》えながら耐えねばならなかった。

すでに越後境《ざかい》の山々は雪化粧され、晴れた日には美しくさえ眺められたが、それは、恐ろしい冬将軍の前触れであった。磐梯颪《ばんだいおろし》の雪は五尺を越すことも珍しくない会津盆地なのであった。

西軍の卑劣な分捕りと、その闇市《やみいち》での儲《もう》けぶりには、二本松から狩り出された人夫の証言がある。

「わたくしどもは若松城下に入って後、二、三日目になると、分取り方を命ぜられました。郭内の焼け残ったお武家の屋敷を隈《くま》なく捜索して、まず目星《めぼ》しきものを持ってこいとのご命令でありましたので、しかたなく一軒一軒廻わりました。

なにしろ二十八万石の御大藩でございますから、どんなお屋敷にも、たくさんのお道具がございました。それを持ち出すのですが、一軒の家から目星しいものを抱え出して、次の家にゆくと、持っている物より立派な物がある。そこで、いま持ってきた物を捨てて、見つけた物を抱え出す。次のお屋敷に入ると、もっと立派な物がある。そこでまた、いままで担《かつ》いでいた物を捨てて、それを担ぎ出すという塩梅《あんばい》で、……つまり、目移りしては、求めて捨て、また集めては捨て、これぞと思う物を集めて、お差し図の場所に運び、官軍方の検分を受けますと、立派な武器はもちろん名宝珍器は悉《ことごと》く取り上げられ、その他の品は、労銀《ろうぎん》代としてお下げ渡しになりました……」

この二本松の人夫たちは、主として会津名産の銅器その他をかき集め、連日、駄馬で国元に送ったので、駄馬の行列は延々として連なり、殷賑《いんしん》をきわめたという。その背にあるものは、いずれも会津藩家士たちの累代の家宝、名物什器《じゅうき》など分取り品ばかりであった。

流亡記

一

二本松が落ちて、西軍が入って来たとき、城主はじめ一族はすでに城を落ちていた。会津攻めのために狩り出された二本松の人夫は、その敗戦の中で、どうしていいかわからずにうろうろしていた人々である。侍の身分を隠して、農夫に窶《やつ》していた者もいたろうし、家を焼かれ、落ちゆく知己《しるべ》もないままに、彷徨《ほうこう》しているところを、西軍に捕まり、お前ら、案内ばせい、と、威《おど》かされた人たちもいた。

遠い西国からやって来た連中には、未知の会津盆地へ入ることに、多くの不安があり、降伏した三春《みはる》藩の者たちに案内役を強いたりしたのと同じである。

哀れをとどめたのは、二本松城を落ちた丹羽《にわ》一族である。

米沢藩では、福島城主を受け入れたあとだけに、丹羽一族までも面倒を見るのは大変だった。米沢藩自体が、抗戦か恭順かで揺れてもいたのだ。

二本松藩主丹羽長国《ながくに》と夫人と長女峯子《みねこ》だけは、米沢で世話をするということになり、公の生母浄珠院《じょうしゅいん》および公の二女菊子《きくこ》と三女組子《くみこ》は仙台に赴く。先代長富《ながとみ》公の夫人麗性院《れいしょういん》および長国公の妹美子《よしこ》の二人は、近臣に守られて会津若松へ行くしかないことになった。

西軍の当面の目標は、二本松や福島ではない。仙台でもない。会津若松だけだ。その会津若松へ落ちよ、とは、どういう考えであろうか。

麗性院らの供は、用人の横江喜右衛門《きえもん》と丹羽紋右衛門《もんえもん》など二十人ほどで、米沢を発《た》ったのが、八月十二日。

このことが決定した五日前に、家来の池田一郎兵衛《いけだいちろべえ》が、先触れのため、先発した。途中の御宿の手配その他のためである。

麗性院と美子は、長国らと涙の別れをして米沢を発つと、その日は檜原《ひばら》で休み、大塩《おおしお》で宿泊。翌日は熊倉《くまぐら》で小休、塩川《しおかわ》で宿泊。八月十四日に二軒茶屋《にけんぢゃや》で小休して、それから若松城下へ入って来た。

お供の一行は男の料理番から下女まで入れて三十七人という人数である。途中まで、会津藩の御使者が迎えに来た。城下の入口では御先払《おさきばら》いなど、十万石の御家族の待遇はきちんとしていた。

城下の南町《みなみまち》に古川御殿《ふるかわごでん》というのがある。麗性院の一行はそこへ案内された。先発の池田のほか、星峡間《ほしはざま》、守岡郡七《もりおかぐんしち》、新藤忠太夫らが出迎えている。会津公からの使者は藤沢某《なにがし》で、御酒御料理など、歓迎の準備が出来ていて、逗留《とうりゅう》中の上下一同、賄《まかな》いもすべて、会津の方で面倒を見るという。

麗性院以下の一同の感激は少なくなかった。

会津藩の軍事方下役《したやく》のもの並びに古川御殿御預り役などが、日々、心のこもった世話をしている。

上杉米沢藩では、この隣邦の城主の流亡には格別の配慮をしている。長国公夫妻の気持ちを慮《おもんぱか》って、この逗留中に、聟《むこ》養子の縁組みを申し出ている。上杉弾正大弼斉憲《だんじょうだいひつなりのり》の九男頼《より》丸《まる》君を、丹羽長国の養嗣子《ようしし》にしたのだ。安政《あんせい》六年（一八五九）生まれだから十歳であった。長女峯子と娶合《めあ》わせるという約束であった。のちに改名して長裕《ながひろ》。二本松藩主丹羽氏十一代の当主となる。

麗性院らが会津へ行き、その別離に涙した夫人にとって、この養子縁組みは嬉《うれ》しいことであった。

――程もなく、婿養子にとて頼丸君を給《たま》はる。その御情は中々筆に尽されず思ひしに、頼丸君の方より我住む方に来給ひて、悦《よろこび》の盃《さかずき》とりかはしけるうれしさよ……。

こう記した夫人は、歌を詠んでいる。女は三人いても男子を生まなかっただけに、喜びはひとしおであったろう。

かくばかり厚き情にふたもとの
　まつのみどりも色をそへつゝ
今年よりいやおひしげれいく万代《よろずよ》

　みどりをそへよふたもとのまつ
二本の松とは、二本松を意味するとともに米沢上杉家の繁栄をも願ったものであろう。この縁組みの話は、八月十二日から十四日までの間にととのったらしい。というのは、十五夜の月を詠んだ歌がそのあとにあるからだ。
　かくばかりかはり行く世ぞうらめしき
　　さやけき月を見るにつけても
この歌には、
——程もなう十五夜の月をながめしに、常はおもしろうながめけるを、ことしのみは心の澄みわたらねば……。
と、前書きがある。夫人にとって、米沢で眺める月は、配所の月のようなものであったろう。八月十五日といえば、もう西軍はひしひしと、近辺に押し寄せて来て、米沢も安閑《あんかん》としておれなくなっている。

二

　東軍はしかし、二本松回復を策していた。
　福島に軍事局を立て直して、桑名侯、旧幕府老中の小笠原壱岐守長行《おがさわらいきのかみながみち》、旧幕府若年寄並《なみ》の竹中丹後守重固《たけなかたんごのかみしげかた》ならびに会津藩、仙台藩、米沢藩、棚倉《たなぐら》藩の抗戦派の人々は、二本松進撃の手配をしていた。

関門を閉ざして、路次の通行を止め、各勢力の連携をもって反攻しようというのだ。が、二本松藩の老臣らは、降伏に動いていた。

すでに自らの手で城を焼き、公一族が、他家を頼るという状況を見てしまった二本松家臣にしてみれば、もはや反攻の可能性も感じられなかったのだろう。

八月二十日ごろには、米沢藩に入国を拒《こば》まれ庭坂《にわさか》に滞在していた重臣らの間で、ひそかに降伏の話が進められていて、米沢の長国公も、心を決めるに至っていたという。だが、友邦が反攻を策しているのに、降伏とは、おくびにも出せない。

仙台、会津藩の出役《でやく》に説いて、二本松の様子を捜《さぐ》ると称して、通行証を得て、城下に帰った者がいた。

〈中島黄山日記〉がそのことを物語っている。

八月二十三日。家に帰って乱後の取片付《とりかたづけ》を致《いた》す。

八月二十四日。三春に往《ゆき》て事を談ぜんと欲し、本宮《もとみや》に到《いたり》て其人在らざるを聞、空敷《むなしく》帰《かえる》。

八月二十六日。安斎卯兵衛《あんざいうへえ》と密事を談じ、大隣寺様と謀《はか》る。方丈《ほうじょう》大いに喜び、予《まえもつ》て認《したため》置たる歎願書《たんがんしょ》を出して示さる。即《すなわ》ち其書を参謀渡辺清左衛門君へ差出す。

八月二十七日、二十八日。米沢へ御報告を急ぎ、飯野《いいの》山道を経て福島に到《いた》り、軍事局へ出《い》で、詐《たばか》りて二本松の官軍追々相嵩《かさみ》、且《かつ》会津表は二十日に母成《ぼなり》峠を破り、二十三日火薬蔵を撃破《うちやぶ》られ、昨二十七日二ノ丸へ攻入、危急旦夕《たんせき》に迫ると告ぐ。因《よっ》て桑名侯二本松進撃見合《みあわせ》、仙台兵白石《しろいし》へ退く。

あくまで抗戦を続けようとしている東軍の有志たちにしてみれば、大いなる裏切りだ。あるいはこのとき、反攻していれば、情勢が変わっていたかもしれないが、嘘《うそ》の情報で、機を逸することになった。

哀れをとどめたのは、会津へ身を寄せた麗性院と公妹美子である。

ゆっくりと、手足を伸ばすひまもなく、数日後には西軍が会津国境に迫って来たのだ。八月二十一日には、石筵口《いしむしろ》がまず破れ、二十三日には西軍が城下へ雪崩《なだれ》こんで来たのである。こんな悲惨なことがあるだろうか。二人を守って三十数人の供の男女は、また米沢さして、逃竄《とうざん》しなければならなかった。

八月二十二日には、猪苗代口も破れ若松の形勢が悪くなったのが古川御殿にも伝わって来たので、横江喜右衛門と星峡間が登城して主人の進退を如何《いかが》すべきか、御伺いしている。だが、会津藩では、もはや、彼女たちのことを考えているどころではない。足もとに火がついたのだ。

「その儀は、明朝まで待たれよ」

と、返事を延ばされた。

――不容易付《つき》、何《いず》れ両主人へ申聞其上《そのうえ》明朝迄《まで》に御答に可及旨《およぶべき》御答之処《ところ》、右御返答無之内《これなきうち》。

となって、二十三日、雨、と翌日に記述は繰り越している。

麗性院と美子の一行のあわただしい脱出行は、〈麗性院様随行記〉と題する手記がよく伝えている。

一、早朝より戦争相始り、砲声甚敷《はなはだしき》に付、昨日之御答伺として羽木《はねき》権蔵《ごんぞう》登城可致《いたすべし》と御城近辺迄《まで》罷越《まかりこし》候処、最《も》早《はや》城門〆切《しめきり》、通路難相成、罷帰《まかりかえり》候処、途中にて会藩役人に逢《あい》対談及《および》候処、一先《ひとま》ず古川御殿御立退何方成共《いずかたなりとも》、御潜みに成可然《なってしかるべき》旨に付、御二方様には御城へ御入可成《なるべく》思召之所、右之次第に付、弥《いよいよ》御立退と御治定に相成候。

麗性院たちは、鶴ヶ城に入るつもりだったのだが、それがかなわぬことになった。すでにこのときは、藩中の婦人子供たちも城内に入っていて、遅れた者は入れないほど混雑していたのである。

――其内大小砲声励敷《はげしく》、所々へ火の手上り、御城下一円《いちえん》黒煙りに相成、既《すでに》流丸《ながれだま》飛来り、大切迫にいたり、南の山辺へ向き、御二方様とも、御乗物計《ばかり》にて御立退、御手許《おてもと》御道具等御使之面々にて背負ひ、御料理人御二方様御飯鉢並《ならび》に御椀計《ばかり》背負御供《おとも》仕候……。

大目付役だった黒田伝太《くろだでんた》が往時を回顧して記したものがある。伝太というのは、武士の名前としては奇妙だが、これは、本人の記したところによると、伝太夫《でんだゆう》と改名したところ、君公より余り長き名なりとて、夫の一字を去り伝太とすべしとの命で、通称にしたという。

この伝太が前線で転戦していたが、八月二十三日には、十一人の部下と会津若松城下の七《なの》日《か》町《まち》旅宿にいた。転戦して一同は疲れていたので、ぐっすり眠りこんでいたのだが、二十三日の払暁《ふつぎょう》に眼をさましたとき、小銃の乱発する音を聞いたという。

雨が降っていた。小銃の音が激しく、伝太は、あわてて傍らの者を叩《たた》き起こした。

「おい、戦《いくさ》がはじまったぞ」

「えっ、まさか」

寝呆《ねぼ》け眼《まなこ》をこすって、まだ事態がのみこめない様子だった。数日来の疲労でぐっすり寝込んでいたのだ。まさか、若松城下に西軍が攻めこんできたとは信じられないのである。

伝太が急いで身支度をして階下に降り勝手にいってみると、旅亭の家人たちが、大騒ぎしている。西軍が滝沢峠まで迫った、といって、逃げ支度で周章狼狽《しゅうしょうろうばい》していて、泊り客の食事どころではないのだ。

この宿に泊るについても、会津軍事方の役人に頼みこんで、斡旋《あっせん》して貰《もら》ったのだから、無理はいえない。二階に戻ると、一同を起こして、ともかく支度をさせた。

「食事はどうなっている。朝飯を食わねば、力が出ぬわい」

「そうだ、この家の者が逃げ出さぬうちに飯を食わねば」

伝太がまた階下へ降りたときは、すでに遅く、家人たちは全員が逃げ出してしまい、誰一人残っていなかった。

ただ竈《かまど》では熾火《おきび》が見えた。釜《かま》の蓋《ふた》がずれている。湯気が熾《さか》んに立ちのぼっている。

伝太は蓋をとってみた。飯が半焚《はんだ》きになっている。

「半煮えだぞ」

「かまわん、弁当にしろ」

熱い飯だ。そこで手拭《てぬぐい》を水に浸して濡《ぬ》らし、その上に飯を杓子《しゃくし》で掬《すく》い上げて包みこんだ。こうして冷ますと同時に、半焚きのものを蒸らして少しでも食べ易《やす》くしようという智慧《ちえ》だ。

こうして、その飯包みをそれぞれ腰に下げた。

――急ぎ此《この》家を立出て見れば、滝沢峠及《および》市中入口の方に当り頻《しき》りに砲声の聞ゆるにより、何《いず》れ其方面へ向ひ出張すべき心組にて、半町程進みし折、恰《あたか》もよし、星峡間《ほしはざま》なるもの麗性尼公の御住居へ駈付《かけつけ》る処なりと……。

ばったりと出逢《であ》ったのだ。小説的情景だが、七日町の旅館から出て来たかれらと南町の古川御殿とでは、こういうことも不自然ではない。周辺は混雑して、右往左往していたであろうが、同じ藩士として、指導的地位にあっただけに、よく見知っていたのであろう。

「御城へお入りになる予定であったが、この話は駄目になったゆえ、米沢へ向かうしかない。おぬしらも、ここで戦うよりは御供をなされては如何だ」

星にしてみれば、老人や女ばかりでは、護衛も心もとなく感じられたのだろう。時にとっての幸いというか、屈強の戦士十二人と遭遇したことは天佑《てんゆう》だった。

「参ろう、われらでも御役に立てば幸いだ」

黒田伝太は部下に対して命令を下し、一緒に古川御殿に向かった。

このときの町の混雑をこう書いている。

――此時、若松市中の士農工商等《など》、立派の衣服へ白襷掛《しろたすきかけ》、長刀を脇挟《わきばさ》み登城する婦人あれば、老幼を携へ、又は物品を背負ひ抔して東西南北に奔走《ほんそう》するものあり、其《その》情勇ましきあれば、又あはれなるあり。

或《あるい》は婦女子の如《ごと》き、泣く泣く立退くもありて、惨状思ひやるだにいたまし。

こうした中でも伝太は、

「手ぶらで参るのも何だから」

と、何かよき品はなきかと、店先を見て歩いていたというから、危急の場でも、頭の廻《まわ》る男である。水菓子屋の店先で、柿を売っていたのを見て駈《か》け寄っている。見事な柿が艶《あで》やかに光っていた。それを十個ほど買いもとめた。

「姫へ献上するのだ」と、笑った。

こうして、古川御殿に辿《たど》りついている。この思いがけない壮士らの姿を見て、麗性院はじめ、供の人々が驚き喜んださまは想像に難くない。会津藩からも突き放されて、どうしてよいか混乱し、心細さと不安と恐怖で気が狂う者さえ出てくる中で、力強い思いがしたことであろう。伝太自身の手記では、その喜びのさまも、少ししか記してないが、その圧《おさ》えた筆の下でも様子が窺《うかが》える。

――此《この》混雑中を往《ゆ》きて麗性尼公の御住居に至れば、既《すで》に同所を御立退きの御準備最中なれども、御附《おつき》の人々、多くは老人のみにて、唯々《ただただ》あはて騒ぐのみ。

予等《よら》一行の相伺ひたるに、尼公始め殊《こと》の外《ほか》御悦《よろこ》びの御様子にて渡らせられたるも、婦女の習《ならい》とて時間のみ費す有様なれば、予御進め申上《もうしあげ》、速《すみや》かに其所を御立退き遊ばされたり。

此時は御庭の池へ小銃弾数十回飛来り、危険なる御場合なれば、前後の考もなく日光街道を南へ御立退き相成たり。此御立退きは麗性尼公と美子姫様御二方にて御駕籠《おかご》二梃《ちょう》なり。御住居に備付《そなえつけ》ありし大切の御品類は纔《わず》かに御持出し相成りしも、種々の御道具は其《その》儘《まま》打捨て、運搬するの猶予なし、終《つい》に烏有《うゆう》に罹《かか》りしものなるべし。

伝太も書いているように、狼狽していたので、一行は日光街道を南へ下った。米沢とはまるきり反対の方角である。城下から避難する人々の流れに加わったのであろう。実際、西軍が攻めて来たのは、北西の方角だから、銃声砲声に追われて、南へ逃げる者が大半だったのだ。が、その南会津の日光街道にも、山王峠を越えたり白河の方からも西軍は雪崩こんで来ていたのである。

姫君夜行

一

麗性院《れいしょういん》は二本松藩主丹羽《にわ》長国《ながくに》の実母ではない。先代長富《ながとみ》の夫人である。長国の生母松尾氏は長富の側室だ。麗性院は筑後《ちくご》久留米《くるめ》の有馬《ありま》中務大輔《なかつかさのたいふ》頼貴《よりたか》の子上総介《かずさのすけ》頼端《よりなお》の二女である。

麗性院という法号は、長富の卒去ののち落髪してからのものである。

会津に頼るくらいだから、まさか十日たらずで西軍が侵入するようになるだろうとは、丹羽家の一門は誰も思わなかったに相違ない。

情勢分析が甘かったというのは、結果論で、当時では会津藩自身でも、そんなことは予想もしていなかったのだ。その会津戦況の急変の原因その他については後段に譲るが、それくらい、突然のことだった。

麗性院の一行のために古川御殿が用意されていた。が、八月二十二日になって猪苗代口が破れたという報《しら》せが届いてから、城中城下、混乱がはじまった。

「戦火が城下に及ぶとなれば、われらは一体如何《いかが》したものか」

「この御殿では、敵が容易に踏みこんで来よう」

御供の者たち二十人ばかり、といっても隠居や料理方などで、実際に剣を執《と》って戦えるのは、偶然に城下で一行に加わった羽木権蔵や黒田伝太（大目付、三百五十石）ら十数人と、あと、四、五人というところだから、この恐怖もしかたがない。

倉皇《そうこう》と登城したのは横江喜右衛門と星峡間《ほしはざま》の両人だが、城内も混乱していた。会津藩にとっては、文字通り危急存亡のときである。麗性院一行のことなど、この時点で考えている者はいなかったろう。

「明朝まで返事は待たれよ」

という指示であった。

八月二十三日の朝、砲声に驚きながら、身支度もそこそこに、羽木権蔵が登城しようとして鶴ヶ城の門前に来てみると、すでに城門は固く閉ざされていて、入るどころではなかった。

これは手違いもあったが、命令系統の混乱がさせたものだった。

城士の家族たちも、城内から打ち出す太鼓の合図で、敵が迫ったら入城することになっていたのである。ところがこれが前後して、城に入れなかった者が多い。

いわゆる娘子軍《じょうしぐん》として、活躍して討死にした中野竹子《なかのたけこ》らは、この結果のことであり、はじめから軍に参加したわけではない。途中から参加したのだが、それでも、鬼官兵衛らは、

「婦女を編入させなどしたら、会津武士が嗤《わら》いものになる」

といって頑として拒んだほどだ。それを坐《すわ》り込みして、参加出来ないのなら、死んで、と

までいって、漸《よう》く許《や》されたという話が残っている。

それはともかく、羽木権蔵は、城門前でそうした女性たちとともに、失望して、戻るしかなかった。

かれは、避難の人で混雑する道をかきわけながら、古川御殿へ戻って、様子を報告している。

この羽木権蔵は、黒田伝太らとともに、白河口へ出兵していたが、二本松が落ちたことを聞き、会津へ引き上げて来て城下で偶然に再会して、御供に加わったのである。羽木は、もともと家老の丹羽丹波《たんば》の知行地《ちぎょうち》の郡代《ぐんだい》をつとめていた豪勇の士だ。

のちのことになるが、主家が大罪を問われて長国公が罪に服しているとき、羽木権蔵は、自ら東京刑法官に自首して、

「大罪すべてこの身にあれば、よろしく重刑を科せられたし。公には些《わず》かの罪もこれなく」

と申し出て、監獄入りとなっている。

実際には寛典《かんてん》の沙汰《さた》が下った直後で、市井《しせい》に潜伏した権蔵には、その様子がわかるはずもない。自らの命で主人の罪を贖《あがな》わんとしたのだ。家老の丹羽掃部助《かもんのすけ》も、自ら大刑に服さんとして、朝廷に上書して、一《ひと》ツ橋《ばし》邸御預けとなっている。

こうした熱血の漢だから、羽木権蔵は、

（会津城がかくなった上は、御二方は、落としまいらせねばならぬ）

と、眼を血走らせて、古川御殿に駈《か》け戻ったのだ。

麗性院の一行が、権蔵の報告を聞いてあわただしく出立する様子は、前章に書いたが、〈麗性院様随行記〉と題する手記によると、ただただあわただしく、〝南の山辺へ向〟かって逃げた、となっている。

大名というものは、参勤交替にも、道中、夜具から食事まで什器《じゅうき》一切を携行するのが常態だった。

誰が寝たか知れない夜具などに身を横たえることは出来ないし、箸《はし》から茶椀《ちゃわん》まで、自分のものを用いる。そうした生活に慣れた女性に、この逃避行は如何《いか》に辛《つら》いものであったろう。想像に余りある。

前に書いたように、彼女らの絹布《けんぷ》の夜具は、二本松北方の水原《みずはら》に置いてきたままなのだ。しかたなく、米沢に着くと、直《す》ぐに作らせた。ところが、その新しい夜具も会津に持ってゆくわけにはいかなかった。

ただ乗り物だけは二梃《ちょう》、麗性院と公妹美子《よしこ》の分は確保されていた。

従う者は、横江喜右衛門ら二十三人と前記の羽木や黒田ら十数人、それに女たちである。

混乱の中を、ともかく砲声のとどかぬ方へ、南へ南へと進む。泥の流れのような群衆と揉《も》み合いながらの逃避行である。

城下の老若男女は、それぞれ、持てるだけの荷物を持ち、泣き叫ぶ赤児を抱き、あるいは背中にくくりつけて、さらに老人や少女の手を曳《ひ》いている。こういう逃避行には、士農工商の区別はない。

「離れるでないぞ、離れるな」

行き先もはっきりしていないのだから、離れ離れになってしまえばそれきりだ。背の高い猪越市十郎《いのこしいちじゅうろう》などは声を涸《か》らして叫び、脱落者のないように気をくばって、わざと歩を弛《ゆる》め、人々の頭越しに、声を掛けていたが、それでも混雑は、かれらを寸断し、脱落者が出た。厨番《くりやばん》の金本庄蔵《かねもとしょうぞう》、渡辺弥平太《わななべやへいた》、渡辺文右衛門《ぶんえもん》、三井金蔵《みついきんぞう》、それに表使《おもてづかい》の磯田《いそだ》という女中がいなくなった。

この中で、金本庄蔵は、出発間際から姿を見せなかったので、

「逃亡したのではないか」

と、疑われた。

同じ厨番の三井金蔵は、いきまいて、

「ふてえやつだ。見つけたら、賽《さい》の目に刻んでやる」

などといっていたが、その金蔵までいなくなったので、人々の失望落胆は尠《すくな》くなかった。殊《こと》に渡辺弥平太は御徒《おかち》目付で、下士の非違を取り締まる役だ。

その当人が混雑を幸い、見失ったようなふりをして逃亡するということはあるまいと思われたが、敗色が濃くなると、人心の帰趨《きすう》は計り難い。

かれらが辿《たど》った道は、俗にいう日光裏街道。現在の日光街道である。

このあたりで大川と呼ぶ阿賀川を遡《さかのぼ》る道は現在でこそ立派なハイウェイになっているが、当時の日光街道はもっと西側の山中を通っていた。

本郷《ほんごう》焼きで有名な本郷を経て、山中の登りの道を関山《せきやま》から氷玉川《ひだまがわ》沿いに登り、栃沢《とちざわ》を経て氷玉峠。それから大内峠を越えて赤沢《あかさわ》の平《たいら》へ降りる。大内沼の傍を大内宿へ出る。

これから沼山《ぬまやま》、中山を経て倉谷《くらたに》で戸《と》石川《いしがわ》にぶつかる。これが阿賀川に併《あわ》せられるのが姫川である。

この山中の道が実は会津からの日光街道だった。会津藩主も、参勤交替のおりには白河、須賀川を経ないで沼田《ぬまた》からこちらを通ることが多かった。

したがって阿賀川沿いの道は、裏街道だったのである。

二

麗性院の一行が、なぜ、こちらを南下したのかわからない。よく道がわからないままに下ったのか、それとも本街道は追手がくるだろうから、という配慮だったのか、あるいは、城下の阿賀川を越えるのが、舟がなくて難しかったのだろうか。

群衆で混乱して、おそらく、渡し舟には乗れなかっただろうし、それがこちらの道を辿らせることになったのではあるまいか。

記録によると、鹿島、尾塩村、船子村などで小休、とあるが、これは現在の地名でいえば、香塩《かしゆう》、小塩《おしゆう》、舟子《ふなこ》であろう。

小塩と舟子の中間に、現在の芦《あし》ノ牧《まき》温泉がある。が、これは現代になって開発されたもので、当時は、小規模な湯治場であった。もしもその存在を知っていれば、麗性院一行は喜んで疲れをいやしたにちがいない。

その夜の泊りは小出村《こいで》であった。

位置からいえば、西に千三百八十三メートルの小野岳の秀峰を望む小村で、前記の大内宿はちょうど、その小野岳の背後にある。

宿泊は、小出村の豪農五十嵐《いがらし》弥介《やすけ》という者のところだった。

夜半から雨になった。逃避行にはあまりにもわびしく淋《さび》しい雨だった。

横江喜右衛門や羽木権蔵らは遅くまで、これから先のことを案じて相談していたが、意見はまとまらなかった。

これから南下しても、どこへ行けばいいのか。南会津は三方を国境の山に囲まれていて、ちょうど袋のようなかたちになる。西には越後境の山、南には関東との境の山、東には中通りとの境の山で、つまり山向こうはすでに西軍が圧《おさ》えてしまっている。

したがって、南へ下れば、袋の中へ、奥深く入ってゆくかたちになる。袋を破って山を越えれば、敵の懐中へ飛びこむことになるのである。

しかし、会津若松城下が決戦場になっているとすれば、後戻りは出来ない。

「どうしたらよいのじゃ……」

小沢《おざわ》知還《ちかん》が、長歎息《ちょうたんそく》を洩《も》らした。

「このまま道を辿っても、おめおめと敵の手に捕まってしまう。まるで、捕まりにゆくようなものではないかのう」

「明朝までには、渡辺静司《わたなべせいじ》が戻って来よう、そうすれば、城下の様子がわかる」

小出村の五十嵐方に夜着くとすぐに、様子を見に若松城下に引き返させたのである。静司も御徒目付だ。

だが、この雨では、報告は遅れるものと思わねばならなかった。

「なんとかして、米沢へ戻れぬものかのう。米沢には西軍は来ていまい」

「さ、それは何とも。むしろ、仙台の方が安全ではありますまいか。米沢よりはずっと大国であるし、西軍と雖《いえど》も、六十二万石の伊達《だて》領には攻めこむまい」

「それはわからぬ。だが、米沢より仙台の方が安全なのは事実だ。寄らば大樹の蔭《かげ》と申す……」

「米沢まで行けるなら、仙台に行くのは楽でござるがな」

と、黒田伝太はやや皮肉な調子で言った。

わかりきったことを、くどくどと愚痴《ぐち》っている老人たちが情けなかった。その愚痴の先に曙光《しょこう》でも見出《みいだ》せればいいが、愚痴が愚痴だけに終わっては、ただ無駄ではないか。明日に備えて睡眠をとらねばならないのだ。

伝太は城下で柿を買って麗性院を喜ばせたことから、今日も途中の農家の庭に鶏が遊んでいるのを見たとき、僕《しもべ》の兵介に命じて三羽買い需《もと》めさせた。

鄙《ひな》びた宿では、どうせろくなものは食膳《しょくぜん》にのぼるまい。その際に麗性院と姫のために、と思ってのことだった。

案の定、飯はあっても副食物はろくなものがない。臭気の強い古漬けなどでは、咽喉《のど》へ通らない。伝太は、早速、鶏を割《さ》かせた。厨番がついているから、材料がありさえすれば、食膳を賑《にぎ》わせ、ともかく口に合うように作れる。むろん三羽もの鶏だから御供の者たちにも振舞われた。

麗性院はいたく喜んで、伝太を召すと、

「その方の御蔭にて、恙《つつが》なくこれまで落ちのびることが出来ました。誠にうれしいことです」

と、礼を述べた。伝太は感泣した。

三

八月二十四日は夜半から降り出した雨が止《や》まず、一行は雨の中を、さらに南下した。阿賀川がふくれあがって轟々《ごうごう》と咆《ほ》える道すじである。

前記の随行記では、〝湯ノ原村で御小休〟とあるが、これは、今日の地名では湯野《ゆの》である。湯野は上と下に行政地名が分かれている。その少し前に小野《おの》の聚落《しゅうらく》があり、ここから小野《おの》川《がわ》伝いの小径《こみち》を遡れば大内へ抜けることが出来るが、一行は、このときまでまだ南下するつもりでいたのであろう。

因《ちな》みに、小野には、小野観世音《かんぜおん》が祀《まつ》られていて、知られているし、湯野から少し下がったところには、風穴《ふうけつ》で知られた中山の特殊植物群落がある。が、むろん、それらも一行には興味を抱く余裕などなかったろう。

その夜の泊りは、弥五島《やごしま》村であった。

ここまで、一応の目標があった。というのは、御供の中の関屋文白《せきやぶんぱく》（医師）の嘗《かつ》て内弟子になったことのある者がいた。長沼越中《ながぬまえっちゅう》といい、いまではこのあたりの医師として大家になっているので頼り甲斐《がい》があると思われた。

一行が着くと、越中は非常に喜び、

「私どもで出来ますことなら、如何《いか》ようなことでも御命じ下さいまし」

と、もてなした。夜食も立派なもので、漸《ようや》く人々は、安心した。

「ここなら、長逗留《ながとうりゅう》しても大丈夫でござる。お疲れを休められて、先のことを相談することに」

と、関屋は言った。少なくとも三日は逗留したい、とかれは越中に言った。

「はい、それはもう、五日でも十日でも。せめてもの御恩返しでございます」

越中は家人に命じて、あれこれと、便宜を計った。

だが、せっかく、これで一安心と思ったのが、皮肉にも、宿泊も出来ないことになったのである。

西白河の三斗小屋《さんとごや》の守りが破られて西軍が押し寄せてくるという噂《うわさ》が伝わってきた。

麗性院と美子は越中の立派な隠宅で疲れを休め、伝太らは本宅の座敷にいたが、八ツ（午前二時ごろ）過ぎになって、その噂が伝わって来たので、急にまた人々は騒ぎ出した。

「三斗小屋が破られたとあれば、西軍が雪崩《なだれ》こんでくるのは時間の問題でございましょう。これは、のんびりと泊っては居られませぬ」

「と申しても、南へ下れば、ますます、敵の懐へ入ることになりはすまいか。引き返すこともならないし」

「やむを得ませぬ。こうなれば、大内を経て日光街道で、高田へ出るしかありますまい。高田から坂下《ばんげ》を通り、大塩から米沢へ向かうことが出来ます」

関屋は、越中の家人からこの辺の地理を詳しく聞いていたので、こう答えた。

ただちに、また出立の準備に入った。

それにしても、困難な道のりを大勢では目立つし、行も遅れる。暇《いとま》を願う者があれば、ここで別れることにしたほうがよい、ということになった。

まず、女中六、七人が御暇ということになった。女中たちには、何の罪もないから、江戸の知己《しるべ》を頼っても、捕まるようなことはない。

「それがしが、責任を持って、お送りいたしましょう」

と、越中は答えた。

そこで、めいめいに御手当て金を下賜したのだが、女中たちは、いざとなると、別れが辛いといって、御二方にとりすがって泣き崩れるのだった。

伝太の回顧の記には、そのときのことがまざまざと思いだされたのであろう。

——数年尼公の御召使《おめしつかい》遊ばされたる事とて、婦女の習ひ、悲歎に沈みなきさけぶ等《など》実にことわり（理）と思ひやられたり。併《しか》し斯《か》くの如《ごと》きの有様にては益《ますます》時刻を費すの恐あれば、御進め申上、御出立の節は夜に入りたり。

と、ある。

御側《おそば》女中の、みの、さと両人。御傅《おもり》女中マスと下女二人。都合五人であるが、何《いず》れも、江戸表で御抱えの女中たちであった。

彼女らを残して、一行は松明《たいまつ》の火明りを頼りに夜道を辿ることになった。

越中は案内人をつけてくれたし、自身も、一夜中、先頭に立った。

前記の姫川より、戸石川沿いの日光街道を下ったのである。西に進むことおよそ二里《り》（約八キロ）、倉谷へ出て、水抜《みずぬき》の村から右へ街道は高原地帯を北進する。

途中、中山峠がある。

ここは標高七百メートル近い。もっともこのあたりはかなり高いから、その差は百メートルほどなのだが、夜道だし、小雨《こさめ》が残っていて、時々、山風に吹かれて、さっと横殴りに叩《たた》きつけてくるのだ。

一行は、お互いに励ましあって、夜道を辿った。

漸く鶏鳴《けいめい》のころ、桜山村に着いた。

越中の知人の嘉右衛門《かえもん》という農家に草鞋《わらじ》を脱いだ。すでに峠のあたりから案内の某《なにがし》が先走りしていて伝えていたから、竈《かまど》には火が燃え、湯が沸かしてあった。囲炉裏《いろり》で、濡《ぬ》れた衣類を乾かし、からだを休めて、熱い粥《かゆ》を食べて生気を取り戻すことが出来た。

この日、つまり二十五日だが、陽が昇ってからも、まだ時折、雨が降ってきた。随行記には、半晴半雨と記されている。

麗性院をはじめ一行はひと眠りしたかったが、まだその余裕は持てないのである。眠い眼をこすって、間もなく出立。

大内村へ着いたとき、御供おくれになった三井金蔵と表使磯田、下女一人が、追いついて来た。逃竄《とうざん》したわけではなかったのだ。

大内村で追いついたところを見ると、前記の小野から小野川沿いに西へ山中を抜ける近道をとったのだろうか。どうして、こちらへ来たのがわかったのか。三斗小屋が破られなくても、こちらに遠廻《とおまわ》りする予定が、話の合い間に出ていたのだろうか。

大内村でも一行は宿泊していない。小休である。

一行が、漸く宿ったのは、その夜、市野《いちの》村へ着いてからだった。

大内村は現在、当時の宿場町の面影をそっくり残していることで知られている。この日光街道は下野《しもつけ》街道ともいい、藩祖保科《ほしな》正之《まさゆき》と二代正経《まさつね》が大いに利用した。南山《みなみやま》通りという呼称が用いられていたが、なぜか三代以後は一度も利用せず、東通りを江戸への往復に用いた。

それっきりになっていたら、今日の姿は残らなかったかもしれないが、容保《かたもり》の養父になる八代容敬《かたたか》が、江戸から帰国の際、日光を参拝したためと、南会津つまり天領南山預り地の巡視ということで、帰国の道中になった。そのため、宿場ではあわてて、家の手入れを行なったらしい。

正之と正経の往復の月日も記録があるが、大内宿はいつも小休して昼食の場とされた。泊りは楢原《ならはら》か田島だったのであろう。

宿場としては、若松城下から三番目だが、距離から見ると、大名行列の一日の行程、八里から十里（約四十キロ）にしては、やはり昼食の場になる。

〈新編会津風土記《しんぺんあいづふどき》〉に正確な里程が記してある。

――（大内宿は）府城に南に当り、行程五里十六町。家数四六軒。下野街道の駅所にて、村中に官より令せらる、掟条目の制札あり。大沼郡橋爪《はしづめ》組関山より二里十八町。東尾岐《ひがしおまた》組市野駅より二里四町。共に此《ここ》に継ぎ、此より二里二町倉谷村駅に継ぐ。

つまり、大内宿は、市野村を経て高田、坂下へ出る分岐点でもあったのだ。

大内村を出立した一行は、大内沼を右に見て、蛇沢《へびざわ》の林の中の細道を辿った。しだいに急坂になり、小径は九十九折《つづらお》りになる。市野峠を越えると下りだが、やはり道は険しい。

半刻《はんこく》（約一時間）ほどで沢に出た。道は沢を伝って下ってゆくのである。

北へ向かってゆく道は、ちょうど大内峠を越え、関山、福永《ふくなが》から本郷へ出る道と山を挟んで平行している。

漸く、市野村へ着いたときは、麗性院と美子姫は疲労困憊《こんぱい》していた。急坂や峠の道では乗り物は役に立たない。降りて歩かねばならない。

市野村の泊りは佐藤宗左衛門《そうざえもん》方であった。

この宿で、これから先々のことが問題になった。若松城下の戦況も風聞ばかりで、実際のところはわからないのだ。

大塩を抜けて米沢に行けるかどうか。その道すじも、西軍に固められているかもしれない。

吉田勝之進と小林弾介《だんすけ》が様子を見に早朝出発したが、昼過ぎになっても帰って来ない。

そうこうしているうちに、多人数の軍勢がこの一行に気づいて市野村へ押し寄せてくるという噂が流れて来た。端郷《はしごう》より焼き立て、焼き討ちがはじまったというのである。

血の河

一

流言はどこから出たのかわからない。誰かが意図的に流す場合もあれば、恐怖が産んだ妄想が、具体性を帯びて、まことしやかに広がってゆく場合もある。

「会津藩の軍勢が押し寄せてくる」

という噂《うわさ》が聞こえて来た。会津は友藩である。誰もが耳を疑った。だが、その軍勢とは、会津から藤田村に出張《でば》っていた一隊で、麗性院の一行が南から来ただけに、西軍の先鋒《せんぽう》ではないかと疑われたらしい。

市野村へ押し寄せた一隊は、端郷《はしごう》より放火して焼き立て、焼き討ちをはじめたというのである。

こういう噂は、口から耳へ伝わり、さらに口にされるたびに、少しずつ大仰《おおぎょう》になってゆく。それが恐怖と不安を煽《あお》り立てるのだ。

市野村では動揺して、家財などを取り片づけ、大事なものを風呂敷包みにして背負って逃げだす者が多かった。老人や子供を先に逃がすのである。

村役人たちが、麗性院の一行のところへ血相変えてやって来たのは、その噂の真偽を確かめようとしていたときだった。

もとより麗性院の一行は、二本松藩主一族であることをちゃんと村役人らに話してある。

それだけに、かれらも痛《いた》し痒《かゆ》しで恐縮していた。

「まことにかようなことは申し上げ難いのでございますが……」

すでに端郷まで火をかけられた由《よし》、こなた様が当村に御逗留《ごとうりゆう》に相成っては、村中一統の難儀に及びますので、恐れながら、早々に御出立下されますまいか、というのであった。

横江や小沢は、これを聞くと、怒りに頰《ほお》の肉を引きつらせたが、理はかれらにある。よそ者が滞在して迷惑をかけるのは許されないことだった。

「申されるまでもない。われらも出立致したいのだが、実は探索に参った二名の者が未《いま》だ戻らぬ。かれらが戻りしだい、出立致すゆえ、それまで猶予願いたい」

と頼みこんだ。

こうまでいわれては、村役人も、強硬に出るわけにはいかなかった。

だが、吉田勝之進と小林弾介の二人はなかなか戻らなかった。

「逃げたのではないか」

という者もあった。

こうした際である。疑心暗鬼になるのは仕方がないが、吉田は定府供番《じようふともばん》であり、小林は客《きやく》番《ばん》である。二人とも譜代《ふだい》で、主君の側近だった。いまさら逃亡するような卑劣な武士ではない。

「左様なことは万が一にもあるものではない」

と、猪越《いのこし》市十郎がたしなめた。

しかし、夕暮れ近くになると、いよいよ市野村に会津勢が押し寄せて来るという注進が入った。

「止《や》むを得ぬ。会藩から攻められるいわれはないのだ。われらの立場を説明するしかあるまい」

横江らは相談の上、決死の覚悟で、本陣に乗り込むことにした。

横江喜右衛門と猪越市十郎の二人が藤田村へ向かった。

途中で会津藩の前線にひっかかった。

「何者だ、いずれへまいるぞ」

ものものしく武装した兵が鉄砲と槍《やり》で取り囲んだ。会津藩にしてみれば、ここは南の前線になる。すでに山王峠も三斗小屋の守りも破れて西軍が雪崩《なだれ》こんだという報告を受けているだけに、その斥候《せっこう》だと見られるのもしかたがなかった。

「お待ち下さい。われらは二本松丹羽《にわ》家中《かちゅう》でござる。このたび藩公御縁辺の方の守護を致して、罷《まか》り越した。仔細《しさい》は隊長に御説明致したい。本陣へ案内願おう」

横江喜右衛門と猪越市十郎は、この哨戒兵《しょうかいへい》らによって、吉田と小林が捕われていることを知った。

「胡乱《うろん》な者だというので、本陣で糺明《きゅうめい》しておる」

という話だった。

「あの二人が戻らぬので、心配していました。決して怪しい者ではない。われらの同胞《はらから》でござる」

横江と猪越は力説した。哨兵が三人ついて藤田村の軍事局へ着いてみると、吉田たちは後ろ手に縛られて農家につながれていた。

曲がり屋造りといわれる馬小屋が一緒になっている東北に多い家構えだったが、その馬代わりのようにつながれて、二人はすっかり意気消沈していた。

「これは御無礼を致しましたな、何しろこういう際なので、許して頂きたい」

会津兵は二人の縄を切りほどいて卒爾《そつじ》を詫《わ》びた。

混乱の際である。身分を証明する物を持っていても、それが本物かどうかを判断するのに時間がかかる。こういう場合は、まず疑われるのは仕方がなかった。

この藤田村軍事局に出張っていた会津藩の隊名はわからない。

この時期に駐屯することになったのは、家老山川大蔵《やまかわおおくら》の率いる隊の一部である。四月以来五十里《いかり》駅に布陣していたが、八月二十二日、藩公の命令で、軍を返した。二本松落城などから、若松の守りが手薄に感じられたからであろう。

山川は、田中蔵人《たなかくらんど》隊を先発させ、南方面の守備には軍事奉行小山田伝四郎《おやまだでんしろう》を当たらしめたのち、自ら諸隊を率いて、若松に昼夜兼行駆け戻っている。この中の一部が城外から引き返したものか、あるいは、二十三日の城下の決戦から散り散りになった敗兵の一部が集められて軍事局に拠《よ》ったものかもしれない。

「こんなことがありました」

と、一人が言った。

「敵兵が融通寺町《ゆうつうじ》に横行しているというので、朱雀寄合《すざくよりあい》三番隊から一番小隊の者が駆けつけると、西兵どもはみんな遁《に》げ去ったあとでしたが、一人だけ、まごまごしているやつがいる。誰何《すいか》すると〝二本松藩兵だ〟と答えたのです。ところが、その言葉がどうもおかしい。訛《なま》りがおかしい。松本という男が〝怪しいぞ〟といって、捕えて糾問してみるとやはり薩摩兵だった……」

ただちに、斬首《ざんしゅ》して、両刀と新式の後装銃を陣将の検閲に供したという。吉田も小林も、二本松藩であることを強調しても、なかなか信じて貰《もら》えなかった理由がわかって納得したのだった。

二

「薩摩弁で二本松だといっても、そりゃ信じられんわいのう」

帰途、四人は大笑いした。事情がわかると会津藩兵は手厚くもてなして、兵糧《ひょうろう》なども分けてくれた。

麗性院の一行が宿泊した市野村というのは、山峡《やまかい》の寒村でもともと米穀など余剰分があるはずがない。そこで、一行の米麦を所々買い集めさせ、隣郷まで、使者が手をまわした。そして保存の糯米《もちごめ》が手に入ると、早速、餅《もち》を搗《つ》いたりした。

こうしたことが、会津兵らに不審を起こさせたらしい。

ともあれ、吉田たちの無事がわかったし、会津藩前線とも話がついたので、横江らは市野村へ戻って来た。

翌八月二十七日、この日も降ったりやんだりして、愚図《ぐず》ついた天気だった。一行は、渓流沿いに北へ進んだ。大黒沢《おおくろさわ》を過ぎ小川窪《おがわくぼ》を通って、漸《ようや》く、平野へ出た。会津盆地の南の涯《はて》であった。

日のあるうちに、坂下《ばんげ》まで行く予定だった。これまで数日の間、まともに寝食をとっていないだけに、坂下のような大きな町に早くたどり着きたかった。

馬《うま》ノ墓《はか》から、越後街道の永井野《ながいの》に入り、高田へ着いた。ここにはその昔、天海僧正《てんかいそうじょう》が学んだという寺がある。だが、一行はその寺に蓮華《れんげ》千字文の秘巻が蔵してあると聞いても、興味を起こすだけの余裕はなかった。

ここでは小憩しただけで坂下に入った。すでに五ツ半（九時ごろ）になっている。

坂下は千軒ばかりもある越後街道の要衝だから、ゆっくり手足を伸ばし湯を浴び、まともな食事にありつけると思っていたが、町に着いてみると、町人たちの姿はどこにもなく、会津藩の兵や人夫だけで、篝火《かがりび》を燃やして、ものものしく警戒していて、一行を失望落胆させた。

「なんということだ。これでは、今夜も御寝所を探すのが一苦労だぞ」

横江らは疲労の色を濃くして、立っていることすら覚《おぼ》つかないほど、絶望感に打ちのめされた。

今日一日の行程も楽とはいえなかったのだ。

市野村を出発するに当たっても、これから先は会津藩の出張っている木戸も多いだろうし、殺気立っている将士に誤解を生じさせるきっかけになっても面倒だからというので、持参の十数梃《ちょう》の鉄砲と弾薬などを箱詰めにして、小荷駄《こにだ》に仕立てることにした。

これには宰領《さいりょう》として、吉田忠左衛門と渡辺静司が人夫や馬喰《ばくろう》を指図して出発しようとしたとき、藤田村軍事局から急に出発差し止めの使者がやって来た。

「何事が出来《しゅったい》いたしたのか。すでに尼公御一行は出立なされた。小荷駄が遅延いたすと万事不都合が生じるのだが」

と、吉田忠左衛門は不満をあらわにしたが、会津兵は、表情を変えずに言った。

「われらには実情はわかりませぬ。ただ申し聞かされたことだけを伝えますが、若松の御本陣より、軍事局へ注進があり、二本松尼公御出立あとへ、御同勢の内、悪者四人残り居るとのこと、その糾明あるまで出立差し止めよとのことでござる」

「四人の悪者？」

吉田は渡辺と顔を見合わせた。

「四人の悪者とは何じゃ、この場には、われら両人のほかは、人足《にんそく》が居るだけでござるぞ」

「さあ、左様に申されても」

使者は十人ほどだったが、押して出立すれば力ずくでも阻《はば》もうとする様子だ。

止むなく吉田忠左衛門は、軍事局へ出向いて、仔細を聞くことにした。

軍事局でも、結局、同じことを言われたので、四人とはまた面妖《めんよう》な話、悪者というのも一体、如何《いか》なる所行があったのか、われら両人に左様な覚えは一切ない、と言い張った。

「その四人の者とは、一体、どこのどやつか」

軍事局でもまるきり風聞だけで、使者を差し向けたのではなかった。

「怪しいやつを一人、逮捕してある」

というのだ。

「然《しか》らば、そやつと対面させて頂きたい。われら一行には胡乱《うろん》な者などいるはずがない」

そこで、対面することになった。

捕われていた男は、むろん、はじめて見る顔である。

「こやつ、二本松藩士と名乗るとは、言語道断、いかなる素姓《すじよう》か、責め問いされて然るべく」

と、吉田は怒りをぶちまけた。

捕われた男は、一言も発しない。ただ、煤《すす》けた顔に両眼ばかり光らして、睨《ね》め上げるだけだった。

吉田は怒りとともに、その男を怒鳴りつけた。こうした立場では、大仰にやるほうが、おのれの正当性を周囲にも認識させることになる。

「ここな不埒者《ふらちもの》め、汝《なんじ》は何故《なにゆえ》二本松藩士と偽りを申すぞ、有体《ありてい》に申し開けよ」

その男は、ただ眼を剝《む》いて睨《にら》み返すだけだったが、とうとう開き直って、

「拙者《せっしゃ》は徳川家の臣じゃ」

と、吼《ほ》えるように言った。

傍らで聞いていた会津藩士たちも、思わず聞き耳を立てた。

「なに、徳川家の？　それでは、なぜ、徳川家と名乗らぬ。二本松を称するのは、合点がゆかぬぞ」

と、吉田がたたみこむと、その男は、ふんと鼻で嗤《わら》った。

「徳川も二本松も同じではないか。薩摩も土佐も西軍じゃ、しからば、徳川も二本松も東軍じゃ、会津とて同じだ。じゃから、どっちであろうとかまうまい」

返事にならぬ返事をするのだ。

吉田はさらに腹が立ったが、こんな男にいつまでも拘《かかわ》っていると、ますます、一行に遅れてしまう。要は軍事局で納得してくれればいいのだから、早々に切り上げた。

会津藩士の方でも非礼を詫びて、

「とかく、こういう際ですから、了見《りょうけん》願いたい」

といって、人馬をつけてくれた。

吉田と渡辺は喜んで、急ぎ市野村へ立ち帰り、小荷駄を促して出発したが、だが、やはりまだ難関はあった。

越後街道へ出る手まえで、また会津藩の一隊に引き止められたのだ。

「われらは二本松丹羽家中でござる。先発いたした尼公御一行の小荷駄なれば、遅れては大事になる。お通し下さい」

吉田は藤田村軍事局の隊長の名などを出して、通行しようとした。が、すでに西軍が城下を包囲していて、会津兵たちは殺気立っている。丹羽家中と知っても、素直に通そうとしないのだ。

「ともかく荷物を改める」

半ばは威張りたい気持ちもあったのだろう。強引に箱を開けさせた。鉄砲と弾薬を見ると彼らの眼の色が変わった。

「これは、鉄砲ではないか。おい、鉄砲だぞ」

わらわらと会津兵たちは集まって来た。

「尼公の御一行に鉄砲は必要あるまい。何となされる心算《こころづもり》じゃ」

「──左様、尼公御警固のため持参いたしたものだが、もはやその心配もあるまじと考えて、かくは荷造りいたしたもの。これより坂下・塩川を経て米沢へ向かう予定ゆえ、途中万一のことあれば」

と、吉田が力説したが、かれらは耳をかさなかった。

「かように箱詰めにしているということは、当用ではないわけじゃ。当藩はいまや切迫した状況にある。何分にも、鉄砲が不足して弱っているところじゃ、是非とも、この鉄砲を借用致したい」

態度は一応、慇懃《いんぎん》だったが、否定させない強引さがあった。相手は多勢だし、たしかに咽《の》喉《ど》から手が出るほど、欲しいのだ。

吉田らはしかし抵抗した。米沢へ着くまでは、不要とはいえない。塩川から先は山中になるのである。吉田は困惑して、

「御事情は重々察するが、われらも、御用命によって小荷駄を宰領している者、一存では、何ともはかりかねる。坂下か塩川に重役どもが待ち兼ねているであろうから、ともかくそこへ参り、何分の御返事を致したい」

と答えたが、かれらはそれを許さなかった。

「それでは困るのだ。一刻も早く、薩長どもを撃ち斥《しりぞ》けねばならん。おぬしのいうように、塩川まで参ってからでは」「そうだ、それまで手を虚《むな》しくしているわけにはいかんのだ。是が非でも、借用致したい」

吉田はあきらめた。渡辺と相談して、引き渡すことにした。

「友藩の苦境を見過ごしには出来ません、御要望とあれば、御貸し致しましょう。だが、これはあくまでも御貸しするのだ、用済みの上は返却の旨、一札《いっさつ》したため願いたい」

った。

「承知した」

会津兵たちは、鉄砲さえ借りることが出来れば、むろん借用証でも書くのに吝《やぶさ》かではなかった。

吉田忠左衛門らは一札を懐中にして、残りの荷物を継立て、越後街道を急いだが、街道は往来の人馬が混雑して容易に道がはかどらなかった。

このまま、混雑にまぎれて遅延しては、先発の人々が案じていることだろうと、吉田はあとを渡辺に任せて、単身、先を急ぐことにした。

こうして、吉田が坂下に至ったときには、すでに一行は出発したあとで、塩川でやっと追いつき、鉄砲の一件などを陳述している。なお、渡辺が宰領した荷物は、案の定、麗性院が米沢へ到着後、九月朔日《ついたち》の夕刻になって漸く米沢へ入ったほどである。

ところで、坂下駅へ着いた麗性院の一行は、町の人々が逃げ出してしまって、会津兵だけで警戒に当たっているのを見て失望した。

麗性院をはじめお供の一行は、何よりも手足を伸ばして休み、満足な食事をとりたかったのである。

「坂下には旅籠《はたご》も多いということですから、ゆっくり出来ましょう」

みんな、そう話しあって、疲れた足に鞭打《むちう》って来たのだった。それが泊るところもないとなると、どうしていいかわからなくなった。

横江らはこの町の軍事局へ行って相談した。会津から出兵の兵たちが、警戒に当たっていた。

ここには朝まで北越《ほくえつ》から敗走して来た会津兵の一部が群れていた。陣将萱野《かやの》権兵衛《ごんべえ》と上田学太輔《がくだゆう》らに率いられた諸軍は、早朝、出発して高久《たかく》に進んでいた。朱雀士中四番隊、砲兵隊、結義隊などである。

残留の会津の陣将は、丹羽家の尼公一行と聞いて幾分の同情を示した。

「かような際なので、何もお構いは出来ぬが御旅宿のお世話は致そう」

軍事局から示された旅宿は、米沢屋《よねざわや》彦八《ひこはち》というところだった。行ってみると、亭主も家族も誰もいない。空き家になっている。が、ともかく旅籠だから部屋は沢山ある。

漸く、尼公はじめ、手足を伸ばして休むことが出来た。

三

寝るところが確保されると、今度は食事だった。みんな逃げ出しているのだから、食糧なども残っているはずがない。みんな手分けして捜した。

このときの様子だが、黒田伝太の〈回顧録《かいころく》〉と〈麗性院様随行記〉に矛盾したところが見られる。

伝太の記しているところはこうである。

――然《しか》るに此《この》町も皆逃走して居残りたるものは同町々　正外《ちょうせい》二三名に過ぎず、第一御泊り所にも困難し漸くのことにて里正に談じ空屋を借り受け一夜を明かし、飯米も同様無之《これなき》有様なれば、百方奔走の結果白米一俵を得、之《こ》れを炊《た》きて尼公より末々まで大の握飯二個づゝ配り、菜の如《ごと》き一品もなきにより、諸所捜索して梅干若干《じゃっかん》を発見し之を尼公に奉《たてまつ》りたり、実に御いたはしき情態なり……。

とあるのだが、〈随行記〉のほうは、

――米沢や彦八と申《もうす》旅籠屋の明き家に御泊りに相成《あいなり》、漸《ようやく》鍋等才覚いたし、御二方様召《めし》上《あが》り御飯を炊《たき》、御供方一同へは軍事局より玄米の握飯に生味噌《みそ》を添致持参《そえじさんいたし》、右を給《たま》ひ、一同草鞋《わらじ》の儘《まま》にて一夜を明し……。

と、なっている。

この〈随行記〉のほうが、当時の記録なので、正確であろう。

この夜半より砲声がはげしくなった。早速、様子を見にやると、すでに坂下より一里半（約六キロ）ほどの片角《かたかど》というところまで、敵が押し寄せて来て、川をへだてて彼我《ひが》の撃ち合いがはじまっているということだった。

砲声にまじって鉄砲の音も聞こえ、一晩中、止むことがなかった。

翌八月二十八日、早朝に一行は出立した。

次の泊りは塩川である。つまり若松の鶴ヶ城と城下から数里離れて迂回《うかい》したかたちになる。

塩川に向かう道は、思ったより安全だった。まだこちらには敵は回って来てはいないらしかった。

塩川に着いた一行は、近江屋文内方《おうみやぶんない》にて小休した。会津藩から出張の兵粮《ひょうろう》方池上新蔵がいて、一行の世話をした。内々に献上の品々があったので、麗性院から返礼の目録などを下《くだ》された。

たまたま近所にいた丹羽丹波《たんば》が御機嫌伺いに参上した。丹羽は猪苗代から引き上げて来ていたものである。ここで、御供の中から前記の黒田伝太ほか五人が御供御免になった。

実は、この塩川へくるまでに黒田伝太を心痛させたことがある。

一行は五里（約二十キロ）ほど行って一ノ村というところに着いたが、尼公を村役人の家に休ませて、伝太たちは近傍の農家に休んだ。

八ツ時（午後二時ごろ）になって、御休息所まで来るべしとの使いが来たので、行ってみると、横江喜右衛門が沈痛の面持ちでいた。

「実はの、また誤解されたようだ。当所へ脱走の歩兵が入り込んだとて、会津勢が押し寄せてくるそうだ、何としようか」

「またか。埒《らち》もない噂で困ります。やむを得ませぬ、それがしが話をつけに参ります」

伝太が勢いこんでいうと、横江はかぶりを振った。

「いや、貴様を呼んだのは、彼の所に赴かせるためではない。わしが行く。されば、貴様に後事を頼むためじゃ」

「なんと仰《おお》せられる。伯父貴が行くと？　そりゃいかん、向こうも殺気立っているのだ、万一、戦争になったら……」

「いやいや、それゆえにわしが行く。わしはすでに初老じゃ、惜しき命にもあらず、わしが行くゆえ、あとを頼む」

と、どうしても聞かないのだ。老いの一徹というか、頑固な性格は藩中でも知られていた。

「それほどまでに伯父貴がいうのなら、せめて兵介を供にお連れ下され」

気の利いた忠僕をつけてやることにした。

一同が案じているうちに、ほどなく横江は戻って来た。

「案ずるより生むが易《やす》しじゃわ。話をしたれば、すぐにわかっての。兵を退《ひ》いていったわ。会津人は思ったより聞き分けがよいぞ」

一同はほっとして、あらためて笑い崩れた。

その夜は何事もなく済んだが、翌朝になると、またぞろ伝太を呼びに来た。

「またか」

と、眠い眼をしばたたきながら飛んで行くと、今度は黒田温斎《おんさい》がおびんずる眉《まゆ》をひそめて言った。

「越後国の味方が敗れ、ほどなく此処《ここ》へやって来るとのことじゃ。米沢街道へ連絡するには道絶えて往《い》く能《あた》わず、もはや進退ここにきわまったぞ」

「――如何《いかが》なされるおつもりか」

「武士は諦《あきら》めが肝要じゃ。なまじに命を惜しみて、赤恥を晒《さら》さんよりは、むしろ当村には寺もあり、この寺へ尼公を御連れ申し、御一統自害するしかあるまい。尼公には、この身よりお勧め奉り、御介錯《ごかいしゃく》も申し上げる覚悟じゃ。されば、各々一同にも覚悟あるよう、伝えて貰いたい」

黒田伝太は聞いて驚いた。寝耳に水というが、眼がさめた思いだった。

「その儀は、御一同の決議でございますか」

「左様」

「――止むを得ざる次第に存じます。しかし、とにかく、急な話で、それがし一存では何ともお答えしかねる。同宿の者へも一応、協議の上、申し述べたい。暫時《ざんじ》の御猶予ありたい」

伝太は宿所へ馳《は》せ帰って、自害の話をすると、一同は愕然《がくぜん》として顔を見合わせた。

西軍迫る

一

自ら城を焼いて父祖の地を捨て、流亡の道を辿《たど》る者の、木の葉の舞い、草のそよぎにも心を騒がせる辛苦は、敗走の体験のある者にしかわからない。絶望の恐怖が妄想を生むことすらある。それを嗤《わら》うことは出来ない。二本松藩主の家族の流転は、後世から見ると、愚かなほどの不安と絶望の連続だが、寄る辺《べ》なき身には、小鳥の囀《さえず》りさえ、敵の奇声に聞こえるのである。

越後口の味方が敗れ、敵がほどなく来襲するに違いない、という情報が入ったことで、老人らが切腹を奨《すす》めたのも、この時点では無理のないところだった。

麗性院尼公と美子《よしこ》姫に自害を奨めたというのは、よほどに思い詰めたのであろう。麗性院は筑後久留米藩主の有馬《ありま》中務大輔《なかつかさのたいふ》頼貴《よりたか》の子上総介《かずさのすけ》頼端《よりなお》の二女で文政《ぶんせい》三年（一八二〇）丹羽《にわ》長富《ながとみ》に嫁している。慶応二年（一八六六）に長富が病死すると、薙髪《ちはつ》して尼公と称していた。美子姫はすでに十九歳であった。当時、十九歳で姫というのは、異常である。安政六年

（一八五九）幕府書院番頭《しょいんばんがしら》の一 柳 播磨守直方《ひとつやなぎはりまのかみなおかた》の嫡男一太郎《いちたろう》と婚約したのだが、輿入《こしい》れしないうちに、一太郎が夭逝《ようせい》したので、婚約は解消となった。嫁かず後家もまた後家と呼ばれる風習だから、再婚先が難しい。そのうちに騒然たる時勢になって、ずるずると嫁ぎ遅れてしまったのであった。因《ちな》みに麗性院は実母ではない。十代藩主長国《ながくに》も長富の側室松尾氏の腹である。

たとえ血はつながっていなくても、西軍の追捕を恐れる立場では同じであった。二人の間に確執があった様子はない。年齢も随分離れているし、子のない麗性院は美子姫が実子のように可愛《かわい》かったのであろう。

黒田伝太は、老人らがほんとうに、全員切腹を考えているのを知った。万策尽きた思いは同じであっても、絶望感は、やはり違った。老齢からくる弱気と壮者の差である。

伝太はともかく、老人の言葉を輩下に伝えた。

一同は愕然《がくぜん》となったが、すでに伝太の話しぶりに、否定の気持ちを感じとったのであろう。

「われらは承服し兼ねます」

と、小林弾介が言った。

「われらとて同然、いまここで切腹することはない。もはや米沢までは一足でござる」

と、山路卯門《やまじうもん》が言った。つづいて吉川左司馬《さしま》が膝《ひざ》を進めた。

「越後口が敗れたと申すも、はたして真《まこと》か否《いな》か。一《ひとつ》の巷説《こうせつ》に惑わされ、早まったことをしてはもの笑いでござろう」

黒田伝太の腹はすでに決まっていたのである。

(ここで死んではつまらぬ)

かれはもしも老人らが切腹したとしても、一人でも切り抜けるつもりだった。

「そうか、おぬしらの気持ちがそうならば、そのように伝えよう」

黒田伝太は、頷《うなず》いて宿所から出た。

二本松城から護衛として供をして来た老人たちは疲れ切った表情でいた。横江や黒田(温斎)や吉田など、五人ばかりが額を寄せて、低い声で話しあっていた。

(葬式の相談でもしているようだ)

と、伝太は思った。

(こんな老体に任せてはおけぬ)

むしろ、いままで、老人たちを奉《たてまつ》っていたのが、失敗だったような気がした。

「一同の申しますには、真偽をたしかめずして、尼公が御自害あるなど、些《いささ》か尚早ではないか。また、われらに於《おい》ても、君公に対し、後日、如何《いか》なる事情を陳上すればよいか、言葉がありませぬ」

「この場を切り抜けられる心算《こころづもり》か」

「必ず。如何なる敵が参ろうとも、われらにお任せあれば、必ず、尼公と姫君は、米沢へ無事お届け致しまする」

「こやつ、大口叩《たた》きおるが」

「口幅《くちはば》たき言のようなれども、左様ではござらぬ。如何なる艱難《かんなん》があろうとも、これを排して、君公の御許《おんもと》へお二方を御連れ申すのが、われら臣下の道でござる。これをなさざれば、ここまで御供して来たことが水泡に帰しまする」

「……」

「就きましては」

と、伝太は老人たちの顔をじろりと見渡した。

これから言うことに反対はさせぬぞという眼光である。

「もしも方々に於《お》いて、御自害のほかなしとお考えならば、お二方の儀はわれらにお任せ願いたい」

「なんと、その方……」

「これより尼公の御進退をわれらに於て御引き受け申し上げる」

「……」

「必ず、誓って米沢表へ御連れ申し上げるが、如何《いかが》」

老人たちは声もなく、顔を見合わせた。若僧が差し出がましい、と怒りの色を浮かべる者もいたが、切腹まで考えたところだ。むしろ、かれらがそんなことを言いだしたのなら、いっそ任せてしまおう、という気配が流れた。かえって責任を免れて、ほっとしたという気持ちが強かったようである。

「うむ、そちがそのように申すならば、のう、方々、この際……」

黒田温斎の言葉に、高田卯右衛門《うえもん》や池田一郎兵衛も同時に頷いた。横江喜右衛門が何か言おうとしたのを、すかさず伝太は圧《おさ》えて言った。

「よろしい。われらが引き受けました。しかし、かかることに決まった以上、方々に於ては、一言も御指図がましいことは、これなきよう」

「……」

「よろしいな、このことをお約束下され。たとえにも申す、船頭多くして、舟進まずと」

「わかった、わかった。貴様に任せるわ」

横江が、投げたように言った。

それで決定した。伝太は、すぐに引き返して十四人の輩下にこれを伝えると、ただちに出立の支度をした。足の早い者をして、喜多方《きたかた》まで、戦況の様子を聞きにやらせ、一行は一ノ村を出発した。朝四ツ頃（十時ごろ）であった。

伝太が先頭に立ち、十三人をして、前後を守り、殿《しんがり》は二段に分ける用心ぶりで道を急いだ。伝太がてきぱき指揮するのを、老人たちは、唖然《あぜん》として、眺めているだけで、これはもう女子供と同じだった。

伝太にしても、もしも前方に敵があらわれたなら、生命を賭《と》して切り払うつもりだった。会津から米沢へ抜ける道は幾つかあるが、この塩津《しおづ》から米沢へ抜けるのが本道である。敵が先廻《さきまわ》りしているとすれば、この道だった。かれらの必死の警固が鬼神をも避けたのか、塩川へ辿りつくまで、何事もなく過ぎた。

こうして塩川へ着いて、一息入れているところへ、様子を見にやった者が追いついて来た。

「越後口の敵はまだ会津領へ一兵も入っていないとのことです」

と告げた。やはり流言にすぎなかったのである。が、ともあれ、ここまで、無事で来たことを素直に喜んだ。塩川から先はもう心配はなかった。丹羽丹波《たんば》に会ったことも、伝太を安心させた。

二

丹羽丹波は二本松藩の筆頭家老で三千百六十石、「家老坐上」と称されていた。因みにそのうち三百石が与力《よりき》知行、三百六十石が同心《どうしん》知行で外格料として百五十石、となっている。丹波が部兵を率いて猪苗代から引き上げ、塩川に在ったのは、偶然のことである。筆頭家老とその部兵だから、いうなれば、二本松の本隊であり、黒田伝太が、ここで責任者たる地位を降りたのは、成り行きであった。

麗性院と美子姫は、丹波とその兵によって保護され、米沢へ向かうことになった。

一行は八月二十八日に塩川を経て大塩に至ったのだが、伝太と同行していた人々もその中に含まれた。しかし、伝太だけは、御役御免を申し出て一行と別れ、小荒井《こあらい》に向かっていた。

伝太の手記によれば、

――予《よ》は此処《ここ》にて御供の御免を願ひ、幸ひ藩兵も多少同所に宿陣しあれば、御暇を申上たるに、尼公は予を召させられ、是迄《これまで》の尽力容易ならず、誠以《まことにもって》大儀《たいぎ》の至りなり、自分も悦《よろこ》ばしきことなりとの御言葉を賜はり、別れ奉りぬ。……と、なっている。伝太の祖母が小荒井に養生していたからである。だが、かれが小荒井に着いたときは、祖母はすでに没していた。

一方、尼公を護衛した丹波の一行は八月二十九日に大塩を出てから、徹夜で檜原《ひばら》峠の嶮《けん》を越すという苦難を敢行している。

米沢の長国は、若松城下に西軍が攻めこんだことを聞いて、尼公らの安否を憂《うれ》えていた。まるきり消息が途絶えていたのである。米沢とは正反対の南山街道を下ったことも知らなかった。半月というもの、戦乱の中で消息を絶っていたのだ。

米沢藩自身も、動揺が激しく、長国らも必ずしも安全とはいえなかったが、しかし、戦乱の渦中に在る尼公の安否がわからないことが、長国を心痛させていた。

無事に塩川へ着いたという報《しら》せが入って、一先《ひとま》ず安心はしたが、西軍の追走が案じられたので、数人を遣《や》って迎えることにした。

御用達の梅原剛太左衛門、青山次郎太夫（御小納戸）、青山半蔵の三人である。三人は檜原で一行と会った。尼公にお目通りして、長国の言葉を伝え、ただちに先導して峠を越えることになった。

尼公の疲れは甚だしく、檜原駅で一泊することを老人たちは奨めたが、敵の追撃の心配もあり、一刻も早く米沢領へ入ることが望ましかったので、徹夜の行軍になった。

檜原で小休止ののち、出発したのが夕七ツ半（午後五時）ごろである。

一行が国境の関門で取り調べ中に黄昏《たそがれ》てきた。いまさら取り調べる必要もないようだが、それだけ神経を尖《とが》らしているのだ。米沢藩の立場も微妙なものになっていた。

一行は松明《たいまつ》を点《とも》して峠に向かった。普通でさえ急坂の小径《こみち》で難所である。米沢藩で仕掛けたものか、山中の大木は切り倒されて道をふさぎ、乱杭《らんぐい》・逆茂木《さかもぎ》などが設けられていて、これを引き起こし、脇《わき》へ除いて通らなければならなかった。

尼公も美子姫もここまでは乗り物で来たが、これ以上は無理だった。殊《こと》に、連日の雨で路《みち》はぬかるみ、わくら葉や小枝も濡《ぬ》れて腐っている。歩行は困難をきわめた。尼公も美子姫も裾《すそ》を端折《はしよ》って、苦労しながら峠を越えたのである。深夜に及び、漸《よう》や綱木《つなき》へ着いた。そこの長蔵という者の茅屋《ぼうおく》に泊ることが出来た。

こうして、麗性院一行の苦難の旅は終わったのだった。

だが、会津領内にあった二本松藩士の家族たちの辛苦もまた哀切を極めている。かれらは落城とともに会津領へ逃がれ、それぞれ知己《しるべ》を頼って喜多方や塩川付近に滞在していたが、若松城下に西軍が侵攻して来たのを知るや、米沢に逃げ込むしかないとして、檜原峠へ向かったのである。

恐怖のほかに、空腹がかれらを襲った。中には、家族八人で、僅《わず》かに一個の南瓜《かぼちゃ》を得て、飢《うえ》を凌《しの》いだという。檜原村から峠までは一里十一町（約五キロ）。登り八町の険しさが、かれらを苦しめた。空腹を抱えての登りは、途中で絶望感から自殺者を出したりした。

峠の関門では雨中に半日もの間待たされて、病人が続出した。こうして、漸く、米沢領内に入っても、尚《なお》、西軍の襲来の流言に悩まされて、家族一緒に自殺を図る者なども出たという。

むろん、二本松藩士は、ただ、逃亡保身を図る者ばかりではなかった。むしろ壮者は福島在の庭坂《にわさか》にとどまって、城地の恢復《かいふく》を図っていたのである。が、大勢は、それを許さなかった。恃《たの》む君公長国は病に罹《かか》って未《いま》だ癒《い》えず、西軍の姿の見えぬうちから、城を捨てて、上下とも逃亡した福島藩はいうまでもなく、他の同盟諸藩も、もはや何の力もなかった。

落城したところのほかは、開城降伏。残りの藩も態度を曖昧《あいまい》なものにして来ていた。奥羽越列藩同盟は脆《もろ》くも崩壊して、徹底抗戦の旗を掲げて戦った会津鶴ヶ城も遂《つい》に九月二十二日、白旗を掲げて、ここに奥羽最大の戦いは終わったのであった。

血に染む雪

一

薩長その他の西軍兵士による会津若松城下の掠奪《りやくだつ》は甚だしかった。

当時の記録に、目に余るかれらの劫掠《ごうりやく》のさまが記されている。

——王師などと称《とな》へし敵は、野蛮の甚しき行のみ多かりしは言語の外《ほか》なり。商工農家を問はず家財の分捕は公然大標札《だいひようさつ》を建て、薩州分捕長州分捕、曰《いわ》く何藩分捕と記し而《しこう》して男女老幼を殺戮《さつりく》し、強姦《ごうかん》をば公然の事とし、陣所下宿には市井《しせい》人の妻娘を捕へ来《きた》りて侍妾とし、分捕りたる衣食酒肴《しゆこう》に豪侈《ごうし》を極めたることは、当時市人の目撃したる所なり。

戦争には強奪強姦はつきものだといってしまえばそれまでである。だが、王師と称し錦《にしき》の御旗《みはた》を掲げ、奥州人を賊呼ばわりし、朝敵ときめつけるかれらには、〝戦争〟を口実にする資格はない。一方的な攻撃であり、これは奥羽への侵略にほかならなかった。

——若松愛宕《あたご》町の呉服及び質店森田七郎右衛門の土蔵は薩州隊と肥前《ひぜん》隊とにて分捕を争ひ薩州隊は自隊の不利を憤《いきどお》り焼弾を投じて土蔵を破壊し彼我《ひが》何等《なんら》得る所なかりき……。

こういう醜い味方同士の争いに、かれらの人格が露《あら》われている。この陋劣卑醜《ろうれつひしゅう》、最低の男たちが、明治新政府の中核になったのである。その政治の偏りはすでにして避けられなかったのだ。

――若松大町より以東の町々は早くより西軍の営となりし故《ゆえ》、薩長を始め諸藩の隊は家財又《また》は焼残の土蔵に分捕の標札を掲げたり、避難より立返（帰）りし市人は相当の代価を払つて西軍より家財を買ひ戻すことを得たれども、遅く帰りし者共は、既《すで》に無一物となりて何品をも買ひ戻すことを得ざりき……。

――斯《か》くする中《うち》分捕と名づけて（称して）残りゐし（焼け残りの）土蔵を破り、又は程遠く持出置きたる（疎開させておいた）品々を盗みとりぬ、誠に衣食住に離れて艱難《かんなん》至極《ごく》して途方にくれける人を其《そ》の上に掠《かす》むるは、うたてき（情けない）とも歎《なげ》かはしとも沙汰《さた》の限りといふものなり……。

――（九月十八日）諸所の分捕盛《さかん》にして山中まで捜し奪ふ由《よし》の噺《はなし》聞ゆれば此《この》村（沢村）も途中迄《まで》来りしと猶《なお》々さはがしかりし……。

中にはこんなこともあった。自分の家に土蔵のない者は戦《いくさ》がはじまる前に大事な品を他人の土蔵に頼んでしまってもらっていたが、家業の大釜《おおがま》二組と小釜を数個預けていた者が十月の下旬になって、もう戦火も治まったからと、引き取りにいったところ、なんとその大釜小釜に「薩州二番隊分捕」の張札《はりふだ》がしてあった。

「酷《ひど》いことを。もしこの釜は私の物で、ここに預けて置いた物でございます。なんとかして引き取らして下され」

と頼んだ。通行の女たちをからかっていた薩摩の兵隊は、「おはんの物《もん》か、番兵所に出頭して願い出るがよか」と、顎《あご》をしゃくっただけだった。

番兵所というのはどこかわからない。あちこち聞いて、古川御殿前の番所がそれとわかって赴くと、

「汝《わい》の物か」

と、数人の薩摩兵が酒を飲みながら顔を見合わせた。

「はい、家業に必要な釜でございますので、どうかして引き取りを」

「よか」

と、一人がいった。

「引き取ってよか」

「有難うございます」

土下座していた膝《ひざ》を起こすと、

「手間賃ば置いてゆけ」

と、怒鳴られた。分捕りの札を貼《は》られたら、相当な金を強請されると噂《うわさ》に聞いてはいた。

「はい……あの、いかほど」

「大釜がいるんじゃろ、要《い》るもんなら、代金払わにゃたい、金十両」

「げっ、左様な……それはあんまりでございます。もともと私のものを、そんな」

強盗だ、まるで、と思った。が、相手は人殺しの薩摩兵たちである。下卑《げび》た顔が小莫迦《こばか》にしたように笑っている。酒なども分捕り品であろう。まるで山賊そのものの雰囲気だった。

「十両、持たんか、それなら八両だ」

「ははははは、八両持っている顔か、これが。肝付《きもつき》さあ、なんぼか負けてたもせ、はははは」

「よかたい、伊集院《いじゆういん》さあが、あげん言うちょらす、六両、六両ぎりぎりだぞ、鐚《びた》一文負けけん、六両、出せ」

しかたがなかった。焼け出されの身にそんな大金の持ち合わせはない。なんとか工面《くめん》してくるから一日の御猶予《ごゆうよ》を、と引き下がった。自分のものを引き取るのに、大枚《たいまい》六両も出さねばならないのは、腹立たしいことだが、相手は勝利者だ。天皇の名をかたる野蛮な連中である。道理は通らない。

翌日、八方奔走して金六両を才覚して再び古川御殿前の番兵所に出向くと、

「なに、あの釜のことじゃと。あれはもう先約があったのじゃわい」

べつの男が出てきて、追い帰そうとした。いったい誰に権限があるのかわからない。もと筋の通らない話なのだから、何を言われても御無理御もっともだった。その大小の釜はすでに近郊のある村の肝煎《きもいり》山口某《なにがし》が買い受けの約束をしていたという。落胆しているところへ、その山口某が引き取りにきた。

「いや、これはもともと私の家に代々伝わるものじゃ、これがなくては家業が成り立ちませ

ん、なんとか、先約を取り消して下さるまいか」

と頼みこんで、ようやく引き取ることになった。むろん六両にいくらか上乗せすることで話はついたのだが、たまたまこの日は亡父の命日だったのでお守り下さったのであろう、と、家族一同喜びあったという。弱い立場の者の哀しい安堵《あんど》である。

薩長の連中がこうした暴虐《ぼうぎゃく》を加えるのは、まったく理不尽というしかなかった。ことに薩摩の場合は、天下取りの野心で奥羽へ突っ込んできた。会津とは元治《げんじ》禁門の変（蛤御門《はまぐりごもん》の変）で共に闘った仲である。

それが政治的野望によって、道を転じ、幕府と会津を裏切り、長州と手を握った。背信これより大なるはない。薩摩としては会津攻略は、本来、単なる武力の衝突のはずだった。個々の薩摩隼人《はやと》が、いくら血に狂い、勝利に酔ったとしても、冷血非人道な暴虐行為に出ることはなかった。やはり無教養な南国人の荒々しい野性が人間の道を踏みはずしたのであろう。

だが、同じ暴虐でも、長州人の場合は、多分に復讐《ふくしゅう》の意図から出ている。尊皇攘夷《そんのうじょうい》を旗印に京都内外を荒らし廻《まわ》り、殺人・強盗・強姦・劫掠・放火などで市民を恐怖のどん底に陥れたことから、会津容保《かたもり》の京都守護職就任、ついで新選組の活躍となった。治安のための奮闘を逆怨《さかうら》みして、

「朝敵会津」

「逆賊討伐」

を叫んで、奥羽の地に乗り込んできたのである。

かれらは鬼畜になっていた。毒を啖《くら》わば皿まで、の気持ちであろうか。坊主憎けりゃ袈裟《けさ》まで憎いという卑俗な譬《たと》えが、この場合もっとも適切であろう。長州兵らは、会津の武士と町人農民の区別はなく、勝ちに乗じて殺戮と劫掠を楽しみ、

「京の怨み」

「三条池田屋の復讐を果たしたぞ」

と、醜い行為まで正当化しようとしていた。

薩摩のくにから一歩も外へ出たことのない、貧しい暮らしの者が遠征してきて勝利者となれば、財宝に目が眩《くら》むのも無理はないかもしれなかった。〈耳目集《じもくしゅう》〉にこんな記事がある。

――この頃官軍の人としばし道連《みちづれ》になりしに、此の人の咄《はな》せしを聞かぢりしに、扨々《さてさて》会津の家中は内福なものぢや、分捕に分捕を重ぬれども珍器財宝よもつきじぢや。大きな家に入て見れば大小の腰の物二十腰三十腰持たぬ家はなく中には五十も百もあるのぢや。みなみな其《その》こしらへの善事《よいこと》、金銀を惜《おし》まずに鏤《ちりば》めたり、いと見事の細工物も御座《ござ》つた。又懸物《かけもの》（軸）書物類は山に積んでぢや、夫《それ》に準じて衣類諸道具も沢山にて、中々大《たい》ていぢやなかつた。町方とても少し大きな家に入て見れば同じ事ぢや。又吾々《われわれ》が仲間の咄《はなし》にも、去年外のさふらひ屋敷は家こそ小さけれど家中にも劣らぬ物持があつたとさ。分捕してのあとを焼払ふには実にを（お）しかつたといひました。中には大金を井の中や泉水へ投げこみ置し家もありました、誠に以《もつ》てを（お）しき事をしたやうぢやが、君命な

れば是非がないのぢや、云々《うんぬん》と話を聞き何とも答のしやうがなければ只《ただ》左様左様と計《ばか》りにて別れにけり。

徳川御家門《ごかもん》の名家である会津二十八万石の家中は質素倹約を宗《むね》としてきている。贅沢《ぜいたく》を排する代わりに、武士の家に必要なのは金惜しみをしない。堅実な家風であり、大火がなかったから、家財も豊かであった。だが、その多くの家具調度財宝も、一国の興亡の危機となっては誰も省みることなく、前線へ出陣し、あるいは城に籠《こも》ったのである。砲弾による破壊や焼失を免れた武士の屋敷には、かれらを唸《うな》らせるほどのものがたくさんあったことがわかる。西軍兵士らが目の色を変えて飢狼《きろう》のように掠奪したのだ。

二

動乱にはまた農民一揆《いっき》がつきものである。武家政治の中で窮屈な生活を強いられていた人々が、タガが弛《ゆる》んだと見て、積年の鬱《うっ》を霽《は》らし、怨みのある名主や村役や大分限者《だいぶげんしゃ》などの家を襲うのである。戦で秩序が破壊され、ことに敗戦となっては人心も荒れ、狂気が村を蔽《おお》うのだ。

それを煽《あお》ったのは、早急に取り立てられた農兵たちだった。もともと士分でない者たちは軽輩として婦女子と同じく追放や禁固から除外された。各々《それぞれ》の故郷へ帰されたのだが、かれらは戦場の硝煙《しょうえん》を五体に漂わせていた。敗戦の失望や屈辱や、自暴自棄の気持ちが、朴訥《ぼくとつ》な農民だった者の心を荒廃《とうそう》させてもいた。

かれらは鉄砲や刀槍《とうそう》は取り上げられてはいたが、暴動を起こす武器にはことかかない。蓆《むしろ》旗《ばた》に伴う鋤《すき》・鍬《くわ》・鎌《かま》などもかれらにとって使いやすい武器であり、手ごろな竹を削《そ》げばいつでも竹槍《たけやり》になる。

――豫《かね》て非道の聞えある村長《むらおさ》の家を打壊し或《あるい》は放火し、其の家の諸帳簿手形証書類を取り出して之を焼却し又は金銭を取り出して貧民に投げ与へたり平素村民を厚遇し人望ありし村長は其の災厄を免れたるも驕慢《きょうまん》無慈悲にして彼《か》の官軍の例に倣《なら》ひ分捕等をなしたる村長は最も手痛き目に逢《あ》ひ一家丸焼になりし者もあり……。

寛永《かんえい》二十年（一六四三）の保科正之《ほしなまさゆき》の入封以来、二百二十五年に及ぶ治政は安定していた。会津領の大半が広大盆地をなし、周辺のくにとの交流を拒否して、人情風俗は独自のものを持っていた。六十余州に盆地は多いが、たいていは三方を山に囲まれて一方が開けているという程度である。が、この会津地方は、文字通り周囲を千数百メートルの山々が囲み、完全な盆地をなしている。それだけに階級を超えた共通感情があった。入封以来二十三万石で、南会津五万五千石は天領であり、御蔵入《おくらい》り地として会津藩の御預り（管理）というかたちで二百余年を共存してきたのだ。京都守護職という大任を引き受けたことで、その入費として南会津が会津藩に加増のかたちになったのであるが、そうした永年の関係から、この移籍はきわめて速やかに行なわれた。永年、家族同様に面倒見てきた親戚《しんせき》の子を家族として入籍したようなものである。

会津における主従と士農工商の人々の融和には、この気候風土の共有感情が一体化をなしていたのだ。

おそらく薩摩などの国人にもその感情は似たものがあったろう。薩摩は六十余州の南の涯《はて》としての特殊な郷土意識がある。封建大名といっても、二百六十六年の徳川幕府治政下にあって、移封が頻繁《ひんぱん》に行なわれたくにでは、領民と領主（家臣も）との感情の融和がなかなか望めなかった。それぞれの胸にあるものが違い、権利義務の感情の齟齬《そご》は、二十年三十年では溶け合えぬものである。五十年六十年経って、ようやく理解できるようになったら、また移封ということで、ふたたび絆《きずな》がぷつんと切れる。そういう大小大名が多かったのだ。会津藩上下の結束はこの歳月が作りだしたものだった。白虎隊を育《はぐく》んだ会津武士道の背景となった藩校日新館の造営が民間の手で成されたという一事を見ても、その協調がわかる。

農民たちにとっては、長い政治形態はそのまま生活と結びついたものになっていた。その政治が土台から崩れたとなると、日々の中に鬱積《うっせき》したものが、一度に爆発して一揆となったのであろう。村役人や村長や分限者が当面の目標になったのだ。イデオロギーではない。日常の感情から出たものだった。

会津藩の組織が解体され、天朝の軍隊として乗り込んできた〝新権力者〟たちは、劫掠や強姦を楽しんでいる、となると、村方《むらかた》にあっては無政府状態であった。

鶴ヶ城に乗り込み、開城後の始末に当たっている西軍にしても、まだその村々の治安に当たるほどの兵員はいない。占領後の組織ができるまでは空白なのである。一揆の勃発《ぼっぱつ》もその空白に乗じてのことであろう。

この村々の騒ぎも日々雪が多くなるとともに、その雪が炎を消すように鎮静していった。

十月十七日、妙国寺に東征大総督府からの使者がやってきた。

肥前佐賀藩士で徳久幸次郎《とくひさこうじろう》が上使である。鶴ヶ城降伏開城からすでに二十日間に及ぼうとしていただけに、藩公父子の処分問題がどうなるのか、妙国寺で容保を守っていた側近たちは緊張して使者を迎えた。

上使の口上はまず家老梶原平馬《かじわらへいま》が拝承した。

御沙汰《ごさた》ありとのことで、他に萱野権兵衛《かやのごんべえ》、内藤介右衛門《ないとうすけえもん》、手代木直右衛門《てしろぎすぐえもん》、秋月悌次郎《あきづきていじろう》が、別間に控えた。

藩公父子への御沙汰があったのちに、平馬も含めた五人へも名指しで沙汰があるとのことであった。

かれらが案じたのは、容保父子へ切腹の沙汰が下るのではないかということだった。すでに降伏直後、重臣一同連署して容保の助命の歎願書《たんがんしょ》を出している。それには、罪は重臣たるわれらにあり、厳刑に甘んじるゆえ容保への御寛典《ごかんてん》を願い上げ奉《たてまつ》るというものであった。

——亡国之陪臣某等《それがしら》謹而《つつしんで》奉言上候老寡君《ろうかくん》容保儀久々京都ニ於而《おいて》奉職罷在《まかりあり》寸功モ無ク蒙無量之天眷《むりょうのてんけんをこうむり》万分之一モ不奉報隆恩剰触天譴《りゅうおんにむくいたてまつらずあまつさえてんけんにふれ》遂ニ今日之事件ニ至リ容保

父子城地差上降伏奉謝罪候段畢竟《ひっきょう》微臣等頑愚疎暴ニシテ輔導之道ヲ失ヒ候儀今更哀訴仕候モ却而《かえって》恐多《おそれおおき》次第ニ御座候へ共臣子之至情実難堪《じつにたえがたく》奉存候間代而《かわって》臣等《しんら》被処厳刑《げんけいにしょせられ》被下置度《くだしおかれたく》伏而《ふして》奉冀《こいねがいたてまつり》候何卒容保父子儀蒙至慈寛大之御沙汰候様御《お》執成《とりなし》被成下度《なしくだされたく》不顧忌諱泣血奉祈願候某等誠恐誠惶頓首再拝。

慶応四年九月二十二日

松平若狭重役

萱野　権兵衛長修

内藤介右衛門信節

梶　原　平馬景武

原　田　対馬種龍

山　川　大蔵重栄

海老名　郡治季昌

井深茂右衛門重常

田中　源之進玄直

倉沢　右兵衛重為

外諸臣一同謹上

この重臣連署の歎願書にはいずれも花押《かおう》がしてあった。

尠《すくな》くとも、この連署の重臣だけでも、連袂《れんべい》して切腹しても、主君を助けたいという気持だったのは疑いない。この中に秋月悌次郎の名がないのは、かれらよりは一段身分が低いからであろう。秋月の肩書きは軍事奉行添役《そえやく》にすぎなかった。

徳久幸次郎より申し伝えられた行政官の命令は、容保と養嗣子《ようしし》の喜徳《のぶのり》を東京に召し出す、ということであった。

松平肥後
松平若狭
右御用候条東京へ罷登候様

〝但シ供人父子ニテ七人ヲ限ル〟として、萱野、梶原、内藤、手代木、秋月の五人を指名してあった。護送の役目は肥前佐賀藩へ仰せつけられた。徳久が上使となってきたのは、そのためであった。

徳久はさらに重ねて、明後日の出発を言い渡した。

肥前佐賀藩は、九州では最も早く反射炉を作り大砲の製造をしたり、軍備の先覚であった。が、藩主鍋島直正《なべしまなおまさ》（閑叟《かんそう》）は聡明《そうめい》であるが、慎重なあまり、公武合体の意志と西国雄藩の反幕風潮の狭間《はざま》で揺さぶられ日和見的《ひよりみてき》になっていたために、奥羽出兵にも一部には反対の空気があった。勝敗が決定するや主従ともに狼狽《ろうばい》した。容保父子の護送も肥前藩にとっては、薩長や三条実美《さんじょうさねとみ》・岩倉具視《いわくらともみ》らへの忠誠を示す機会でもある。それだけに重要任務だった。

翌々十九日、容保父子は妙国寺を後にした。

肥前兵が護衛し、前記の萱野ら五人のほかに、山川大蔵《やまかわおおくら》、倉沢右兵衛《くらさわうひょうえ》、井深宅右衛門《いぶかたくえもん》、丸山主水《やまもんど》、浦川藤吾《うらかわとうご》、山田貞介、馬島瑞園《まじまずいえん》らも随行することになった。

これより先、秋月悌次郎は、旧知の長州の参謀奥平謙輔《おくだいらけんすけ》を越後口に訪ねている。

奥平謙輔は天保《てんぽう》十二年（一八四一）一月二十一日の生まれで代々萩《はぎ》の藩士、いわゆる八組士で、清兵衛の五男。家禄は百一石で中士である。少年のころより藩校明倫館《めいりんかん》に入って秀才の誉《ほま》れ高く、安政六年（一八五九）、その居寮生となった。文久三年（一八六三）八月、選《せん》鋒《ぽう》隊士として下関で外国船砲撃に参加し、元治元年（一八六四）七月には世子毛利広封《もうりひろあつ》（元《もと》徳《のり》）に従って上洛したが、禁門の変の途中、帰国している。

秋月悌次郎と知り合ったのは、安政のころ、秋月が上方《かみがた》から中国路を歴遊した際、長州に入り、人に紹介されて、詩文の友となった。お互いにその才に敬服した。才人は才人を知るという。肝胆《かんたん》相照らす仲となった。

容保の京都守護職時代の交遊については、はっきりしたことはわからない。が、何らかの交遊があったに違いない。秋月は公用方で、諸藩の公用方と交わっていたから、おそらく、顔を合わせることはなくても、文通はあったろう。そうでなければ、この勝者と敗者となってから、友人として心を通わせるのは唐突だからである。

秋月が越後口にいったのは、奥平のほうから、かれの立場を憫察《びんさつ》しての書翰《しょかん》が寄せられたからであった。

奥平は長州兵の参謀として越後口攻略を遂げ会津へ進攻し、坂下《ばんげ》町に駐屯していたのである。

会津若松城下までは三里（約十二キロ）とない。かれは秋月悌次郎の消息を尋ね、猪苗代に謹慎していることを知ると、親しく一書をしたため、幸便に託したのであった。

依頼されて届けたのは城下の真竜寺の僧、河井智海《かわいちかい》。智海は戦禍を避けて下新田《しもしんでん》の蓬庵《ほうあん》に疎開していたのである。智海《ちかい》は痴塊または慈雲院とも号した。

奥平謙輔の書翰は、漢文でこう始まっている。

不相見八九年　何日月之不我侍也　拊髀之嘆　人皆有之　想子亦当然也……相見《あいまみ》えぬこと八、九年になりますが、月日の経つのは早いものです。その後、私はこれという働きもせずにいましたが、貴方は如何《いかが》ですか……二十八歳の奥平謙輔から四十四歳の秋月悌次郎へ宛てた文章は、教養の深さと詩人の感性に満ちている。

悵恨悵恨

一

長州の参謀奥平謙輔《おくだいらけんすけ》から秋月悌次郎《あきづきていじろう》へ宛てた文章の文意はこう続いている。

——お互いの運命は千里も離れ、その運命も朝に夕を計られぬ無常さです。私も自らの好む道に進めず、兄弟とともに出陣するようになってしまいました。

私ははしなくも今年六月には帷幄《いあく》に参与し、長岡戦争に従事することとなり、七月には海路を柏崎《かしわざき》に上り、新発田《しばた》城を襲い、ついに新潟を奪い、その勢いに乗じて米沢攻めに臨んだものの、米沢藩は君臣共に崩壊が早く、為《な》すところがありませんでした。また貴藩と雌雄を決する前に、東より攻め上った別働隊に先《せん》を越されたことを残念に思います。

奥平謙輔の真意は、秋月を敗軍の将として辱《はずかし》めるのにあったのではない。武士は各々《おのおの》の立場にあって、その主君に従い、戦わざるを得ない。武人らしく、お互いに堂々と干戈《かんか》を交えるということは、相手の名誉をも尊重するということである。だが、奥平は残念だといいながら、会津を攻めることにならなかったことを——おのれの手が穢《けが》れなかったことを内心ほっとしていたのではあるまいか。

かれはこの越後戦線において、山県狂介《やまがたきょうすけ》（有朋《ありとも》）や長州兵らの醜悪な行状を目《ま》のあたりにしている。その批判精神が、のちに前原一誠《まえばらいっせい》などと共鳴して長州内部からの叛乱《はんらん》（萩の乱）の指導者となるのだが、この〝敵国人〟たる秋月への書翰《しょかん》は、おそらく〝王師〟に名を借りた西軍の醜さを、誰かに向かって吐露したかったためのものではなかったか。敵でありながら、秋月悌次郎の高潔識見を評価している奥平の心情が、文中にあふれている。

前文の末尾に、〝悵恨悵恨《ちょうこんちょうこん》〟とあるが、この残念の思いは、行間にある。それは会津城下へ雪崩《なだれ》こんだ西軍の醜状を耳にしていたところから発せられたものと見た方がよさそうである。詩藻《しそう》豊かな秋月なら、この思いをこめた行間を読み取ってくれると信じたのであろう。

文章は、一転して、秋月と会津藩の立場への理解を大胆率直に吐露している。この時期の書翰にしては、その士魂は、長州人の中で、ひとり燦然《さんぜん》たるものがある。一つ間違えば、かれは立場を失い、詰腹《つめばら》を切らせせられるかもしれない発言といえる。

——夫貴国為旧幕府亦至矣　無貴国則徳川氏之鬼其不餒　臣各為其主職也　季布之節雖不及韓張之先見……思うに貴国（貴藩）が幕府の為に尽くしたのは立派なことです。貴藩の忠誠によって徳川氏は浮かばれる（せめての救いとなった）。臣下として本分を尽くされたというべきです。唐土《もろこし》にもその例は多くありますが、貴藩こそ正《まさ》にその例といえましょう。

それにしても、わが国がふるわないのは、今日ほど甚だしいことはありません。いわゆる朝に歌夜に弦を弾く安気な宮人さながらで、今こそ不義の義者とされる真に節義ある者が求められる時はありません。これは天朝の下にあって歎《なげ》かわしく、ただ外国の失笑を買っている有様です。

詩経には「他山之石、可以攻玉《もってたまをおさむべし》」とあります。しかし久しい間、天下にその石は無かった。今、貴藩にその石を見たことになります。それを天下に示して玉を磨《みが》かせるならば、貴藩が幕府のために尽力したことの意味も生かせるというものです。そしてまた我が藩もその賜を被ることになります。ただ一つ恨《うら》（憾）みがあるとすれば、それは守城不了《しろをまもりておわらず》、降伏開城したために古きこころの英雄とされる鳥居《とりい》元忠《もとただ》に武士道の美名を独り擅《ほしいまま》にさせるようになったこと。これはわが神州のためにも惜しいことです……。

鳥居元忠といえば、関ヶ原前夜、石田《いしだ》三成《みつなり》らの進撃を孤立した伏見城で阻《はば》み、降伏勧告を拒否して最後の一兵まで戦い、遂《つい》に討死にして武士の鑑《かがみ》とされている。奥平謙輔は平時の友情も、干戈を交える間も、常に武士はかくあらねばという一点を信じていたのである。そのゆえにこそ、敵味方となってなお、友情が存在し得たといえる。

かれが前述のように、後年、長州藩の大義名分が嘘《うそ》で固められ汚穢《おわい》に満ちていたことを愧《は》じて内部叛乱の烽火《のろし》をあげ、ついに斃《たお》れるのも、おのれの武士道と信義大道に殉じたからであった。おのれに厳しいかれのこの言葉は、単なる中傷非難ではなく、信念から出た歎きだったことがわかる。おのれに卑劣であったら、おそらく、この言葉は口にできなかったであろう。それゆえにこそ、秋月悌次郎も、率直に受け入れることができたのだ。

奥平の書翰はまだ続いている。

――然《しか》りと雖《いえど》も既往は咎《とが》めず、遂《と》げた事を諫《いさ》めず、願う所は聖天子の楚荘之心を以《も》って……貴藩を故(旧)国に封じ、其の臣民を安んじるであろうから、他日外国の脅威があればそのときは再び蹶《た》って徳川氏の恩に報ずる気持ちで朝廷の為に尽くし、その真摯《しんし》な気持ちをあらわしたらよいと思います。

話は変わりますが、我が藩の落合某を憶《おぼ》えていられますか、貴方がいつぞや(長州を)訪問されたとき、文章を教えていただいた者です、今なお健在で学問に精進しています。

私は間もなく帰国しますが、貴城とは咫尺《しせき》のところにありながら、相見《あいまみ》えぬことはさながら万里の遠きにある思いです。

有情あふれる奥平謙輔の書翰は、――前途猶遠　保重保重　不一……と結ばれている。敵味方に分かれたことの立場の苦しさがあらわれている。この熱い心を、秋月は涙とともに受けとった。かれは何度も読み返した。敗者の心を慰めるとともに、友情を寄せてきた奥平の真意には、あるいは秋月が責任をとって自殺などすることがあっては、という慮《おもんぱか》りも含まれていることを察知した。敗戦にめげず立ち上がって欲しいという気持ちが文面にあふれている。会津藩主従にとって敗戦の憾《うら》みは、戦国時代の武士のように勝敗の岐《わか》れにあるのではなかった。

ひたすら朝廷と徳川家のために忠孝の誠を尽くした会津武士の心を知ってもらいたい、その一事だった。単に敗れたが故《ゆえ》に〝賊軍〟とされ〝朝敵〟の汚名を蒙《こうむ》ることに我慢がならなかった。この奥平謙輔の書翰によって、たった一人でも、会津の立場を、会津の武士の心を理解してくれる者がいた、そのことを知った喜びであった。

秋月は感激のままに筆を執《と》り、返書をしたためた。――被賜客月念四日之書　薫誦数次且懼且愧《かつおそれかつはじ》　僕亡国之遺蘖……。

――先月二十四日遠書を賜わり何度も拝読致し懼れ且つ愧じ入りました。私は亡国の遺臣にして才劣り、何とお答えしていいか、言葉は知りません。しかしながら、貴方のお諭《さと》しを受けたのに、申し上げなくては、老寡君《かたもり》（容保）の潔白と赤心《せきしん》をお伝えすることができず、私の臣下としての情も尽くせませんので、罪は罪として、ここに一、二のことを陳《の》べることにします。何卒、御諒承《ごりょうしょう》下さい。

容保公のお心は固《もと》より天朝にあり、独り幕府の為ではありません。私が以前西遊し貴藩を訪れたとき、佐久間左兵衛どのは、「以尊王室恭順幕府為目的《もっておうしつをたっとびばくふへのきょうじゅんをもくてきとなす》」と申されました。また、文久二年戌年の夏、小幡氏は、貴藩公が幕府へ上る書を持参されてこれを諸藩公と重臣らに示して、賛否を問われましたが、その書の大意はこうありました。

「開港か鎖国かは、所詮末梢《しょせんまっしょう》の事である。大事なのは朝廷と幕府が一和することなのだ。長州藩が努力しているのは、この為である」

と。

貴藩の議する所は我が意を得たりという所でした。そのとき、私はこう申しました。

「尊王室乃所以恭順幕府《おうしつをたっとぶのゆえんはばくふにきょうじゅんし》 恭 順 幕 府 亦 所以尊王室也《ばくふにきょうじゅんすることはまたおうしつをたっとぶものなり》」

私の藩は徳川氏とは親類関係にありますが豈《あに》へつらい従うわけではなく、同じ徳川に対して貴藩は幕府と見、私の藩は宗家《そうけ》として見る。この情義の厚さが違うだけだと思います。貴翰によれば徳川氏に報いたように朝廷に仕えよ、とありました。御懇《ごねんごろ》なお心には涙を止めることができませんでした。貴方のお心に応《こた》えるために、私も思う所を申し述べます。

たとえば、子供が井戸へ落ちかけたのを見たら、走っていって救おうとするでしょう、これは人情です。況《いわん》や宗家の危急、どうして坐視《ざし》することができましょうか。人間としても武士としてもできないことです。それを見捨てれば、人間に非《あら》ず、武士に非ず、人の誠の道に背くことになります。しかし、私の藩では微力にして宗家を救えず、宗家もまた諸侯を統率できなくなりました。子供の溺《おぼ》れるのを救えなくなったのです。こうなった以上、私の藩は王室を尊奉することを専《もっぱ》らにするのが当然であります。

この春の伏見の一挙は人の皆知る所ですから、いまさら贅言《ぜいげん》を費やしません。容保公は東帰後、使者を列藩に遣《つかわ》して朝廷に謝罪致しました。屛息《へいそく》して御沙汰《ごさた》を一ヶ月余待ちました。

ところが何たることか、道を塞《ふさ》ぐ者があり、朝廷へ至情は届きませんでした。そのうえ、大兵が四境から襲い、その中の一、二の者は我が財貨を盗みあるいは士女を害するなど、王師とは思われない行為でした。故に我が精鋭はこれに応戦したのですが、武士として当然のことでしょう。

方《まさ》に孤城囲みを受け、城を枕にするも、糧食は乏しいながら、なお一ヶ月ほどは支える力を持っていました。そのとき米沢藩の人より、「王師が問罪のために攻めてきたのだ」と聞いてはじめて知りました。君臣は恐懼《きょうく》して、乃《すなわ》ち干戈を投げ捨て降を乞《こ》い、土地を還《かえ》し奉《たてまつ》り、兵器を納め、田舎に引いて罪を待ったのです。

このことで我が藩が他意のないことは明らかです、道理を聞いて然《しか》らずなお迷い、頑迷に決死の戦いを挑めば王室に対して罪人となり、終天の憾《うら》みを残すことになったでしょう。このため死守はせず、罪を引き受けて天を呼んだのは君子の心を動かしたに違いありません。

嗚呼《ああ》、かつて包胥《ほうしょ》が使者として秦《しん》国に赴き宮廷の庭で泣いて援兵を頼むも、使者の帰らぬうちに鄭伯《ていはく》が羊を連れて降参して恥をかいたものですが、私の藩もこれと同じなので、復《また》何をか言わん、復何をか言わん。

我が藩の罪は朝典に載せられて斧鉞之誅《ふえつのちゅう》を甘受しなければなりませんが、聖天子がもし孝明《こうめい》帝のわが藩に対する特別の待遇を思われ、祖先の勤皇の心をお忘れでなかったら、我が藩も小諸侯と同じく先祖の祭祀《さいし》を司《つかさど》るだけの存立を許してもらえるならば、外国の脅威に対して、率先して御楯《みたて》たるでしょう。果して、貴方の仰有《おつしゃ》ったが如《ごと》くにです。さすれば独り我が藩が恩恵を被るだけでなく、実に天下の為になることです。

しかし、いまや我が藩を賊視する者が将《まさ》に我々の肉を喰《くら》わんとし、あるいは、敵視しないまでも拱手《きょうしゅ》傍観、知らぬふりをして居ります。故に死を生かし、骨に肉をつけてくれるとすれば、貴藩のほかにはありません。我が藩の残兵は弱っているとはいえ、これを鼓舞し多少の訓練をすれば、なお役に立つことと思います。

国人はしかし頑《かたく》なで、もはや諦《あきら》め罪を待っていますが、いまこそ決然、死地に入ったつもりで斧鉞を持ち自ら立ち上がるべき機会だと思います。この時、聖裁が寛仁のお心を持ち広い視野に立って、旧領に封じ、位官を与えて下さるならば、我が藩人は思いがけないあまり、忠勇剛武、実に前に倍増する働きをすることでしょう。而《しこう》してこの機を知る者は貴方のほかに誰がいましょう。

伝に曰《いわ》く、「君子　知冤《なきとがをしり》　小人不知《しらず》」とありますが、今もし一切を罪にしてこれを殺すということになれば、「会津藩主従はすでに罪を負っているのに、聖裁はあまりにも厳しい」という人が出て、中には二心を懐《いだ》く者もあり、会津の二の舞は御免だといって、城を死守し武装して立ち上がるかもしれません。私が恐れるのはこのことです。私は大方の君子にこのことを告げたいと思いましたが、いまだその人を得ません。会々《たまたま》貴方の高明のお志を蒙りましたので、唐突のことで国も亡び心は乱れて方寸も立たず言葉もなく、真情を述べることができません。貴方のお心しだいです。これから寒くなりますが、国家のため御自愛を。不了。

戊辰《ぼしん》十月六日　　　　秋月胤永《かずひさ》

二

この彼我《ひが》の書翰ほど、会津戦争の真意を表明したものはない。奥平謙輔が長州軍の参謀にして多分の同情を抱き、会津武士を理解しようとして、なお、その不足するところがあるがゆえに、秋月は縷々《るる》として真情を吐露したのである。

文中にあるように、奥平の友情の深さのゆえに、敢えて長文をもって理解を得ようとしたのである。

この後、両者の間に飛書があったかどうか不明であるが、秋月は思い切った行動に出ている。謹慎の身にも拘《かかわ》らず、猪苗代を脱けて奥平に会いにゆくのだ。

会いたいという思いには、

(会津の立場を理解してくれる唯一の長州人……)

越後方面長州軍の参謀という身分も、頼むに足ると思えた。

いま、会津藩の灯は消えようとしている。誰もが会津は滅亡すると思っている。西軍が城下に雪崩《なだれ》こんできた八月二十三日に、多くの婦女子がわが子を刺し殺し自刃《じじん》して果てたのは、その絶望からであり、籠城《ろうじょう》した者たちも、九月二十二日の降伏開城には、一縷《いちる》の望みを絶たれた思いであった。数人の憤死もそのあらわれである。

だが、秋月悌次郎胤永は、

（滅亡させてはならぬ。まだ望みはある）

と、思った。

奥平からの最初の手紙が、望みの糸口になったといってよい。

（頼んでみよう）

いまは藁《わら》にも縋《すが》りたい気持ちだった。

たとえ効果がなかったとしても、これ以上事態が悪くなることはない。従来の経過から見ても、長州人の報復的措置は主君父子はじめ重臣らの連袂《れんべい》断罪で、悪くすると、十人前後は切腹断罪となるおそれがあった。

（歎願《たんがん》するには、いましかない）

秋月は小出鉄之助《こいでてつのすけ》と相談し、仲介者として真竜寺の河井智海《かわいちかい》に頼むことにした。智海は奥平書翰を託された由縁から、これを快く引き受けた。かれもまた会津藩の復権を希《ねが》うものであった。

また、たとえ厳罰が下ったとしても、これから会津藩士とその家族一万七千余の人々は逆境の中を生きてゆかねばならない。その新しいいのちとして、指導者となるべき人材の育成を忘れてはならなかった。

万物が枯れる冬が来ても、めぐる春の芽生えのための準備は厚く冷たい雪の下で、ひそかに着実に行なわれるのである。そのいのちの芽を大事にしなければならない。

猪苗代謹慎の武士の中から、秋月は秀才二人を選んだ。

山川大蔵《やまかわおおくら》の弟健次郎と小川信八郎であった。健次郎は満十四歳、当初、白虎隊に入隊したが、再編成の際、年少ゆえに幼少組に遇されたが、志願して斥候《せっこう》などの要務を果たしている。八月二十三日の城下決戦の日、滝沢御本陣《たきざわごほんじん》に一人残っていて、西軍の乱射を受けたのは有名な話である。家老の次男に生まれ、山川大蔵の弟として訓育を受け、日新館でも優秀な生徒であり、胆力もあり覇気に富み、次代を担《にな》う人物と秋月は見込んでいた。会津復興は、こういう少年の肩にかかっているのだ。大人たちが敗戦の痛手で意気消沈していても少年たちは挫《くじ》けていない。

雪に埋もれた猪苗代の謹慎所の中でも、戸外に出て雪だるまを作ったり、雪合戦をしたりしている。

（このまま埋もれさせてはならない）

秋月は少年たちを脱出させることを考えた。

人数が多いために、監視も大まかで、自治に任せる向きがあった。少年は員数のうちに入らないから、一人や二人、数が減っても咎《とが》められはしない。

（咎められたら、自分が責任を負えばよい）

とまで秋月は考えた。

記録にはないが、ひそかに山川大蔵と連絡をとったことであろう。大蔵は健次郎より十一歳も年長で父代わりである。大蔵の合意なしには、これはできない。危険な賭《か》けである。自分の身が、どうなるかわからなかったし、大蔵の立場では、切腹は免れないと思われていた。大鳥圭介《おおとりけいすけ》のあとを受けて日光口総督となり、西軍の侵入を拒《こば》み、智略をもって入城を果たした大蔵も、若い家老として信望を集めていたが、責任者としての罪からは逃がれられないと思われた。

「奥平というのは長州人には珍しい人物と思われる。健次郎のことはよしなに頼む」

と、許したのであろう。

信八郎のほうは満で十六歳。この年齢はいずれも白虎隊として寄合の何番隊かに編入されていたはずである。信八郎はのちに亮《りょう》と改名し、陸軍に入ってのち、陸軍工兵大佐（明治三十三年頃）に昇進している。

明治六年（一八七三）の征韓論《せいかんろん》で九州が騒がしくなったとき、熊本鎮台《ちんだい》司令官になっていた谷干城《たにたてき》は山川大蔵（改名して浩《ひろし》）を招いた。戊辰戦争のときの山川大蔵の名声を聞いていたのである。その際、山川は小川亮と小川早次郎の二人を連れて出発している。谷干城が山川浩に嘱望するところ多く、最初から陸軍少佐の地位を斡旋《あっせん》しているほどだ。むろん会津藩家老で日光口総督たるキャリアを尊重してのことである。

薩摩の西郷が下野《げや》して内乱の兆《きざし》があると聞いては、山川大蔵の血が騒いだことは想像に難くない。

「薩摩勢が相手なら敵に不足はない」

莞爾《かんじ》としたことであろう。その応諾は早く、陸軍少佐の辞令が届くほうが遅かった。

辞令を届けにきた木村丑徳《ちゅうとく》は、

「九州へ出立なさいました」

との家人の答えに驚いて、辞令を抱えて東海道《とうかいどう》を走り、ようやく箱根《はこね》の宿で追いつき、手渡したという。

山川浩は、往時、弟健次郎とともに猪苗代から脱出した小川亮に信頼を寄せていたのであろう。因《ちな》みに小川早次郎のほうは、陸軍少尉として西南の役《えき》で戦死している。


五人は猪苗代から脱走して越後へ走った。秋月、小出、山川、小川と河井智海である。小出は智海の徒弟と偽って大盈《だいえい》と称し、秋月は真竜寺の従僕に扮《ふん》し、少年たちは寺小姓《てらこしょう》ということにして、何ヶ所かの関門をうまうま通り抜けた。

奥平は帰国すべく新潟まできたところで、五人が訪れてきたので驚いた。二人はすでに書面で心中を吐露し合っていただけに、感激も大きかった。

また秋月の熱意は奥平を動かさずにはいなかった。奥平の配慮で、二少年は越後にとどまり、勉学することになった。のちの帝大総長山川健次郎の新しい道は、こうして開けることになったのである。

雪の別れ

一

秋月悌次郎胤永《あきづきていじろうかずひさ》は武人というより学者として知られている。が、武士としての活躍も目ざましいものがあったのである。藩主松平肥後守容保《かたもり》が京都守護職を拝命するに従い公用人として京に滞在、各藩との折衝や朝廷に出入りして重要な交渉に当たった。戊辰《ぼしん》の戦《いくさ》でも西軍が戸《と》ノ口原《くちはら》から滝沢峠に進撃してきたのを佐川官兵衛とともに寡勢《かぜい》でよく防ぎ戦った。また秋月の豪毅《ごうき》さを物語るものに、滞京中、刺客につけ狙《ねら》われて、これを一喝して追い払った話がある。

会津藩のように奥羽各藩は関西には足場を持たなかった。大坂にも京にも藩邸がなかった。京都守護職拝命は、そうした不案内な土地での重責を果たすことの困難さを感じさせたものである。何しろ、テロリズムの嵐が吹き荒《すさ》んでいる当時の京に幕府の特命全権大使として入るのだから、危険が大きい。多勢の家臣が護衛として入京した。

そのため本陣を東山黒谷《ひがしやまくろだに》の金戒光明寺《こんかいこうみょうじ》に定めて、守護職屋敷を造営する間、市中と黒谷を往復しなければならなかった。多忙な秋月は市中に家を借りて起居していたが、それでも三日に一度は黒谷に行く。

長州や土佐の過激派の連中は、

「秋月を殺《や》ってしまえ」

と、競い合ってつけ狙っていた。ほかにも会津藩の公用人は、広沢安任《ひろさわやすとう》や外島機兵衛《としまきへえ》などがいたが、秋月は風采《ふうさい》もよく、堂々としていて、弁論も立つ。かれの整然たる理論の前には、暴虎《ぼうこ》のようなテロリストたちも、正面きって駁論《ばくろん》できない。そのため、朝廷工作が失敗することが多く、暗殺を目論見《もくろみ》、誰が先に秋月を仆《たお》すかを競い合うほどになっていたのだ。

三本木《さんぼんぎ》町の寓居《ぐうきょ》の近くには、いつも風体のよくない浪人たちがうろうろして、隙《すき》を狙ったが、秋月は小者一人を連れたくらいで、身辺警戒の様子もなく堂々としているから、かえって手が出なかった。

「あいつ、ピストーロでも隠し持っているにちがいない」

と、テロリストたちは、恐れをなした。他藩の知人たちからも、忠告を受けることが多かった。

「用心した方がいい、あんたを斬《き》ったら何両だとか、賭《か》けているやつまでいるそうだ」

「ははは、この首で幾らになりますか」

と、秋月は意に介さなかった。

黒谷にいっても、千人からの上下家臣がいるから本陣では余分に泊る部屋もない。窮屈な思いをするより、遅くなってもいいから、三本木町へ戻ってくる。

その日も深夜一人で帰路についた。

寺町《てらまち》を抜けて鴨川《かもがわ》の三条大橋《さんじょうおおはし》へ出る。その土塀に挟まれた道で、気配を感じたのである。

秋月は立ち止まり、提灯《ちょうちん》を掲げて背後を見た。

闇《やみ》は鎮《しず》まりかえっている。が、その闇の底に、人の気配がある。息を殺している様子であった。かれは大喝した。

「そこにいるのは誰だ」

返事はなかった。虚《むな》しく風が髪を梳《くしけず》った。

「出よ。会津藩公用人の秋月じゃ、話があれば聞こう」

その言葉も闇に吸いこまれた。

「出てこぬか、用なくば、去《い》ぬるぞ」

秋月の語尾は哄笑《こうしょう》に変わった。かれは背をむけて歩き出した。急ぐでもなく、警戒するでもなく、悠々《ゆうゆう》たる足どりの背中に対して、刺客は、叢《くさむら》から飛び出せず、凝固したように蹲《うずくま》っているだけだった。

この話は、のちに、長州藩士で吉田松陰《よしだしょういん》門下だった当時の山田《やまだ》市之允《いちのじょう》が思い出を語ったことで世に出た。山田はのちに伯爵となり、正二位、司法大臣をつとめ、現在の日本大学を創立した山田顕義《あきよし》である。

「なんとかして秋月を斬ろうとしてつけ狙った。好機を得たが、圧倒されてからだが竦《すく》み、斬りつけることもできなかった」

と、正直に吐露している。

秋月はそう大兵《たいひょう》というわけではないし、学者であり、詩人でもある。その強い意志と男の胆気ともいうべきものが圧倒したのであろう。

刀を抜かずに、相手を屈伏させてしまう。それも、山田は血気盛んな若者で、腕も立ち、なかなかの人物である。その男が、闇討ちすらできなかったのだ。

秋月悌次郎の偉大さがわかる。しかし、その心情が濃《こま》やかであることは、前記の長州藩参謀奥平 謙輔《おくだいらけんすけ》との往復書翰《しょかん》に見ることができる。真の男とは、この秋月のような人物を指すのである。

坂下《ばんげ》にいると聞いた奥平謙輔は、しかし帰国の途についていた。

猪苗代謹慎の身を脱走してきただけに秋月は狼狽《ろうばい》した。山川健次郎と小川信八郎の二人の少年を脱出させている責任がある。

「いつですか、もはや新潟から船出されたのですか」

同行した河井智海《かわいちかい》と顔を見合わせた。様子を聞いてきた小出鉄之助《こいでてつのすけ》は、いやまだ遠くへは行かれていないでしょう、昨日出立なさったそうですから、と答えた。

秋月は真竜寺の従僕に扮《ふん》し、小出は頭を剃《そ》って智海の徒弟になり澄まし、大盈《だいえい》という法名までつけての脱出行だったのである。小出は、のちの光照で、山川の妹婿となり、佐賀県副知事になっている。

越後の水原《すいばら》には、越後口総督の参謀壬生基修《みぶもとなが》が戦後処理に当たっていて、近々京都へ凱旋《がいせん》するために、奥平謙輔も呼び戻されたのであった。

このまま越後を離れてしまえば、相見《あいまみ》えることができるかどうかわからない。その思いが手紙を書かせたのだが、思いがけず、秋月の来訪を得て、我が眼を疑い、大いに喜んだ。

「よく脱けてこられましたな」

と、哄笑して手を握った。

「お目にかかりたい一心です。罪を重ねることに気が咎《とが》めましたが」

「いや、お帰りの際に添状《そえじょう》を書いて上げましょう。私の方から無理に召喚したことにすればよい」

奥平の配慮に秋月の双眸《そうぼう》は潤んでくるのであった。

久闊《きゅうかつ》を叙《じょ》してその夜、寝もやらず、二人は語りあった。

秋月の運命は、どうなるか、奥平にも予測がつき難かった。薩長に憎まれた会津の重責を担《にな》う身である。公用人として、いまは敵である西国大名の重役たちとは、かつては共に飲み、共に語り、中には胸襟《きょうきん》を開いて交わった者もある。

だが、武士の習いとして、その仕える主家が運命の鍵《かぎ》を握っているのである。今日のような事態になれば、そうしたつながりも、一片の反古《ほご》でしかない。ただ、奥平のような人物がいたことは、この苦境の中でも、せめてもの心の安らぎであり、かれと再会できたことで、一層、心境は澄みまさったものになった。

「これで思い残すことはありませぬ」

と、別れしなに、秋月は心からいった。

その言葉の中には、

(切腹……)

の気持ちがある。

たとえ切腹という立場になっても、奥平との友情を抱いて死ねる。敵としての憎悪の感情を浄《きよ》めることができる。それだけでも嬉《うれ》しかった。

かれは山川と小川の二人の少年の将来をくれぐれも頼んで、袂《たもと》を分かった。

水原から会津若松へ通じる道を戻りながら、秋月は、再び、この山河を見ることはできないかもしれぬと思い、しっかりと目にとどめるように見ながら歩いた。越後街道と呼ばれる越後に通じる道である。北越戦線へ出征した人々が、佐川官兵衛などに率いられて、勇躍してこの道を進んでいった。その越後の守りが破れ、東から急進の薩長軍が会津へ雪崩《なだれ》こんできたのだが、北越での敗戦の傷を負った人々は、本城危うしと聞いて、この道を引きかえしたのである。多くの者が仆れ、傷つき、無念の歯がみをしつつ、涙を落としたにちがいない。

柳津《やないづ》では虚《こ》空蔵《くうぞう》さまにお詣《まい》りをした。とうとう河井継之助は、ここまでも来ることができなかった。
かれは、南会津へ通じる難所の八十里越《はちじゅうりごえ》を、同志の肩に担《かつ》がれて、自らを〝腰抜け武士〟が峠を越えると詠んだ。そして、只見《ただみ》で脚《あし》の傷が悪化して死んだ。
坂下への道の途次、いわゆる折《おり》峠で少憩をとったとき、胸に浮かんだ詩句を、秋月はしたためた。

有故潜行北越帰途所得
（故《ゆえ》有《あ》って北越に潜行し帰途得る所）と題して、
行無輿兮帰無家
国破孤城乱雀鴉
治不奏功戦無略
微臣有罪復何嗟
……

行くに輿《こし》無く帰るに家無し、国破れて孤城雀鴉乱《みだ》る、治むるに功を奏《そう》せず戦略無し、微臣罪有り復《ま》た何をか嗟《なげ》かん、聞説《きくならく》天皇元より聖明、我が公貫日至誠より発す、恩賜の赦書応《ま》さに遠きに非《あら》ざるべし、幾度か手を額《ひたい》にして京城を望む、之を思い之を思うて夕晨《あした》に達す、憂《うれい》は胸臆《きょうおく》に満ち、涙巾《ぬの》を沾《うるお》す、風は沂（淅《せき》）瀝《れき》として雲惨澹《さんたん》たり、何《いず》れの地に君を置き、又《また》親を置かん。

秋月の立場は、重臣であり、また人の子であった。身は鴻毛《こうもう》の軽きに比すが、人情として親や一族のことを思うと、胸が張り裂けるばかりなのであった。

この秋月の詩は、しかし、その後、今日に至るまで、会津武士の心懐として、多くの人々の吟《ぎん》ずるところとなっている。

二

こうした秋月悌次郎の詩心は、現代人の眼からすると、哀切きわまりなく、傷心が過ぎると見る向きもある。が、情濃《こま》やかにして多感な武士ほど、詩情もまた深いのである。

のちに斗南《となみ》藩少参事として山川浩大参事を助けて移住藩士たちの自活に奮闘する永岡久茂《ながおかひさしげ》もまた熱情の人であり、詩文をよくした。

かれは戦争末期、奥羽越同盟の強化と仙台藩の救援を求めて画策するのだが、薩長の攻勢にぐらついた各藩の弱腰が、意思の統一を欠いて、会津救解の足並みが揃《そろ》わなかった。落胆して帰路に就いた永岡が白石《しろいし》城に一泊した夜、作った詩がある。

独木誰レカ支エン大廈《たいか》ノ傾クヲ

三州ノ兵馬乱レテ縦横

羈《き》臣《しん》空《むな》シク灑《そそ》グ包胥《ほうしょ》ノ涙
落日秋風白石城

大廈とは大家の意で、独木に似て孤城となった会津松平藩をさす。三州とは同盟したはずの奥・羽・越の三州のことである。

包胥は古代中国の歴史上の人物で、自国「楚《そ》」の都が敵に包囲され城の命運が旦夕《たんせき》に迫ったので、秦《しん》国に奔《はし》り流涕《りゅうてい》して救援を乞《こ》うも遅れたために役に立たなかった、という故事に拠《よ》ったものである。

努力の甲斐《かい》がなかったことは、おのれの非力と歎《たん》じるしかない。口惜《くや》し涙を呑《の》んで帰路に就いた白石城の落日の秋風は、そぞろ身に沁《し》みたのであろう。

この永岡はのちに、いわゆる思《し》案橋《あんばし》事件を惹起《じゃっき》し、乱闘の傷がもとで獄中に死ぬのである。

仙台で工作活動をしていた者は他にも数人いるが、さきに正使内藤介右衛門《ないとうすけえもん》の副使として遊説に奔走していた者に安部井政治《あべいまさはる》がいる。

父親は香坂源吾《こうさかげんご》、次男なので、安部井忠八の養子となり、生来俊秀の才で十六歳にして日新館大学に及第したほどで、藩命により江戸の昌平黌《しょうへいこう》に留学、のち帰郷して日新館の教授となり、子弟の教育に当たった。

白虎隊の少年たちのほとんどが、安部井の薫陶《くんとう》を受けたことになる。

その博識と、昌平黌時代に知友が多かったことが、各藩との折衝を速やかにした。遊説に際しても、その起用は、多大の効果を齎《もたら》したが、かれの努力をもってしても大勢はいかんともすることができなかった。

安部井は西軍の急襲によって石筵口《いしむしろ》が破れたことを仙台で聞いた。直《ただ》ちに帰国しようとして走ったが、国境に至らぬうちに、母成峠《ぼなり》を越え猪苗代に大軍が雪崩こみ、帰城の不可能を知った。仙台兵を動かして西軍の包囲網を突破する策を提案したが、仙台の首脳らはもう動かなかった。

だが、安部井は諦《あきら》めず、榎本釜次郎《えのもとかまじろう》（武揚《たけあき》）の開陽丸《かいようまる》が入港するやこれに投じて、蝦夷地《えぞち》に向かったのである。

箱館に上陸したとき詠んだ詩がある。

海潮枕《まくら》ニ到《いた》リ天明《あけ》ント欲ス
感慨胸ヲ撫《ぶ》シ独リ眠レズ
一剣未《いま》ダ亡国ノ恨《うら》ミヲ酬《むく》イズ
北辰《ほくしん》星下残年ヲ送ル

秋月悌《ひ》次郎といい、永岡久茂といい、この安部井といい、それぞれに微妙な差があるが、亡国の悲歎《たん》と慷慨《こうがい》を詠じたこれらの詩は、その後長く会津人の共感を呼んで吟じ続けられ、

「会津三絶」として知られている。

因《ちな》みに安部井は榎本の失言を怒って、敵軍の中に斬りこみ、矢不来《やふらい》で討死にする。

会津鶴ヶ城の降伏開城に伴い、西軍が城内視察して眉《まゆ》を顰《ひそ》めたのは、夥《おびただ》しい死体だった。

八月二十三日の決戦当初は、死者が出るごとに、穴を掘り丁重に埋葬していたが、次第に死者の数が増え、その埋葬も困難になってきた。現在の本丸の広場になっているところは、大部分を占める御殿が建っていて、余剰の部分がない。籠城と決まってから、三ノ丸や二ノ丸に大勢を収容する御長屋や御小屋が建てられ、武器庫、火薬庫なども設けられるなど、城内で埋葬できる地面は少なくなっていた。それでも僅《わず》かの隙間《すきま》を見つけては掘り起こして葬ったが、間に合わなくなると、空濠《からぼり》の部分も利用するしかなかった。

籠城《ろうじょう》が一ヶ月近くになると、糞尿《ふんにょう》の処理だけでも大変な問題になってきたし、負傷者が増え病人が増えてくると、元気な者は、交替で睡眠をとるしかなかった。末期にはもう死体の埋葬もできない状態だったのである。惨憺《さんたん》たる城内を見廻《みまわ》った西軍軍務局は、占領政策のための民政局を設けることにした。

民政局には越前藩が配属された。越前福井藩は三十二万石の雄藩であり、前藩主松平慶《まつだいらよし》永《なが》(春嶽《しゅんがく》)はかつては前将軍慶喜《よしのぶ》の片腕として幕末の多難な時代を牛耳《ぎゅうじ》り、「幕末四賢侯」の一人に数えられる男である。

会津藩の悲劇も、実はこの春嶽によるあの手この手の強要ないしは哀訴によって、容保が京都守護職を引き受けざるを得なくなったところに端を発している。

この春嶽が大勢に順応する生き方に変心したのは、前年師走《しわす》の小御所《こごしょ》会議以後である。大政奉還《たいせいほうかん》によって事実上解体した徳川幕府に代わり、新政府の樹立のための小御所会議において、禁中を憚《はばか》らぬ岩倉具視《いわくらともみ》のピストルが、山内容堂《やまのうちようどう》（豊信《とよしげ》）と春嶽を沈黙退出させることになったのはよく知られている。春嶽はその後、口を閉ざして薩長や三条・岩倉らの跳梁《ちょうりょう》に任せることになった。

もともと慶永は隠居の身であり、このことによって名実ともに隠居することになった。やむなく引き受けた公職も明治三年、すべてを返上した。いかに厚顔でも薩長政府の禄を食《は》み、廟堂《びょうどう》に姿を現わすことを愧《は》じるものがあったのであろう。

慶永が活躍したのは、隠居の身になってからのことである。かれは井伊《いい》（直弼《なおすけ》）大老と意見を異にして糾弾《きゅうだん》のため不時登城を咎められて隠居謹慎で責めを免れた。三十一歳にしての若隠居だった。このとき家督《かとく》したのが、支族の直廉《なおきよ》（茂昭《もちあき》）で、慶永も田安《たやす》家から入ったのだが、直廉もすでに一万石を領す越後糸魚川《いといがわ》藩主でありながら幕命をうけ越前福井藩主となったのだ。

家督したとき直廉は二十二歳。福井藩は、三十二万、実高は四十万石あったといわれるから、有頂天になった。直ちにそれまでの従五位下・日向守から従四位上・左近衛権少将《さこんえごんのしょうしょう》兼越前守に陞叙《しょうじょ》され、将軍家茂《いえもち》の偏諱《へんき》を賜わって、茂昭と名を改めた。かれが藩民に布告した改名令は有名である。

せっかく将軍から賜わった〝茂〟の字だから、用いるのは予一人《いちにん》、汝《なんじ》らは使用してはならぬ、というのである。生来使用の者はむろん改名、向後《こうご》は一切まかりならぬ、とされた。それも藩民にして茂の字を用いた者は、すべて、もちあきのもの字をせめて許してとらす、ということで、海藻の藻《も》と改めさせた。現在残る人別帳の茂右衛門は藻《も》右衛門、茂兵衛は藻《も》兵衛とされた。

こういう茂昭である。名目上隠居しても、春嶽の意見が福井藩の意見になったし、三十の声を聞いても茂昭はお飾りにすぎなかった。春嶽が沈黙すると、藩政は重臣たちが左右するようになった。

なかんずく擡頭《たいとう》したのは中根雪江《なかねゆきえ》、由利公正《ゆりきみまさ》、本多副元《ほんだつぐもと》らである。

越前藩は岩倉や大久保利通《おおくぼとしみち》らに憎まれている。春嶽が沈黙しても、少しでも反抗の気配を見せれば三十二万石は踏み潰《つぶ》される。福井は北陸道北越への要地である。北陸道先鋒《せんぽう》総督兼鎮撫使《ちんぶし》高倉永祜《たかくらながさち》北下の順路に当たっている。福井藩に先導の命令がくるや、由利をはじめ重役らは受け入れるに吝《やぶさ》かではなかった。このことが、藩の興亡にかかっている。徳川宗家《そうけ》への義理も、武士の性根もなかった。生き残るためには、会津を討つ。

もとより茂昭に異存のあろうはずはなかった。

「わしは二度目の長州征伐には行かなんだゆえ、恨まれはすまい」

第一次の長州征伐では、しかし副総督として参陣している。再征のときは病気を申し立てて家老を代わりに出した。

大政奉還となって長州藩が勢力を盛り返したときも、かれは胸を撫《な》でおろした。征《ゆ》かないでよかったと思った。実際に病気だったのか、仮病を構えたのか、わからない。

北越戦線への出動を受けるに際しても、

「わしは病気だ」

と、顔を歪《ゆが》め、額に手をやった。

「熱がある。医師を呼べ」

〝御征伐の先導仕《つかまつ》り度《たく》も病気療養の為……〟ということで、家老の本多副元が藩兵を率いて出陣、北越に転戦した。

会津鶴ヶ城の降伏開城により、戦後処理の民政局を設け、越前兵をこれに当てた軍務局の意向は、春嶽と容保《かたもり》の関係を重視したのは疑いを容《い》れない。

福井藩士たちは薩長の顔色を窺《うかが》いつつ、転戦してきている。功を焦ることはあっても、会津藩士への怨《うら》みも憎しみもない。民政局は直接地元との交渉が多いから福井藩士を当てればうまくいくにちがいない、という配慮からではなかった。

会津の人々は、越前兵と聞けば、憎しみがなく、反抗的な態度に出ないだろうという目論見からだった。

民政局は総長以下いくつかの局に岐《わか》れているが、そのほとんどが越前兵で占められている。かれらが一番先に手をつけた仕事は、城内の死体の収容と本埋葬だった。

死体を取り扱うのは、そのことを業とする者たちがいる。民政局においてその者たちの頭《かしら》を呼び出し、まず城中から死体を搬出し、七日町《なのかまち》の阿弥陀寺《あみだじ》と、西名子屋町《にしなごやまち》の長命寺《ちょうめいじ》へ改めて葬るよう命じた。

すでに開城直後から、西軍の方は、味方の遺体を選《よ》り出しては融通寺《ゆうつうじ》に懇《ねんご》ろに埋葬していた。

籠城戦《ろうじょうせん》の間に郭中《かくちゅう》にある藩士の死体は、西軍の巡回の隙を見てひそかに城中に運び込んで埋葬したのだが、焼け崩れた屋敷の中のものは大半そのままになっていたり、焼けないまでも、一家全員自害した者も、そのままに放置されていた者も多い。悲惨、日を蔽《おお》うばかりである。

むろん、薩長にとっては〝賊軍〟であり、〝賊軍の家族〟もまた〝同罪〟と見なして、収容するどころではなかった。

越前福井藩士たちが民政局を開くや、一番先に、そのことが議題にのぼった。人間として、看過できることではない、という意見が多かった。

「軍務局のほうの意向も確かめねばなるまいが、ともかく一日でも早く、埋葬することだ」

一日経てばそれだけ腐敗が進む。鳥《からす》が突っつき、野良犬が内臓を啖《く》らう。狸《たぬき》までがどこからか出てくるのである。

陰暦の十月といえば、会津地方では寒気が迫る。半ばには飛雪が舞うのである。雪はすべてを浄化するが、しかし、死体の始末は遅くなるほど困難が増す。

民政局では、ただちに手をつけて、前述のように二ヶ所の寺の墓地に埋葬しはじめた。ところが、杞憂《きゆう》した通りであった。軍務局のほうから横槍《よこやり》が入ったのである。

「賊軍の死体に手をつけちゃならん」

というのだ。

「見せしめじゃ、そのまま放置しておけ」

血も涙もない非情冷酷な命令であった。

軍務局は新政府であり、民政局はいわば地方自治体のようなかたちになっていた。本来同じ局でありながら、そこには、薩長権力の勝手な配分が行なわれていた。軍務局は中央の指令の代弁者であり、民政局は、その土地だけの面倒を見る、という一段下に見られていたのである。警察権力でいえば、本庁と地方警察の違いに似ていないともいえない。

越前福井藩の者たちは、少々人間らしさを取り戻したかったのだが、薩摩や長州の成り上がりの暴戻《ぼうれい》な連中に一喝されて、縮み上がってしまった。

「しかたがない、中止じゃ」

と、あわてて、死体の収容作業を止《や》めさせた。

城内から手をつけはじめたのだから、郭内外の死体は無惨なことになっている。

三

こうした越前福井藩士の贖罪《しょくざい》にも似た行為は、会津藩上下に対して徹底的な報復の措置を考えている薩長の首脳部にしてみれば、許し難いものだった。

だが、一応〝民政〟の権限を与えたのだから、それ以上咎《とが》めるわけにもいかない。

「更迭《こうてつ》してしまえ」

ということになった。

全員ということにすると、問題が生じるから、一部を残して、残りは加賀金沢《かなざわ》の前田《まえだ》藩、越後新発田《しばた》藩、豊前小倉《ぶぜんこくら》藩などの人数を入れる。各藩からの寄せ集めのほうが、〝弊害〟がない、というわけである。亡国会津藩への同情をすればろくなことはないぞ、という、これも薩長の権力の示威であった。

こうした新政府の権力をもってしても、人間の情は止められるものではない。

死体の放置などというのは、もっとも非人間的な仕打ちである。

「王政復古といい、王道といい、王師と称する者の仕打ちか、これが」

会津人たちは歯噛《はが》みして口惜《くや》しがった。

死体に手を触れてもならぬ、という厳命なのである。賊軍は罪人であり、死体は王師への反抗の証拠というのだ。したがって、死体に手をつける者も同罪、という無茶な解釈である。

この非道な占領軍の命令を無視して、白虎隊士の死体を埋葬した者がいる。

民政局に任命された滝沢村の肝煎《きもいり》吉田伊惣次《いそうじ》である。伊惣次は飯盛山《いいもりやま》に登って、中腹で白虎隊の少年たちの死体を発見した。

れいの八月二十三日、切腹した白虎隊士とすると、かなり死体はいたんでいたはずである。

しかし、伊惣次が発見したのは、〝死骸四体〟とある。これが全部だったのか、あるいは一部だったかわからない。八月二十三日以来のものとすると、他の多くは、もはや如何《いかん》ともできなかったのか。それとも、すでに誰かが埋葬した残りだったのであろうか。

飯沼貞吉《いいぬまさだきち》を発見し、介抱して匿《かくま》った者が何らかの手を打ったのかもしれない。ともあれ伊惣次の話では〝四体〟であった。

――弱冠《じゃっかん》の死を如何《いか》にも不憫《ふびん》に思い、二個の函《はこ》を作りて一個に二人ずつを収めて妙国寺
　に埋め……。

と、〈明治《めいじ》戊辰《ぼしん》戦役考〉にある。伊惣次としては、見かねての行為であった。棺桶《かんおけ》二個を運び上げて、遺体を納め、下山して妙国寺墓地に埋めたのも、住職の承諾を得てのことだった。だが、伊惣次のこの行為は、どこからともなく融通寺の軍務局に知れてしまった。

「不届きなやつじゃ、お布令《ふれ》を何と心得てか」

ただちに伊惣次の家に西軍が乗り込んできた。

「伊惣次はお前か。軍務局へ出頭せい」

両手を縛られ腰縄付きで融通寺へ連行された。そして死体埋葬の事を詰問された。

いまさら隠しても、そこまで知られているのならしかたがない。

「へえ、確かに仰《おお》せの通りでございます。お布令は存じておりますが、あのままでは野鳥のみか、けものの餌食《えじき》で、あんまり痛ましいので、つい、葬りましてございます」

「たかが肝煎の分際で、出過ぎたことをする。お布令に逆らう者は、誰彼なしに斬罪《ざんざい》じゃ、

それを知ってのことか」

「はい、存じておりますが」

「大《だい》それたことをするやつじゃ。汝《うぬ》の一人考えではあるまい。猪苗代の誰ぞと談合してのことであろう」

　軍務局で疑ったのは、これに組織的な背景があるのではないかという点だった。伊惣次の行為を氷山の一角とすれば、芋蔓《いもづる》式に他の犯行も引き出せる。そう見たらしい。

「とんでもねえことでございます。ほかのことは知りません、ただ、あんまり仏さんが可哀《かわい》想《そう》で、見るに見かねて、つい……」

　白虎隊の少年たちの切腹した姿が、そのままになっていたのだ。人間なら不憫と思うのは当然である。伊惣次の言葉や態度から、ようやく非情な連中も納得したらしい。

「よか、今度だけは許しちゃる。ばってんが、二度とこげなことばしよったら、重罪ばい、そぎゃん心得ちょけ」

「はあ、重罪とは、どのような」

「馬鹿！　汝《われ》の首を打ち落とすことじゃい」

刀の鐺《こじり》をどんと、床に突き立てた。

　この連中ならやりかねない。伊惣次はこれで許されたと思い立ちかけると、

「わかったか、首が惜しかったら、直ぐに元通りにしろ」

「元通りといいますと」

「馬鹿者《もん》！　元ん所《とこ》さ戻すんじゃ」

「えっ、仏さまを、また……」

この横道な命令に、伊惣次は唖然《あぜん》となった。いったん埋葬した遺体を、再び飯盛山の切腹場所へ放置しろというのだ。

「そのようなことは、いくら何でも」

「できんちゅとか、そんなら斬罪じゃ、太政官会津若松軍務官総長の名で執行するぞ」

伊惣次は恐怖した。かれは倉皇《そうこう》と立ち上がった。

妙国寺は開城後、容保父子が一時、謹慎した寺である。住職も話を聞くと、やむなく、また人を頼んで棺桶を掘りだし、飯盛山に運び上げることにした。

なんとも無惨な話である。薩長勢力によって樹立された新政府というものが、どんなものか、この話だけでもわかる。たちまち、噂は広がった。会津城下から近郊の人々は顫《ふる》え上がった。恐怖とともに、不信と怨嗟《えんさ》が深く浸透することになった。

すべては暴力で押えこもうとする政府と暴虐《ぼうぎゃく》な西軍への怨《うら》みは、骨の髄まで滲《し》み通った。

（これが世直しか、何が世直しじゃ、薩長の狐狸《こり》どもが天下を盗《と》っただけだべし）

伊惣次ばかりではない。激戦の行なわれた長命寺付近では、佐川官兵衛の率いる朱雀士中二番・三番隊はじめ別選組、正奇隊など多くの死者を出した。その人々の遺体を、長命寺の和尚《おしょう》がこっそり埋葬している。仏門にある身として、いかに厳罰が待っていようとも、放置することはできなかった。おそらく、他にも、占領軍の眼をぬすんで、そうした挙に出た者もいたはずである。

猪苗代や塩川に押しこめられた数千人の藩士たちの耳にも、その西軍の非道が聞こえてきて痛憤やるかたなく、敢然と脱走した者もいた。

遺恨深し

一

無量寿山長命寺《むりようじゆさん》は、会津若松城下では名刹《めいさつ》である。慶長《けいちよう》十年（一六〇五）の建立当初は甲賀町《こうかまち》にあった。本願寺《ほんがんじ》十二世（大谷《おおたに》派本願寺初代）教如《きようによ》上人のときに蒲生秀行《がもうひでゆき》より寄進を受けて一宇を建て別院としたが、境内狭隘《きようあい》なので、郭外《かくがい》の融通寺《ゆうつうじ》町《まち》通りに移されたのが後世に至っている。

本願寺の末寺はたいてい親鸞《しんらん》上人の木像やその画像を本尊としているが、長命寺では等身大の画像を幸甫《こうほ》より五世の法孫幸観《こうかん》の時に京より得て以来、ますます信者が増えたという。

現在でも戊辰《ぼしん》戦争の激戦を目《ま》のあたりに伝える土塀の弾痕《だんこん》は有名だが、剝落《はくらく》の多い土塀には、なお鮮やかに五本の白線が見える。これは寺格の高さをあらわすものである。ただ現在は境内が狭くなっているが、幕末時は広く、東西一町十間《けん》、南北四十間ほどもあったらしい。

これに隣接して、三十間に八十間という墓地が続いていたから、両軍の戦いの中心地になった。樹立《こだち》や墓石や塀などを楯《たて》にとって銃撃戦が行なわれ、彼我《ひが》に多くの死傷者をだした。

佐川官兵衛の父親である幸右衛門直道《なおみち》が六十三歳で老人組に属していながら、官兵衛の制止を振り切って出撃し、混戦の中で討死にしたのも、この境内である。

半日余りの激戦で会津側は討死に百七十余を数えたのだから、いかに激しく戦ったかがわかる。

佐川官兵衛自身も、討死にするつもりで出撃して総指揮をとったのだが、その決意を察した前藩主容保《かたもり》は、

「官兵衛を殺してはならぬ、呼び返せ」

と厳命したので、硝煙《しょうえん》と弾雨の地獄から生還したのである。

長命寺の和尚は十四世幸證《こうしょう》であった。かれは、戦後、寺に戻ってきて、破壊された伽藍《がらん》の修復よりも、累々《るいるい》たる死屍《しし》の痛ましさに眉《まゆ》をひそめた。

聞いて見ると、そのいずれもが会津側の死体であり、数の多さのために西軍の監視下に置かれていた。

幸證は、死体の埋葬をしようとしたが、西軍の厳命で許されなかった。諦《あきら》めずに民政局に日参して頼んだ。

「見せしめじゃけん、そのままにしとくんじゃ、手ばつけたやつは同罪じゃ。坊主でちゃ神主でちゃ容赦せん」

と、威《おど》された。

だが、屈せずに日参をつづけ、ようやく許されたのが、年の暮れのことで、仮り埋葬だっ

た。土饅頭《どまんじゆう》にして三つだったという。

通りの名になっている自然山《じねんさん》融通寺は勅願所《ちよくがんしよ》であったが、住職の岩倉寂禅師《じやくぜんし》は、会津藩の危機に黙す能《あた》わず、自ら還俗《げんぞく》して従軍していた。

凄《すさ》まじい乱戦の中で、寂禅は行方不明となり、戦後も戻らなかった。

西軍は武家屋敷はむろん、民家や寺社を劫掠《ごうりやく》し荒らしまわったが、融通寺は勅願所だけにさすがにかれらも乱暴狼藉《ろうぜき》はできなかったが、その代わり西軍各藩の連絡所ともいうべき合議所を置いた。

そして諸所に散乱する西兵の死体を集めて埋葬した。

寂禅の弟子だった長善寺の住職蒲生岳順《がもうがくじゆん》は、先師のことが案じられて融通寺に来たところを、西軍兵士に咎《とが》められてしまった。

「汝《われ》がこん寺の坊主か」

「いえ、違います。住職のことが心配で様子を見にきましたので」

「ほなら、丁度よか、汝が住職ン代わりじゃ、官軍の戦死者のためにお経ばあげちゃれ」

と強いられた。

官軍の兵士だけの回向《えこう》という点にひっかかったが、否《いな》やは許されなかった。仏門の身としては、しかしホトケに敵も味方もない。岳順は懇《ねんご》ろに回向した。

ここで西軍の御機嫌をとっていれば、会津兵の埋葬もお目こぼししてくれるかと思ったが、そのことになると、頑として、許さないのだ。

戦火で荒廃した土地に、夥《おびただ》しい死体を放置して置くのは、勝者としても、目ざわりのはずだったが、かれらにとっては、あくまでも見せしめの必要があったらしい。

戦火を避けて近郊に避難していた町人や農民が郭内へ入ることを許されたのは、十月も末になってからだった。

城下の南郊面川沢《おもかわざわ》の山荘に疎開していた柴五郎《しばごろう》の手記には、この間の心情が縷々《るる》述べてある。

——余《よ》幼くして煩瑣《はんさ》なる政情を知らず、太平三百年の夢破れて初めて世事の難《かた》きを知る。男子にとりて回天の世に生まるること甲斐あることなれど、ああ自刃《じじん》して果てたる祖母、母、姉妹の犠牲、何をもってか償《つぐな》わん。

また城下にありし百姓、町人、何の科《とが》なきにかかわらず家を焼かれ、財を奪われ、強殺強姦の憂目《うきめ》をみたること、痛恨の極《きわ》みなり。

断腸の思いが、切々たる語句の中にこめられている。幼少の思いもさりながら、この手記を書きつつも、当時の悲歎《ひたん》が胸をしめつけ、自ら文章が激越の調子を帯びてきたのであろう。

柴太一郎《たいちろう》と五郎の兄弟は面川沢にあって、留守宅のことが気にかかりながら、城下に戻ることができずに焦慮していたが、ようやく十月も下旬になって、立ち入りも許されるらしいという噂《うわさ》が聞こえてきた。

太一郎は、いてても立ってもいられず、

「屋敷は灰となっていようが、せめて母上や妹たちの遺骨なりとも探して持ち出し、供養せねば申し訳ない」

と、出かけようとした。留吉《とめきち》がこれを押し止めた。

「まだ危のうございます。それに御足《おみあし》もまだ傷が癒《い》えませぬのに。西軍のやつらのすること、左様な噂を撒《ま》いて、罠《わな》にかける心算《こころづもり》かもしれませぬ」

「杖《つえ》があれば歩くのに大事ない。一日も早く参らねば、どのようなことになっているか気がかりじゃ」

「それならば、私めが参ります。私めならば、なんとでもなりますゆえ」

「そうか、いってくれるか、頼むぞ、母上の骨を拾ってきてくれい」

留吉は柴家の下男である。面川沢からたびたび城下へ出かけては様子を見てきている。西軍の哨兵《しょうへい》への対応も心得ていた。

留吉は、それでも充分用心して、夜陰に城下へ忍びこんでいる。よく知っている町であったが、焼けあとは様子が一変しているし、暗やみの中では、大変だったが、遅い月が出たのを頼りに、居室とおぼしきあたりの灰燼《かいじん》を掬《すく》って大きな骨片だけを用意の風呂敷に包み、急いで城下を出た。

柴家の菩提所《ぼだいしょ》は小田山《おだやま》の麓《ふもと》の恵倫寺《けいりんじ》だが、方向は城東になるし、そちらに廻《まわ》っていると、発見されたときに申し開きがつかない。

そこで、留吉は馬場《ばば》口の興徳寺《こうとくじ》の境内に入って、他人の墓所に風呂敷包みのまま仮埋葬し、目印の木片を立てて置いた。

現在の会津若松市内には百十数ヶ寺もあるが、市内の中心、市役所の近くにあるのは瑞雲山興徳寺だけである。ここは、かつての領主蒲生氏郷《うじさと》を祀《まつ》ってある。会津若松で最初の臨済《りんざい》禅寺であり、開山には蘆名《あしな》氏四代泰盛《やすもり》が鎌倉建長寺《けんちょうじ》の鏡堂覚円《かくえん》を招いて建立させた。この覚円は中国南宋《なんそう》の代に渡来した西蜀《せいしょく》の人である。

こうした縁起をもつ名刹だけに、当初八町四方の広大な境内だった。この幕末時にもかなりの広さがあったから、留吉の考えは当を得たものといえる。

柴太一郎は、この留吉の措置に大いに喜んで、早い機会に興徳寺に行くことにした。ようやくそれができたのは数日後、十一月に入ってからであった。すでに会津盆地には飛雪が舞いはじめていた。

二

柴五郎はこう書いている。

——余は農家の子の姿なれば安全なりと思い、忠女、きさ女の両名にともなわれ二ノ丁の旧邸焼跡に至る。

赤く焼けたる瓦礫《がれき》のみにて庭木も殆《ほとん》ど見当らず、火勢の強かりし事を思わしむ。

余、焼跡に立ちて呆然《ぼうぜん》たり。見廻せば見渡す限り郭内の邸悉《ことごと》く灰燼瓦礫と化して目を遮《さえぎ》る物無し。仰《あお》げば白亜の鶴ヶ城また砲撃、銃撃の傷痕生々しく、白壁は剥《は》げ、瓦崩れ落ちて漸《ようや》く立ち居る戦傷者に似たり。傷々《いたいた》しく、情けなく、戦いに負けたる事胸を打ちて涙も湧《わ》かず、両脚の力ぬけて瓦礫の山に両手つきて打ち伏したり。

「五郎さま、お嘆きはもっともなれど、お起《た》ちなされよ、女子《おなご》のわたくしらさえ、それ、このように、しゃんと立ちておるものを……お起きなされよ、ここにはお祖母さま、母上さま、お姉さまたちの魂《みたま》がさ迷いておらるるに、そのようなお姿を見せてはなりませぬぞ、五郎さま、お起きなされ……」

と、忠女、きさ女の腕に支えられてようやく起ちあがれば、両女とも堪えかねて号泣す……。

鉛色の冬空のもとで、五郎少年は、女たちにはげまされ、泣きながら母たちの骨片を拾い集めるのだが、この焦土と化した中に、何か生き物を見つけようとする気持ちが働いたという。

すべてが焼け崩れ、灰となった中に、生ある物を見つけたいとする少年の気持ちは、そこにこの屋敷跡と自分の存在をつなぐ、生きてある物の証《あかし》が欲しかったのであろう。

それほど、焼けあとというものは虚《むな》しく、気持ちを滅入らせるものだったのだ。

五郎少年は、屋敷の庭の片隅に、見おぼえのある玉椿《たまつばき》の小株を見つける。

それを掘り起こして面川沢の山荘に持ち帰って植えることにしたのである。

後年、その玉椿は生きかえって、大木になっているという。

なお、留吉が興徳寺墓所に埋めた母の骨片は、このときは掘り出せず、後日になってひそかに掘り出して、遺骨や骨灰と一緒に白木の箱に納めている。菩提所恵倫寺へ埋葬したのも、翌春になってからのことであった。

家族の骨を拾うのさえ西軍の眼を憚《はばか》らねばならない人々の苦衷《くちゅう》は、翌年の春まで続くことになった。

制度の上では、占領地の治安対策として民政局が新設されていたが、越前藩のほか、小倉や加賀、新発田《しばた》などの諸藩の者がこれに配されていて、会津の人々にしてみれば、勝利者たる西軍兵士であることに変わりはなかった。

便宜上――上意下達のために、一応、民政局には、町郷頭《まちごうがしら》や村役人である肝煎《きもいり》などが採用されたが、これらは、むしろ民政局の手先にさせられたにすぎない。

無惨な遺体の放置には、会津人の誰もが、心を痛めていた。しかし、藩士はむろんのこと、町民も農民も、手を出せずに、見て見ぬふりをしているしかなかった。

塩川と猪苗代謹慎の会津藩士たちは江戸へ護送されたが、戦後処理のために四十人ほどが残された。

五百石とりの伴百悦《ばんひゃくえつ》や三百石とりで元朱雀隊四番隊頭の町野《まちの》主水《もんど》などだった。町野は、北越戦争のはじめに三国《みくに》峠で十七歳の倅《せがれ》を失っている。

そのほか大庭恭平《おおばきょうへい》もいた。大庭は、容保《かたもり》公の密命を受けて、京都へ先行し、不逞《ふてい》浪士らの間に潜入し、その騒擾《そうじょう》の実体を調査していた者である。

文久三年（一八六三）の足利尊氏《あしかがたかうじ》ら三将軍の木像梟首《きょうしゅ》事件の下手人《げしゅにん》が検挙《あが》ったのは、大庭の情報によるものだった。大庭は下手人の一人として禁固刑に長年月を甘んじていたのである。

鳥羽伏見の戦い以後、釈放されて、北越戦線で会津軍に戻って戦っている。

かれらは、何度も民政局にかけ合いにいったが、死体埋葬の件は、太政官《だじょうかん》の命令だということで埒《らち》があかなかった。

だが、前記の吉田伊惣次《いそうじ》の白虎隊士埋葬の一件は、民政局の肝煎という、いわば占領政策の協力者という立場だけに、西軍のほうでも、一般士民と同じ扱いにできないところもあった。

伊惣次から詳しい事情を聞いた町野主水らは、

「ひどいことをする。いくらわれらの罪ありとしても、せめて白虎隊士だけは、何とかしてやりたい」

と、思った。

白虎隊士が十六、十七歳という少年であって、本来、非戦闘員だということは、西軍のほうでも、知らないわけではない。現に十五歳以下の少年も含めて女子供は、落城後もお咎《とが》めなし、ということになっている。

十五歳と十六歳、たった一つ違いで、遺骸《いがい》を悲惨な状態に放置されねばならないというのは、あまりにも非人道な措置ではないか。

町野たちは何度も民政局や軍務局に足を運んだ。

が、あくまでも太政官の上意だというのが、陳情をはねつける理由で、とりつく島がなかった。冬になって会津の山野は雪に埋もれている。四囲の山々から颪《おろ》す風は野面《のづら》を走り、地雪を吹き上げる。いわゆる地吹雪となって人々の活動を阻《はば》むのである。その中でも町野主水をはじめ伴百悦や高津仲三郎《たかつちゆうざぶろう》らは諦《あきら》めなかった。

もとより白虎隊士だけのことではない。この少年たちを手はじめとして、放置された人々を一日も早く埋葬しなければ、〝戦後〟は終わらないのだ。

多勢のなかまが江戸送りとなったあと、残留した四十人のなすべき仕事は、この始末にあった。

町野らの努力がようやく認められるようになったのは、軍務局にいた小軍監三宮義胤《さんのみやよしたね》が口をきいてくれたからであった。

三宮は近江《おうみ》の生まれで、真宗の正源寺という寺の住職の子であった。早くから国学を学んで頼三樹三郎《らいみきさぶろう》などと交わり、岩倉具視《ともみ》へ玉松操《たまつみさお》を引き合わせるなどしている。玉松という奇人は、岩倉に頼まれて偽勅《ぎちよく》を作り、討幕の大義名分とした。三宮義胤は北越では戦ったが、会津には落城後に入《は》ってきている。あるいは、三宮は、おのれにも偽勅を作成した幾分の罪があることを、内心、愧じていたのかもしれない。そうでないにしても、やはり仏門に生まれた身の慈悲心において、他の西軍将兵よりは、人間的な感情を持ち合わせていたのであろう。

かれの立場は、新政府の徴士《ちようし》として会計官判事試補であり、軍務局の中でも発言権があった。三宮はのちに耕庵《こうあん》と号するが、兵部権少丞《ひょうぶごんのしょうじょう》となり、東伏見宮《ひがしふしみのみや》に随行して渡英、ヨーロッパ通となり、ドイツ公使館在勤ののち宮内省に転じて式部官《しきぶかん》から式部長になる。山県有朋《やまがたありとも》が兵部大輔《たいふ》として権力を振るう陸軍から追われたとすれば、その情の故《ゆえ》かもしれない。

あくまでも、特別の計らい、ということで自刃した白虎隊士たちの遺体の埋葬が行なわれたのは連日の雪が嘘《うそ》のように霽《は》れた日だった。だが、青空はすぐに雲が流れてきて、城下の空を重く閉ざした。

町野主水たちは、この成功でほっとした。

かれらの目論見《もくろみ》では、西軍も人の子ならば白虎隊士の埋葬をきっかけにして、他の多くの会津藩士および東軍の人々の遺体も、やはり埋葬すべきだという気持ちになるかもしれない。そう希《ねが》った者もいた。が、やはり儚《はかな》い希いだった。

町野主水の回顧を筆録したものに、その間の消息が窺《うかが》える。

——町野、高津ノ両氏率先シテ西軍ノ本営本部（当時大町融通寺）ニ交渉ノ任ニ当タレ誠心誠意ヲ尽シテ以《もつ》テ幾十回トナク死屍《しし》収集並《ならび》ニ埋葬ノ件ヲ請願セラレタレドモ、何時モ官命未《いま》ダ許諾《きょだく》ナケレバ手ヲ下スベカラズト頑《がん》トシテ聴許セラレズ。……

町野主水は、いよいよ最後の頼みをしにゆくとき、

「今度、前のようにはねつけられたら、敵の隊長と刺し違えて死のう」

と、高津仲三郎と決意した。

この熱心さと決意が、三宮義胤を動かしたというのだが、白虎隊士の埋葬とその後の一般

将士の埋葬が前後したことへの記憶違いなど多少の時間の食い違いはあるが、ともあれ、町野たちの努力が、軍務局を動かしたことは疑いない。

三宮義胤は東京にも問い合わせて許可を取ったのであろう。

広く四方の町村落各地における死屍を収集するのに、会津五郡および中通り辺りまでの、そういう仕事に従事する者たちを糾合《きゅうごう》することにした。

なにしろ夥《おびただ》しい数だから、城西薬師堂川原および小田山麓の二ヶ所に埋葬地を指定したのである。

町野たちは大いに喜んだ。滝沢村の宿所で早速、自分たちも手を助けることを協議した。死ぬつもりで交渉に当たっただけに、町野主水などは腹をなでて、

「斬《き》らずに済んだか。わしの兼氏《かねうじ》は切れ味がよいのにな」

と、冗談ともつかず言った。あくまで許可が出なかったら、軍務局の隊長らを斬って、切腹するつもりだったのは本心である。

主君容保は死一等を減じられることがすでに会津へ伝えられていたが、家老たちの処分はまだ決まっていない。町野や伴百悦らは、身分的には、一藩の責任を負う立場ではなかったが、しかし、かれらのところまで、切腹の沙汰《さた》が下ることはないとも言い切れなかった。

町野らは、その処分が決まってからでは身動きとれなくなるので、それまでに、遺体の始末を行ないたかったのだ。

とはいえ、かれらは、行政上は、まだ未決囚であり、監視つきだった。言動の一々は、監

視人の耳に入る。他出するたびに、監視人が従《つ》いてくる。伴も町野も身分が高いだけに、監視人といっても従者のようなものだったが、自由でないのは確かだった。

「お許しが出たとなれば、われわれ四十人も埋葬を手伝うことにしよう。そうすれば、はかどるし……」

すると、伴百悦が嬉《うれ》しそうに言った。

すると、監視人の一人が、首をひねった。

「さあ、それは如何《いかが》なものでございますかな。お許しは出ますまい。まず無理なことで」

と、顔を見合わせた。

「なに、なぜだ。遺体となったのは、国のために尽くした誠忠の尊い証《あかし》なのだ」

こう言いだすと、伴百悦は昂《たか》ぶってくる。

監視人の鼻先に、ちらと嘲《あざけ》りが浮かんだ。

「国のためだろうと、病気のせいだろうと、そんなことは、死ねば同じで、どっちでもいいことで」

「何を申す、無礼ではないか。ホトケに対して、そのような」

「そのホトケですがね、ホトケの始末をするのは、決められているのでね。御存じのはずですがねえ、皆様も、わしらも、どうすることもできねえ、手をつけることができるのは、その仕事を請け負っている連中に限られるのでねえ」

知ってはいた。

その習慣は長い間、六十余州で決まっていたことだ。古い昔はわからないが、少なくとも徳川氏が制度を決めてからはそうなっていた。行路病者《こうろ》の始末なども、かれらの手でやる。お寺に所属するというわけでもないが、かれらの、いうならば特権であった。

また、罪あって処刑された者の取り扱いも、かれらの手であった。

大名の城下のみならず、江戸の幕府の治下にあっても、罪人の処刑に関する現場での雑事はすべて、かれらに委《ゆだ》ねられている。

死刑囚の始末をするのは、死刑になるほどの重罪を犯した者の死体は牛馬にも等しいというわけで、犬猫や鼠《ねずみ》などのむくろを扱うのと同じことになる。

「われらも加わって、丁重に扱えば、自ずと、そのように取り扱ってくれると思うたが」

手をつけさせてくれないのなら、しかたはない。町野も伴も、腕をこまぬいた。

三

かれらの杞憂《きゆう》したとおりの結果になった。

多勢の者が、民政局の頭取《とうどり》や肝煎の指図で遺骸を集め、設けられた場所に埋葬することになったが、その取り扱いは、さながら、罪人はもとより、牛馬のそれを扱うに異《こと》ならなかった。

小田山の麓のその指定の場所は、寺とは無縁の塵芥《ごみ》捨て場のような空き地だった。そこへ大きな穴を掘り、遺骸を車へ乗せて曳《ひ》いてきては、そこへ投げ棄てにするのである。

前述のように死罪になり、首胴異《こと》になった者や、百叩《たた》きなどで悶死《もんし》、病死した者、あるいは磔刑《たつけい》で錆槍《さびやり》で縦横に刺された者などを取り扱うには、たしかに丁重にすることはなかったろう。が、そのやり方で、誠忠の武士を扱うのは黙視し難かった。

「いくら何でも、酷《むご》い。あれでは誠忠の士が浮かばれぬ」

町野主水は高野らと民政局に掛け合いにいった。

「何とかして頂けぬか。あのような扱いは承服できませぬ。名誉ある武士への冒瀆《ぼうとく》でござろう。第一、かの者どもが、あのような粗雑な扱いをなすのも、然《しか》るべき寺内の墓地でないゆえ、投げ込みと心得ての振る舞いじゃ」

町野主水の熱意には、民政局も軍務局も、耳を藉《か》さぬわけにはいかなかった。町野は、かれらがなおもわからぬことをいうようなら、どこへでも行く、何度でも掛け合う、といって、説得をつづけた。

軍務局でも、もう無視できなくなっていた。

三宮義胤が温かい気持ちで会津藩士に接しているのを見ると、他の者もあまり酷い態度はできなくなる。

「寺の墓地といえば、近辺ではどんなところがあるのか」

三宮は聞いた。

「左様、阿弥陀寺《あみだじ》と長命寺があります。いずれも墓地も広く、あそこならば」

三宮はそのとき否《いな》とも応《おう》ともいわなかった。

が、翌日になると、民政局から埋葬人たちに阿弥陀寺と長命寺へ運ぶように指令がいった。

町野たちはほっとした。

が、まだ問題は残っている。

「あの者どもが、乱暴な扱いをなせば、いくら墓地であれ、供養をしてもホトケは成仏せぬ」

「しかし、われらが手を助けることも、あの者どもと直接《じか》に口をきくこともできぬ。なんとかならぬかのう」

身分階級が違えば、言葉も交わせないし、交わりもできない。

この身分の壁が、町野たちを苛立《いらだ》てるのだった。

「友人の死体の始末もできないのか」

敗戦は、すべてを罪に帰してしまう。会津藩の危難に、女子供も立ち上がったのだ。藩公と一心同体となって、藩祖保科正之《ほしなまさゆき》公の遺訓《いくん》を守り、宗家《そうけ》徳川幕府のために尽くした。そして討死にしたのである。この名誉は、勝利者の西軍から見れば、敵であり、罪であった。

かれらは誠忠の容保以下士卒まで、会津藩主従を「朝敵」と呼び、「賊軍」と蔑《さげす》んだ。

戦《いくさ》が終われば、同じ武士の立場は相身互《あいみたが》いである。その士道さえ、西軍にはもとめられないのだった。

「なんとかならぬものか」

かれらもまた埋葬の仕事をする者たちと同じ支配に属していたので、話を通じることができる。

伴は御鷹匠頭《おたかじょうがしら》をつとめていたので、鷹の餌《えさ》の買い入れに鳥獣を扱う者を知っていた。

と、伴百悦がいった。

「ならぬこともない」

町野は伴百悦とともに、その人々の住む町へ出かけた。

そうした所へ出かけるなどということは非常識であった。一般の農民や町人でも、世間の眼を憚ったし、身分社会の習慣として、のちのち白い眼で見られるという時代であった。

本来、そうした習慣そのものが、何の根拠もないものであったにも拘《かかわ》らず、さまざまの功利的なものが、その弊風を革《あらた》めさせなかった。

町野や伴がそこへ出かけるというだけでも、残留組の他の人々を驚かせたし、それは、西軍にしても同じであった。

「そうですかい、そういうことですかい」

町野たちが乏しい懐中をはたいて手に入れた手土産の酒を飲みながら、その町の頭《かしら》はこころよく頼みを聞いてくれた。

身分の高い侍たちが、自分たちの町へ頼みごとにくるというだけでも前代未聞のことだったし、辞を低くしての頼みに気をよくした。

「そだごとなら、手下《てか》によう言うことにすべ。だげんじょも、縄張りの違うところの者にゃどうにもならねえことでねか」

数百人を集めたのだ。城下ばかりでなく、あっちの村から二人、こっちの字《あざ》から三人、というふうに、広い範囲から集めている。山間に草を結んだ小屋住いの者や、山賤《やまがつ》と呼ばれている者、瀬降《せぶ》りの谷《や》の者等々、諸方から集めたので、城下の頭には統括する力はない。むろん西軍の民政局といえども、そんな仕事を力ずくでさせることはできないから、日当をいくら、と呈示してのことだった。

頭はいった。

「だげんじょも、どうせ、銭コ貰《もら》いにきだんだべ、銭さえ出せば、話はつぐべ」

「そうか、金で話がつくなら、幸いだ。と申しても、われらには工面がつくかどうか、明言はできぬが、それが唯一の方法とあれば、そう願うしかない」

「持ってるのか、みんな薩摩だどか長州だどかにふんだくられて、按配悪《あんべえわ》りいと聞いたげんじょも」

「それはそうだが、なんとかする」

「そうかし、ほだら、まんず、これぐれえだべか」

頭は指を三本出した。

町野は伴と顔を見合わした。

「──三百両……」

「そうだない、そればしてはしょうあんめ」

「えっ、すると、三千両」

「んだべな」

あまりにも軽く頷《うなず》かれて、町野は二の句がつげなかった。

三千両どころか、三十両でも、いまの町野には工面がつきそうもなかった。が、この者たちは、金のことにかけては、掛け引きがない。

商人たちのような掛け引きはしない。その点は、はっきりしているのである。

三千両の調達など、できるアテもなかったが、作らなければならない。町野も伴も、帰路の足は重かったが、富商を訪ねて、借りるしかなかった。

城下が大半焼け野となり、何年経ったら復興できるか、これから、会津藩士たちは再び戻ってくることができるかどうかすべてが不明で、一切の保証はないといってよかった。

こうした立場での借金は、まず無理と思われた。が、かれらの熱意が買われたのか、藩政時代に目をかけてやっていたのが幾分なりとも作用したのか、どうにか三千両という大金が手許《てもと》に集まった。

その中には、一人で千両を出した者もいた。

大町の星《ほし》という酒造りの家で、当主は定右衛門《さだえもん》。剛腹《ごうふく》な人柄でもあったが、藩士の遺骸を風雪に曝《さら》され、鳥獣が突っつき散らし、野良犬が内臓を食いちぎるという惨状に心を痛めていた一人である。

こうして三千両を渡すことになったが、血の出るような金だ。

「万一ということがある。これは頭に渡すよりは、われらの手で、一人一人に渡すほうが確実ではないか」

と、伴百悦が言いだした。

「むろん、それはそうだ。が、わしらは、言葉を交わすこともできぬし、近寄ることもできぬ」

「できぬことはない。身を窶《やつ》せばよいのだ」

一人がいった。悲愴《ひそう》な調子であった。その場にいた者全部が、言葉を失ったように、しんとなった。

首の座

一

見せしめのために、と、会津藩士や東軍の死体を放置させていた西軍であったが、遅い会津の春がきて、雪が溶け、陽ざしが強くなってくると、焼けあとの城下に腐臭が甚だしくなり、かれら自身が耐えられなくなってきたのも事実である。戦後処理に設けられた軍務局や民政局から、薩摩や長州の連中が少なくなり、福井藩や新発田《しばた》藩などがその任に当たったこともある。

会津藩士たちが十月以来、何度も歎願《たんがん》するたびに、太政官《だじょうかん》の命令じゃ、と突っぱねていた軍務局の扱いは、たしかに東京からの指令であったが、勝利に酔い、新政府の設立による利権争いや、地位の奪い合いなどにかまけて、灰燼《かいじん》にした敵地のことなど、忘れ去っていた。いわんや、雪と泥にまみれて千数百もの死体が、烏《からす》や鳶《とび》の突っつき放題、犬猫の喰《く》い放題にされていることなど、思いもしなかったろう。実状を知って、

「なんだ、まだ放置していたのか」

と、かえって眉《まゆ》をひそめたに違いない。いかに薩摩や長州の非人間的な連中でも、平然たるほどの鬼畜ではあるまい。かれらは天下を盗《と》りさえすればよかったのだ。

「もう、とっくに埋葬したものと思っていたが」

と、弁解したことであろう。

地元の町民からの歎願もあって、東京からの指令がきて、埋葬を許すようになったわけだが、その取り扱いに問題が残った。

あくまでも罪人としての処理には、人間としての尊厳がない。

伴百悦《ばんひやくえつ》らは、自らそうした死体処理人に身を落として、監視することにしたのである。

処理のために、各地から集められてきた者たちに、金を渡して、

「大事に扱うように」

と、注意をする。

金を与えただけでは駄目だった。終始、見張っていなければならないのだ。

また、そのために民政局にことの次第を届け出ると、呆《あき》れたように、

「武士たるものが……」

と、絶句した。

習慣というものは恐ろしい。徳川時代にこうした身分差の習慣が根をおろしている。そこから、誤解やあらぬ汚名が生じている。が、否定しようのない現実の中では、自ら決意を固めて、武士たる身分も捨てねばならなかった。

先輩や同僚や、多くの藩士であり、また、遠国からはるばる会津の苦衷《くちゅう》を知って応援にやってきた人々である。異郷で仆《たお》れたそれらの義人に対する、せめてもの感謝の行為であった。そのために伴百悦と武田源蔵《たけだげんぞう》が、名誉と誇りも捨てて、かれらのなかまに入れて貰《もら》ったのである。

長命寺の墓地に葬ることになったのだが、集めてみると夥《おびただ》しい数である。長命寺と阿弥陀寺のほか、十四ヶ所の寺の墓地に埋葬した遺体は、千二百八十一人のものと数えられた。

これは城内、城外、焼死体となっていたものなどを集めた数である。

この死体埋葬に直接立ち合う許しは、前記の江州《ごうしゅう》出身の三宮義胤《さんのみやよしたね》に柴五三郎《しばごさぶろう》がひそかに頼んだことになっている。表むきは許されないことだから、三宮の内諾をとっておけば咎《とが》められたとき、言い抜けることができる。

柴五三郎は、柴五郎の兄で、佐川官兵衛の手に属し、のちに農兵隊長として越後方面で戦った男だ。度胸もあったし、熱情家だ。かれは三宮にどんなに反対されても説得する覚悟で出かけたが、真宗の寺に生まれた義胤（耕庵《こうあん》）は、五三郎の真情に打たれたようだった。

——氏大《おおい》に感激し其相貌《そのそうぼう》を問ふ。伴は「眇也《すがめなり》」と。氏内心諒《りょう》とせるものの如《ごと》し。又《また》毎夜一人づつ両寺に到《いた》り実地見分を許され度《たく》と乞《こ》ふ。之亦《また》黙諾せるが如し。噫《ああ》何たる幸福なりしとぞ……。

と五三郎は感激した。占領地支配者の中で、この三宮だけが人間らしい心を持っていたのだ。

　伴百悦の特徴を聞いたのは、民政局の指揮者たちに通達して、大目に見てやれ、というためだったろう。そのためかどうか、二人は咎められることなく、丁重に遺体の埋葬をさせることができたという。

　だが、実際には、大変な仕事だった。

　なにしろ、手足もばらばらになっている者が多い。斬《き》られたり、犬に食い千切《ちぎ》られたり、腐って、骨が離れたりしたままだった。

　野良犬などが、腕や脚を咥《くわ》えて走る姿を何人も目撃している。

　この埋葬には、しかし、伴と武田のほかにも、黒河内良《くろこうちりよう》が参加したらしい。黒河内の回想の中に、こういうくだりがある。

　――持ち運ばれた遺体は、寺の境内に大なる塚を掘り、各々手分けして、其《そ》の中に運んだが、最も堪へ難い思ひをしたのは鼻持《はなもち》のならぬ臭気であつた。之を持運ぶ少年の中に若《も》し「臭い」等といふ者があれば埋葬の傍ら油断なく見張つてゐた伴百悦が忽《たちま》ち大喝して之を叱《しか》り附けた有様が、今尚《いまなお》眼の前に見える様だ……。

と。

　たしかに臭気は甚だしかったであろう。が、尊い戦死者に対する礼儀として、口や行動にあらわすことは、同志として許し難かった。

　それらの責めは、西軍の暴虐《ぼうぎゃく》に帰すべきはいうまでもなかった。

降伏開城までの間はしかたがなかったにせよ、その直後に、遺体の始末は速やかに行なわるべきだったのである。

西軍、殊《こと》に薩長のこの悪逆の措置は、会津人の未来永劫《えいごう》、忘れ得ぬ恨みを残したのだ。開城後、死体に触れる者は同罪、と厳命を発した西軍の監視のもとで、散乱する死体の惨状は次の一文でも窺《うかが》える。

藩士原惣五郎《はらそうごろう》の甥《おい》になる河原勝治《かわはらかつじ》が惣五郎の遺体を天寧寺《てんねいじ》に葬った帰りに遺族とともに十里柳《じゅうりやなぎ》付近の川で目撃した話がある。

——長命寺死者の死後五週間のものなれば、大根の腐敗したる如く水膨《みずぶく》れとなり、衣服は褌《ふんどし》・足袋に至るまで尽《ことごと》く剝《は》ぎ取られ丸裸にて其《その》惨状見るに忍びず……。

この原惣五郎の場合、重傷を負って御山《おやま》村の病院で治療したのだ。それで死刑囚の扱いは受けないで済んだのである。

御山の病院は古寺を改修して役立てたもので、重軽傷者の治療につとめたが、ここは敵味方の区別なく、手厚い看護が行なわれた。

柴五郎の長兄太一郎も下男留吉の駄馬に運ばれて手当てを受け、帰路、芦《あし》の巻《まき》（牧）温泉で四、五日湯治している。

もっとも、会津藩の入院者は釈放されたわけではなく、軟禁状態にあったらしい。したがって、治癒した者は塩川か猪苗代に送られた。

ともあれ、放置の遺体は、相貌《そうぼう》も年齢もわからなくなった者が多い。佐川官兵衛の父のように、長命寺の戦いの折に、姓氏名年齢を書き、自ら命日まで書いて討死にしたものなどは、その衣服や持ち物があって判然とするのだが、月日が経ち、雨や雪にぼろぼろになってしまっては、判断が難しい。

近親者の遺体とわかっても、手をつけられぬため、入れ代わり立ち替わりして、その場に坐《すわ》り、近寄る鳥類を追い、犬猫を近づけぬようにして解除の日を待った人々すらいた。

前記の黒河内良は、開城後、島村の神主《かんぬし》武藤なにがしの家に母とともに寄宿していたが、城下にきて父式部《しきぶ》の遺体を探したが、発見できなかった。

黒河内式部は、四百石とりで表用人《おもてようにん》で軍事奉行であった。八月二十三日の城下の決戦のとき、六日町郭門《むいかまちかくもん》の戦いで討死にしている。五十二歳であった。

その奮闘ぶりと死にざまを目撃した人は多い。が、郭門のあたりは、西軍が乱入した際、西側にも死傷が多く、また開城までの一ヶ月間、西軍の詰所《つめしょ》を設けられたりして、家を毀《こわ》されたり片づけられたりした。そのため、死体を動かされたらしく、いくら探しても、見つからなかったのである。

良が母とともに探しあぐねたさまが、のちのその手記に見える。

――一日母と共に若松に行き、六日町旧門の跡を過ぎるや、母泣いて曰《いわ》く、

「汝《にし》の父上は此《この》辺に於《おい》て敵と戦ひ討死にされし、而《しか》して御遺体今に知れず、せめては御身に着せられし、軍服の切《きれ》の端《は》ぢなりともなきや」

とて、其《その》附近に草茂りし荒涼《こうりょう》の地を、行きつ戻りつ、母と探し尋《たずぬ》るに、只《ただ》残塁の外《ほか》は

破瓦《はが》のみ、似寄りたるものだに見当らざりし、而して尚《なお》去るに忍びず、低徊《ていかい》多時、暮鐘を聞て漸《ようや》く立去りし事あり……。

こうした黒河内家の悲しみは、他の家人にも、多く見られるところであったろう。千三百たらずの遺体は、少なすぎた。すでにひそかに埋葬されてそのままになっていたり、行方不明の者もいるにしても、諸般の記録から見ても、二、三百の遺体がわからぬままになっているようである。

因《ちな》みに会津藩士家族を含めて、姓名の判明している者三千七名とも三千十八名ともいわれる。

二

伴百悦や武田源蔵の悲愴《ひそう》なまでの決意によって、戦死者の遺体埋葬は丁重に行なわれることになったが、かなうかぎりの調べで遺体の確認と記録が併行して行なわれた。

伴らと埋葬に奔走したなかまに石川須摩《いしかわすま》がいる。当時、定記《さだき》と称したが、黒河内良には叔父に当たった。この叔父が、阿弥陀寺への改葬の日時を知らせてきた。

——斯《かか》る憾《うら》みの涙に空《むな》しく過ぎ去る折柄なれば、則《すなわ》ち須摩よりの通知に、悲喜交々《こもごも》の思ひにて、母は余《よ》を連れ島村を出て若松に行き、興徳寺外数ヶ所に、仮埋《かりまい》しある数多《あまた》の遺体を掘出し視《み》、殊《こと》に興徳寺に埋し遺体最も多く、同所にて二日を費し、他にも余等と同様其《その》父・夫・兄弟等の戦死して亡きがらの知れざる人多ければ、之を視定《みさだ》むべく、来りし遺族の婦女尠《すくな》からず……。

このあとに、〝時は明治二年九月頃と覚ゆ〟とあるが、改葬は七月であった。

最初、民政局が、阿弥陀寺と長命寺への埋葬を許したのは二月だから、伴や武田が身を落として埋葬に従事するまで、四ヶ月以上かかっていることになる。

すでに猪苗代と塩川に謹慎させられていた二千近い将士は、江戸や越後高田に去っている。新たな配所であった。

だが、その藩士たちの家族の大半は、城下は焼け野原になったので、近郊の知人のところに寄宿している。近くに頼るところのない者は、北会津や南会津や他国に頼っていった者もいるが、多くは、

(御許しが出て、無事帰国したとき、逢《あ》えなくなっては)

との慮《おもんぱか》りから、不自由をしのんでいたのである。

そういう人々の間にも、改葬の通知はいった。組織的なことはできないから、口伝えが多い。村の一人に伝えれば、村中に伝わるのである。

父や兄弟の遺体が確認されている者はむろん、そうでない者は、もしやという期待で、それぞれの思いを抱いて集まってきた。

——興徳寺地内に於《おい》て、人夫をして其塋《そのはか》を発《あば》き土を渫《さら》ひ視《み》るに、棺にも桶にも収めず、百何十人の死体を其ま、只《ただ》穴を掘り埋めしなれば、着衣は已《すで》に腐れて其模様を認むるに由《よし》なく、遺体は腐爛《ふらん》し、眼は腐消し腐肉より流れる膏腻《こうじ》は、茶褐色、薄青色、鼠色《ねずみいろ》等を混和したる、一種異様に、キラキラ光りて、異様の悪臭を強烈に放ち、其状惨憺《さんたん》を極《きわ》め、到底筆紙などにて、尽すべき様なし……。

文字通り、筆舌に尽くし難い凄《すさ》まじさである。

冬の間はまだ雪化粧で隠されていたが、春から夏の気温の上昇は急速に腐敗糜爛《びらん》させていたのだ。

黒河内はこう続けている。

——之を見たる婦女等は皆声を放ちて泣き、嗚咽《おえつ》しばらくにして、再視するに忍びざるも、此《ここ》に来りし目的に顧《かえり》み、他の人々と共に遺体を一人づつ尋ねたるに、年の老いたると若きとさへ判別し難く、其《その》首を持揚げむとすれば首落ち、其手足に手を掛け動かせば、手足は胴と離る。殆《ほとん》ど手の付け様もなかりし、然《しか》も鼻血の出るを見る。

——骨肉の人来れば、いかに腐敗しても鼻血の出ることありと、古来より言伝《いいつた》へもあることなれば、出血の死体は来会中何人かの骨肉者ならむと思へども、然《しか》も尚知るに苦めたり。

——漸く若干の遺体が某《なにがし》と知れたるあるも、余の父の遺体は子細に検すれど、遂《つい》に認め

難かりし、母曰《いわ》く、

「此《ここ》あまたある亡きがらの中に、夫の君のおはすならむも、其《そ》れと見え難きは実に限りなきの憾《うら》みなり」

余曰く、

「斯《か》く視ても此中《このなか》に父上を見出《みいだ》さぬは、尽《つき》ぬ憾みの極《きわみ》なれども、おはさざるならむ」と云《い》ひながら、空《むな》しく島村に帰りたり……。

河原勝治は、最初のときの阿弥陀寺で雪どけの後の埋葬の様子を見たといって、こう書いている。

――城の空《から》井戸とこの丸梨の木畑に埋める死体を大穴を掘り、箱にも何にも入れず、其《その》儘《まま》投げ埋め土手を作り木標を建てたり。其《その》西側にも同様な大穴を掘り、是《これ》は城外にて戦死し捨てある骨を拾い集めて葬り、其《そ》れに同様の土手を作り、木を立てたり……。

阿弥陀寺における墓所の図がある。伴百悦か樋口清《ひぐちきよし》かが描いたものらしいが、明治二巳年七月、戦死之墓所麁《あら》絵図、改葬方、としてスケッチされたもので、注釈には、次のようにある。

阿弥陀寺

天朝より諸寺院中の土手集《あつめ》、壇《だん》ヲ築《きずき》、二月中如此《このごとく》出来成

玉垣｛東西　三間《げん》
　　　南北　四間弐尺《にしやく》

　壇｛高サ　七尺
　　　弐間　壱《いっ》尺寄四方

　霊拝所

三月八日、九日官軍所より大施餓鬼《おおせがき》致候事《いたしそうろうこと》

阿弥陀寺

戦死者標、東西　四間余、南北　拾弐間

　　　　高サ　四尺

七月五日、六日、七日、

八宗大施餓鬼供養致候事。

だが、三宮義胤の好意にも限度があった。

伴百悦は、塚を築いて墓標を立てることにしたが、阿弥陀寺のほうには白木に、

　殉難之墓

と、書いて立てることにした。

「大庭《おおば》、おぬし書いてくれ」

「禿筆《とくひつ》だがよいか」

大庭恭平は謙遜《けんそん》しながら、筆を走らせた。

この境内に拝殿も建立することにした。これには二百両かかるという。幸い、残金があったので渡した。

「これで、諸士も冥途《めいど》に迷うことはあるまいな」

伴百悦は、ほっと肩の荷がおりた思いだった。

因みに、明治二年二月に謹慎者たちが塩川と猪苗代を離れたとき、取り締まりとして残った二十人は、伴、町野、大庭、武田の他には、次の十六人である。

原田《はらだ》対馬《つしま》、樋口源助、田中左内《さない》、中山又左衛門《またざえもん》、宮原捨六《すてろく》、中山甚之助《じんのすけ》、吉川尚喜、出羽佐太郎、山内清之助、中川清助、高津仲三郎、林房之助《ふさのすけ》、筒井《つつい》茂助《もすけ》、諏方《すわ》左内《さない》、青山宇之助《うのすけ》、小出《こいで》勝《かつ》右衛門《えもん》。

かれらは軍務局から、役員二十人を残せ、といわれて互選したかたちで残ったのである。取り締まりというのは、まだ近郊に潜伏している会津藩士が、時々捕まる。これを説得し責任を持って謹慎させるべし、という役目なのであった。

滝沢村の謹慎所が監視付きであったことは、前に書いた通りだが、逃亡の恐れがないとわかると、かなり自由に行動できるようになった。

だが、阿弥陀寺の墓標が、軍務局の眉をしかめさせることになったのである。

「殉難とは何事じゃ。朝敵のいうこっちゃなかぞ」

「殉難とは、わが官軍の犠牲者のことじゃ、賊の死は自業自得じゃ」

「自業自得の碑と書き直させろ」

半ば冗談のように話題にした。民政局にもそれが伝わった。軍務局を怒らせた、ということが、直接、埋葬に関わった民政局の頭取たちを狼狽《ろうばい》させた。

少し前に、行政上の民政局は廃止になっていた。若松県ができることになって、県役所に吸収されるかたちだったが、久保村文四郎《くぼむらぶんしろう》らは、民政局の仕残した仕事の始末に当たっていた。

町野と伴が呼びつけられた。

「何事か」

無事に埋葬が済んで、ほっとしていたところである。

監視の役人は冷たく答えた。

「軍監の久保村様がお呼びだ」

「久保村文四郎か」

伴の目が引き吊《つ》った。

久保村は越前藩士である。前から会津藩士に対して傲慢《ごうまん》無礼な態度で、伴や町野は、侮辱に耐えてきたのだった。

越前藩はいうならば、会津藩の味方であったはずなのだ。肥後守容保《かたもり》と将軍慶喜《よしのぶ》の間に立って、幕末行政の要《かなめ》となったのが越前春嶽《しゅんがく》こと、松平慶永《よしなが》だったのである。自然、藩士同士も仲が良くなる。家柄も、御家門《ごかもん》に連なるほどの徳川の藩屏《はんぺい》だった。

それが一転して薩長の手先になった。情勢を見るに敏というか、領国が越前で福井城に本拠を持っていれば、御三家《ごさんけ》の筆頭尾張《おわり》でさえ、宗家《そうけ》を裏切る時代だから、しかたがないといえるが、しかし、敗者となった会津藩士に対して一掬《いっきく》の涙があってしかるべきであった。

それが、まるっきり薩摩や長州と同じ貌《かお》をして、勝者の椅子《いす》にふんぞりかえっているのだ。

「あの薩長の犬が」

と、武田が吐き出すようにいった。

「聞こえるぞ」

伴が注意した。監視の者は少し離れてついてくる。ちらと振りかえると、猜疑《さいぎ》深い目が睨《にら》み返してきた。

「あいつらも犬だ」

道端で野良犬が何かを咬《か》んでいた。固いものを噛《か》み砕こうとしながら、油断なく人が通ると、脅《おび》えと反抗の眼をあげた。

「犬を見ると……」

と、伴がいった。

「何かを咥《くわ》えていると、人間の骨ではないかと思うようになった」

「私もだ。無性にぶった斬りたくなる」

「時がくれば、やるさ」

いつの時を考えているのか。いまはひたすら隠忍自重しなければならなかった。主君容保父子は死一等を減じられたが、まだ罪科は決まっていない。江戸では一藩の責を負って筆頭家老の萱野《かやの》権兵衛《ごんべえ》が切腹したが、それで清算されたわけではなかった。

殉難の墓

一

残務整理くらいつまらぬ仕事はない。殊《こと》にそれまで携わってきた部署が消滅してしまう場合は、なおさらである。それでもまだ現地での配置転換ならいいが、すべてが終わり、帰国するだけということになると、たいてい投げやりになる。立つ鳥は跡を濁さずという教えは、後始末が悪い者がいかに多いかを物語っている。

久保村文四郎は、民政局の監察方《かんさつかた》兼断獄《だんごく》という役目のせいもあったが、冷酷非情なことで知られていた。こういう仕事に向いた冷徹な男は必ずしも珍しくはない。

いわゆる堅物《かたぶつ》で、情より法が優先する、という男だ。ヴィクトル・ユーゴーの〈レ・ミゼラブル〉のジャビエル刑事は法の代弁者として典型的に造形されているが、法の尊厳の象徴であるため、自分自身に対しても厳しい。自分をも罰する。

だが、実際には、これほどの人間はまずいない。すべては、わが身可愛《かわい》さで行動するのが凡人だから、他人には厳しく、おのれには甘い。

久保村の不人気もそこにあった。が、かれは、おのれが〝恐れられている〟と思った。自分が、監察と断獄という峻厳《しゅんげん》な仕事の頭取《とうどり》にあるからだと思った。かれは越前藩から、この会津の占領地にきている間に、〝出張〟の役得によって、任終えたら故郷に錦《にしき》を飾るつもりでいた。

敗者たちは——罪によって敗者となった会津人たちは、一切の反抗の芽を摘まれている。唯々《いい》として、従うしかない。かれが眼を三角にするだけで、酒が届けられ、ひっ括《くく》るぞ、と、一言怒鳴るだけで、一両や二両にはなった。二両といえば、一ヶ月は充分暮らせる金額である。

会津藩士の大半は配所に去り、残っているのが、わずか二十人。どんなに苛《いじ》めてもかまわない、ということだ。

伴や町野たちがかつては、高禄《こうろく》を食《は》む上士の身分だったということも、軽輩出身の久保村には苛め甲斐《がい》があった。

(世の中が変わったことを、とことん思い知らせてやる)

と、意地になっていたのは、初対面の印象が悪かったからだ。

大藩の上士の家に生まれれば、自ずから、尊大さがある。生まれつきの身についたものだ。むろん、伴や町野たちには、そんなつもりはない。

が、武士の名誉というものは、腹が減っても高楊子《たかようじ》の誇りである。威あって猛《たけ》からず、であった。たとえ敗軍となっても、誇りだけは持ち続けたい。その誇りを踏みにじられたら、刺し違えても、自己の尊厳は守ることが、武士の道であった。

そういう士魂が、久保村のような下劣な男から見れば、鼻持ちならなかった。

人間は、低級な人間ほど、おのれを恃《じ》する者への妬《ねた》みを募らせる。しゃっちょこ立ちしても追いつけない苛立《いらだ》ちや口惜《くや》しさから、権力や腕力に訴えても、膝下《しっか》に捻《ね》じ伏せようとする。

初印象が悪いというのは、伴たちが頼みにきたとき、角樽《つのだる》一つしか持ってこなかったことだ。生殺与奪の権を握っているつもりの久保村にしてみれば、五両金ぐらい持ってこい、という気持ちだ。

頼みが頼みである。禁を弛《ゆる》めてくれという頼みだから、それぐらいの頼み賃は当然と思っている。

(角樽一つで済ませる気か)

こういう憾《うら》みは、同輩でも許せないだけに、根が残る。

さらにかれらを怒らせたのは、イザとなると三千両という大金をバラ撒《ま》いていることだ。金がないなら、まだしも、作ろうと思えば作れる。それなのに、こちらへの謝礼が角樽一つとは……と、またそこへ戻る。

武士と町人たるを問わず、被占領下の会津人を苛めて喜んでいたこんな男には、半ば習慣化している退任の餞別《せんべつ》など一文も入りそうにない。そうわかったことで、いっそうとげとげしくなっている。

そこへ〝殉難之墓〟である。

「許せん」

と、久保村はいきまいた。

「引っこ抜かしてやる」

舌舐《したな》めずりして待っているところへ伴百悦《ばんひゃくえつ》たちがやってきた。

「おい、あれは何だ」

と、頭から嚙《か》みつくように久保村は怒鳴った。

「あれとは何のことでござるか」

「あれや、あれっちゅうたら、あ、阿弥陀寺の墓だ」

「はい、お蔭《かげ》をもちまして、埋葬も滞《とどこお》りなく相済み、定めし成仏……」

「たわけ、成仏もへたくれもあるか、汝《なんじ》らは天朝に弓を引いた罪人じゃ、是非にと懇願するゆえ目こぼししてやったのではないか、増長するな」

「……」

「とぼけるな、此奴《こやつ》、即刻、引っこ抜け、引っこ抜いて、ここへ持ってこい、打ち割って薪《まき》にしてやる」

あのことか、とわかったが、伴は武田と眼を見合わせて、わからぬふりをした。

「じゅ、殉難の墓じゃ」

と、久保村は、唾《つば》を飛ばして怒鳴った。

「殉難とは烏滸《おこ》がましい」

二人が黙っていると、久保村はさらに嵩《かさ》にかかって、

「天誅《てんちゅう》を蒙《こうむ》る者の墓、とでも書き直したらどうだ、長ったらしいか、ならば、賊軍の墓、と書け」

「あまりな仰せ様だ」

武田は、いまにも歯を剥《む》いて飛びかかりかねない形相になっていた。伴は牽制《けんせい》するように肘《ひじ》を歪《ま》げて、

「いずれにしても、一両日の御猶予を願いたい、立ち帰って相談いたす」

伴は鋭い目を向けた。口調は穏やかながら、威厳が久保村にそれ以上を言わせなかった。

だが、伴と武田が出ていったあと、久保村は地団駄《じだんだ》踏む思いで、何度も舌打ちし、呪詛《じゅそ》した。

「あいつらが、あいつらが、何だというのだ。こんな会津の、くそ！」

一種の金縛りにあったように、威圧されて呆然《ぼうぜん》となっていた自分の姿がいまいましかった。

「そうだ、坊主を呼べ、坊主だ。阿弥陀寺の坊主を呼びつけろ」

いざとなると、伴たちには、刺し違えるだけの気魄《きはく》がある。正直いえば久保村はそれが恐い。搦手《からめて》から、弾圧するしかない。

久保村のこの卑劣なやり方は、たしかに効果があった。

翌日、阿弥陀寺から僧が滝沢にやってきた。

「言い難《にく》いことだども」

と、何度も剃《そ》りこぼちた才槌頭《さいづち》に手をやって口ごもりながら、

「参謀方よりきついお達しがござったわ、急《せ》わしいが、直《すぐき》に墓標を取片附《とっかたづ》けろちゅうで」

「聞かね」

と、伴は手を振った。

「お前も聞かねがったことにすっがええべ、ほだ命令なんどぶん投げでおっけろ」

聞かないふりで、構わないでおけ、というのである。

だが、寺僧の立場では、それができなかった。

「ほだげんど愚拙《ぐせつ》にはいえね」

「この、意気地《いぐじ》なしめ」

「仕様《ししょ》ね、いぐじねえのが坊主だば。墓標だけでね、拝殿もぶっ壊《くわ》せと」

「何！ あの拝殿まで……」

思わず伴は立ち上がった。武田と高津は驚いて眼を上げたが、すぐに力なく伏せられた。

生殺与奪の権を握った西軍の監察の命令である。どんな抵抗ができるというのだ。

「ぶっ壊《くわ》せとか、ぶっ壊せだと、くそ！ 久保村のやつめ、ぶった斬《ぎ》ってくれべ」

僧は伴の強がりを聞こうとはしなかった。武田たちのほうに返事をもとめて、すがるように視線を向けた。

「惨《みず》めな話だながも、明日の夜明けさまに検分にくるちゅで、何どかしてくなんしょ」

「とでつもね、一夜で撤去できっはずもね」

「できてもできねでも、取るしかねべし」

と、町野が沈痛な顔を上げた。かれは先刻から半焼けの本を読んでいた。馬耳東風と見えたが、耳は働かせていたのだ。

読んでいたのは、大道寺友山《だいどうじゆうざん》の〈武道初心集〉だった。どこかの屋敷の焼け跡から拾ってきたのだ。かれは本を閉じると、同志を見まわした。

「こうなったら止《や》むを得ねべし、泣く子に地頭の譬《たと》えもある」

「んだども、……」

言いかけた語尾が、声にならなかった。

一夜のうちに、という期限をつけたのは、また言を左右にして、ずるずるになられては、始末に悪い、という考えなのであろう。

もしも夜明けまでに手をつけてなかったら、阿弥陀寺も長命寺も灰にしてしまうといわれたのである。

「威《おど》しだ」

と、伴は言ったが、かれらの様子では、そうも言いきれない。かれは袴《はかま》の股立《ももだ》ちをとり、呟《つぶや》くように、

「大庭《おおば》には悪いことをしたべ、せっかく達筆が後世に残るどごろを、鳶《とんび》にさらわれたようなものでなし」

誰も笑わなかった。笑う代わりに、かれらも膝《ひざ》を起こした。その面《おもて》には、怨《うら》みを必死に圧《おさ》えた冷たい炎が蒼白《あおじろ》く燃えていた。

二

萱野権兵衛が切腹したのは、朝敵としての責任が筆頭家老たる身分にかかってきてのことである。

去年（慶応四年＝一八六八）十月、降伏開城後半月と経たないうちに、藩公容保《かたもり》父子は、東京と名称が変わった〝江戸送り〟となっていた。そのとき扈従《こじゅう》したのは、家老はじめ重役方十数人にすぎない。梶原平馬《かじわらへいま》、手代木直右衛門《てしろぎすぐえもん》、丸山主水《まるやまもんど》、山田貞介、馬島瑞園《まじまずいえん》などが容保とともに因州鳥取《いんしゅうとっとり》藩主池田慶徳《いけだよしのり》の屋敷預けとして軟禁されていた。

養子の喜徳《のぶのり》は引き離されて筑後久留米藩主有馬慶頼《ありまよしより》の屋敷に入った。これには萱野権兵衛、内藤介右衛門《ないとうすけえもん》、倉沢右兵衛《くらさわうひょうえ》、井深宅右衛門《いぶかたくえもん》、浦川藤吾《うらかわとうご》などが従っている。

罪囚としての容保はじめ、いずれも妻子家族と離れた不自由な暮らしを強いられていた。

容保が死一等を宥《ゆる》されたのは、行政官からの達しによると、十二月七日付。

この天皇の詔書《しょうしょ》では、戊辰戦争の罪は、容保が惹《ひ》き起こしたと見ず、謀臣の罪と断じていた。

これは容保にとって意外であったろう。しかし、家老たち重臣にしてみると、武士としての責務から、罪はわれらにあり、と開城の際、陳情していたことで、これは覚悟の上のことだった。

詔書にはこうある。

――賞罰ハ天下之大典朕《ちん》一人ノ私スベキニ非《あら》ズ宜《よろし》ク天下ノ衆議ヲ集メ至正公平毫釐《ごうり》モ誤リ無キニ決スベシ今松平容保ヲ始メ伊達《だて》慶邦《よしくに》等ノ如《ごと》キ百官将士ヲシテ議セシムルニ各小異同アリト雖《いえど》モ其均《そのひと》シク逆科ニアリ宜ク厳刑ニ処スベシ就中《なかんずく》容保ノ罪天人共ニ怒ル処死尚《なお》余罪有リト奏ス朕熟《つらつ》ラ之ヲ按《あん》スルニ政教世ニ洽《あまね》ク名義人心ニ明カナレハ固《もと》ヨリ乱臣賊子無《なか》ルベシ今ヤ朕不徳ニシテ教化ノ道未《いま》タ立タス加之七百年来紀綱不振名義乖乱《かいらん》弊習ノ由テ来ル所久シ抑《そもそも》容保ノ如キハ門閥ニ長シ人爵ヲ仮有スル者今日逆謀彼一人ノ為《な》ス所ニ非ス必ス首謀ノ臣アリ朕因《よっ》テ断シテ曰《いわ》ク其実ヲ推シテ其名ヲ恕《ゆる》シ其情ヲ憐《あわれ》ンテ其法ヲ仮シ容保ノ死一等ヲ宥《ゆる》シテ首謀ノ者ヲ誅《ちゅう》シ以《もっ》テ非常ノ寛典ニ処セン朕亦将《またまさ》ニ自今親ラ励精図治教化ヲ国内ニ布キ徳威ヲ海外ニ輝サンコトヲ欲ス汝《なんじ》百官将士其レ之ヲ体セヨ

この原文は誰の手になるものか、明らかではない。昨秋の討幕の密勅と同じく岩倉具視《ともみ》と玉松操《たままつみさお》の姦策《かんさく》から出たものか、あるいは津和野《つわの》藩の西周《にしあまね》などの手によるものか、容保の死一等を宥すことで、遺臣たちの恨みを柔らげようという相談が行なわれたことであろう。

行政官の名によって容保へ伝えられた命は左のようなものである。

――昨冬徳川慶喜《よしのぶ》政権返上之後暴論ヲ張リ姦謀ヲ運《めぐ》ラシ兵ヲ挙テ闕下《けっか》ニ迫ル事敗レ遁走《とんそう》

ス慶喜恭順スルニ及ビ更《さら》ニ悔悟《かいご》セズ居城ニ拠《よ》リ兇賊《きょうぞく》ノ称首ト為《な》リ飽《あく》マテ王師ニ抗衡《こうこう》シ天下ヲ擾乱《じょうらん》ス其《その》罪神人共ニ怒ル所屹度《きっと》可被処《しょされるべき》厳刑之処至仁非常之宸断《しんだん》ヲ以テ死一等ヲ減シ池田中将へ永預《えいあず》ケ被仰付《おおせつけられ》候事

十二月

文意悉《ことごと》く容保に罪ありとする卑劣なものであった。何をもって王師とするか、その疑問を奥羽の人々に抱かせたのも道理である。江戸にゲリラを乗り込ませて悪業を働かせたことも、錦旗《きんき》の偽造も、いや、偽勅の罪だけでもそれこそ、神人共に許さざるところであるのに、そうした罪悪の一切を頬被《ほおかぶ》りして、容保一人を罪に落として、天下を牛耳《ぎゅうじ》ろうというのだ。かれらは、容保だけでなく、年少の養子の喜徳まで容赦しなかった。養父と同じく、無期徒刑の厳刑に処したのである。

――父容保之不軌《ふき》ヲ資《たす》ケ共ニ兇賊之称首ト為リ飽《あく》マテ王師ニ抗衡候条屹度《きっと》可被処《しょされるべき》厳刑之処至仁非常ノ宸断《しんだん》ヲ以テ死一等ヲ減シ有馬中将へ永預ケ被仰付《おおせつけられ》候事

十二月

父子の死罪を免じはしたが、罪の重さは充分それに代わるものを要求している。即日、親類の保科弾正忠正益《ほしなだんじょうのじょうまさあり》へ下命あって、〝反逆首謀之者〟を早々に取り調べよ、という。

容保と喜徳に扈従してきた梶原平馬らだけでは何が不足だったのか。あるいは、そこに作為を感じたのかもしれない。つまり真の重臣は隠れているのではないか、と猜疑《さいぎ》しての命令か。あるいは重役たちから多くの証言を取るための調査か。もしくは、反逆の根をそっくり引っこぬいてしまわなければ安心ならなかったのか。

保科は上総飯野《かずさいいの》藩主で二万石。幕末には全く小藩になっているが、名門であり、会津松平家の祖で、二代将軍秀忠《ひでただ》の妾腹《しょうふく》になる正之《まさゆき》が父や幕閣の配慮により養子に入ったのが、この保科家だ。

したがって、本家の名跡がこちらに継がれているわけで、分脈的には親戚《しんせき》であり、本家といえる。

その家に調査を命じるというのは、親戚だし本家だし、嘘《うそ》は吐《つ》けないだろうという考えから出ている。

保科弾正忠正益は、会津若松在陣の家臣に下命して、猪苗代と塩川に謹慎中の重臣らを召喚した。猪苗代組からは、海老名郡治《えびなぐんじ》、井深茂右衛門《しげえもん》、田中源之進《げんのしん》、小森一貫斎《こもりいっかんさい》、井深守之進《もりのしん》、辰野源之丞《たつのげんのじょう》、秋月悌次郎《あきづきていじろう》、春日郡吾《かすがぐんご》、桃沢彦次郎《ももざわひこじろう》の名が挙げられた。

命令は十二月十二日に若松に届き、即日、ということで、一行が謹慎所を出発したのが翌十二月十三日、大吹雪をついて、あわただしい旅立ちであった。

数日前から寒気がつのり、桃沢は寝込んでいた。とても旅行は無理だったので、海老名郡治が軍務官参謀と医師の連署を携えて行く。病気恢復《かいふく》次第、東京へ出頭させると海老名らが責任をもって歎願《たんがん》することにした。

塩川からは、諏方伊助《すわいすけ》、佐川官兵衛、相馬直登《そうまなおと》、柳田新介《やなぎだしんすけ》らが、滝沢村の本営に召喚されたうえで、東京へ向かった。

白河を過ぎると吹雪はおさまったが、その前夜、事件が起こった。朝になって、相馬の姿が見えなかった。

保科家の者だけでなく、小倉《こくら》藩兵が護送に当たっていたが、軍監は真《ま》っ蒼《さお》になった。

「逃げよった」

と、舌打ちした。

「見張りは何ばしちょったとかい」

部下を怒鳴りつけたが、どうしようもない。白河辺の地理はわからないし、地元に命じて捜索はさせたが、村役人たちはしかたなく、かたちだけの協力で、熱意のかけらもなかった。

「逃がしたお前らの責任ばい、どげな目に遭《お》うても知らんけんな」

軍監は憎々しげにいった。

「覚悟はできておる」

と、佐川官兵衛は答えた。

「会津で死ぬ気だったが、どこで死んでも同じじゃ、おぬしに介錯《かいしゃく》を頼もうか。だが、そのときは心してやれよ、わしの頸《くび》の骨は固い」

笑いもせずにそういわれると、軍監は顫《ふる》え上がった。胴顫いし、それから、嚔《くさめ》をした。背筋が寒くなったのだ。

「奥州は寒かのう、やっぱり九州がよか」

といい、手洟《てばな》をかんだ。

相馬直登の行方はわからなかった。吹雪の夜にまぎれて宿を脱け出し、北へ向かったものと察しられた。

かれが脱走するつもりでいたことは、佐川たちは知っていた。塩川にいるときから、仙台に行くつもりだと洩《も》らしていたからである。

大鳥圭介《おおとりけいすけ》や土方歳三《ひじかたとしぞう》らと共に、八月の決戦前に仙台や米沢へ向かった者も尠《すく》くない。白虎隊二番隊士で飯盛山《いいもりやま》で自刃《じじん》した石田和助《いしだわすけ》の兄五助《ごすけ》もその一人である。五助は、大鳥らと仙台で榎本《えのもと》の軍艦に投じ、箱館に奔《はし》っている。五稜郭《ごりょうかく》で敗亡ののち、義雄《よしお》と改名し、明治四年の岩倉遣米使節の一行に加わって、留学生としてアメリカで勉学した。のちの長崎県知事日下《くさか》義雄である。

相馬直登の消息は暫《しばら》くわからなかったが、五稜郭で戦っていたことが判明している。

この会津藩重臣の一行が一人欠けただけで東京へ着いたのが十二月十六日。翌十七日には、一同新政府に召喚されて取り調べを受けた。

海老名、井深（茂）、田中、井深（守）、辰野、春日の六人は肥後《ひご》藩主細川《ほそかわ》邸にお預けと決まり、諏方、佐川、小森、柳田の四人は下総佐倉《しもうささくら》藩主堀田《ほった》邸に預けられた。

もっとも、これで重臣全部ではない。まだ四千近い将士が残っている。その取り締まりのために、猪苗代には原田対馬《はらだつしま》、塩川には上田学太輔《がくだゆう》が残されていた。

通達の必要などもあったからだ。あらためて、日を限り謹慎が申し渡されたほか、奥女中や兵卒以下、従僕、鳶ノ者《とびもの》、軽卒など千余人が解放され、将士だけが残ることになった。

そして十二月末になって、かれらは、信州松代藩《しんしゅうまつしろ》と越後高田藩での禁固が決まって会津を去ったのである。

話が前後したが、放置された遺体の埋葬に尽くした町野や伴は、この人々の中から特に後始末のために残された二十人であった。

正月の末になって保科弾正忠より反逆首謀者取り調べの結果が報告された。

萱野権兵衛が切腹の座についたのは、明治二年五月十八日。

権兵衛切腹

一

鶴ヶ城降伏開城に伴い、重臣たちは連署して主君容保《かたもり》父子の助命歎願《たんがん》をしたが、その冒頭に、〝亡国之臣長修《ながはる》等謹《つつしみて》而奉言上候……〟と書いた萱野権兵衛《かやのごんべえ》長修は、重臣九人の筆頭に署名したときから、その運命を予期していたようである。

また参謀に提出した重臣名簿にも、内政ニ預候人別《り》、として筆頭に萱野の名がある。東京に護送された容保に付き随《したが》うかたちで先行したかれらのうちから、〝反逆首謀之者〟が選び出される。

松平容保の死一等が減じられたとき、すでに萱野の斬首《ざんしゅ》は決定づけられていたのではあるまいか。

形式的には、行政官よりの命令として、保科弾正忠正益《まさあり》をして〝松平容保家来之内……〟の反逆首謀者、と規定してきたのである。容保父子を助命した分だけ、重臣の罪が相対的に重くなったといえる。

保科正益より上申というかたちをとって、首謀者を三人指名したのである。正益としては苦しい立場であり、萱野の覚悟を促すことになったろう。もとより、その覚悟はすでにできていた萱野が、上申の文書作成にも加わったのではないかといわれる。

三人のうち二人は、田中土佐《たなかとさ》と神保内蔵助《じんぼくらのすけ》である。

確かに二人とも家老であり、ともに軍議し、戦った。城下の戦い初日に華々しく戦って自《じ》刃《じん》している。

「私だけが死に遅れていたのだ。この首一つで藩公はじめ会津一同の罪が免れるならば、これに過ぐることはござらぬ」

と、いって正益をほっとさせた。

正益の上申書を仔細《しさい》に読むと、萱野の犠牲的な心意気がはっきりと伝わってくる。

三人の姓名を並べたあと、こう正益は述べている。

――右之者伏見事件ヨリ其後《そのご》ニ至ルマデ国務重立《おもだち》取扱罷在《まかりあり》遂《つい》ニ天兵御発向御征伐ヲ蒙《こうむり》候始末ニ立至候ハ必竟辺陬《ひつきようへんすう》頑愚固陋《ころう》之性情大義順逆ヲ弁《べん》シ兼《かね》方向ニ相迷《あいまよい》主人輔佐匡救《きようきゆう》藩内之勧戒教導ヲ誤候儀奉対天朝深ク恐入《おそれいり》王師御討入之日《おうちいりのひ》土佐（田中）内蔵助（神保）両人共切腹仕《ともにせっぷくつかまつり》相果申候権兵衛（萱野）儀ハ依召《めしによりて》先達罷《まかり》登リ有馬中将殿へ御預被置《おあずかりおかれ》謹慎仕居《おり》候間謹テ蒙天裁《てんさいをこうむり》候心得ニ御座候……。

田中土佐と神保内蔵助はすでに切腹しましたが、萱野権兵衛はお召しにより先ごろより上京し、有馬中将に預けられ謹慎しておりますが、謹んで、お裁きを待って居るのでございます、と鞠躬如《きっきゅうじょ》とした卑屈な文章である。

たとえ権兵衛が覚悟していても、正益から差しだす調査書にここまで卑屈になることはないと思うのだが、それだけ、天朝をふりまわしていたのであろう。生殺与奪の権力の前に、小藩はひたすら、鼻息を窺《うかが》うしかなかったのだ。

保科は会津松平家の本家といってよい。いまや会津の罪科の余波が自分のほうに及ばぬように、という保身しか考えなかった。萱野権兵衛が死んでくれれば、一応の決着がつくという気持ちがあらわだった。

梶原兵馬《かじわらへいま》や山川大蔵《やまかわおおくら》らにもそうした保科家の態度は腹立たしいものであったが、立場を変えれば誰しもそうなるかも知れぬと思うと、ただ歎息だけで黙すしかなかった。かれらは囚われの身なのである。

保科弾正忠正益の飯野藩はわずか二万石の小藩だが、名家であり、正益は幕府の若年寄もつとめたことがある。それも慶応二年（一八六六）の長州再征の折には、石州《せきしゅう》口総督となって、何度か戦火を浴びている。京都守護職たりし容保とは、同族であり、同志であり、近い縁戚《えんせき》であった。というのは、容保の義姉照姫との関わりが深い。

由来、会津松平家は、保科正之から出ているのは周知のことだが、飯野の保科家は本来分家になる。正之は二代将軍秀忠の庶腹《しょふく》（四男）に生まれている。正室お江与《えよ》を憚《はばか》った秀忠は、正之（幼名幸松）七歳のときに信州高遠《たかとお》藩主の保科正光《まさみつ》の養嗣子《ようしし》に入れた。それまで武田信玄の末娘信松禅尼《しんしょうぜんに》の世話になり、三歳から禅尼の姉の見性院《けんしょういん》によってひそかに養育されていたもので、土井《どい》大炊頭利勝《おおいのかみとしかつ》の配慮によるものという。

正光没後、保科家を継いだ正之は数年後に出羽山形《でわやまがた》二十万石に転封された。寛永《かんえい》十三年（一六三六）のことである。翌年、義兄（正光の弟）弾正忠正貞《まささだ》に保科家重代の宝物一切を譲った。つまり保科家の血統を尊重し、義弟として分家の立場をとったのである。ここにも正之の思いやりがある。

のちに松平の姓を許されるようになるのだが、この時点では、その話が前提になってはいない。山形から会津二十三万石に転封（南山領――南会津五万五千石お預かり）され、二代正経《まさつね》を経て三代正容《まさかた》のときから松平姓を許されるようになる。因《ちな》みに〝容〟の一字を代々用いるようになったのは、この正容にはじまる。

飯野藩は二万石に過ぎないが、保科家の本家ということになる。正之のそうした配慮が両家の存立を保つことになっただけに、親戚としての交流が他よりも深い血縁として長く続いていた。

飯野藩九代の後裔《こうえい》に能登守正丕《のとのかみまさもと》があり、その姫が照姫である。会津松平八代容敬《かたたか》はこの照姫を養女として預かり養育した。

照姫は十八歳のとき、豊前中津《なかつ》十万石の奥平家に嫁いでいる。が不幸なことに、相手の大《だい》膳大夫《ぜんたいふ》昌服《まさもと》は病弱で中津家に複雑な事情があって、照姫は離別したかたちで、松平家に戻ってきていた。

容敬には男子がなかった。照姫より五歳下に一女があった。敏姫《としひめ》（母は寿賀《すが》）である。美濃高須《たかす》藩主松平家に出生した容保が容敬の養嗣子として入り、この敏姫と結婚したわけである。

照姫も不幸な生涯といえる。飯野藩は小藩であり、財政的にも豊かでなかったので、会津松平家では随分面倒を見ている。

弘化《こうか》二年（一八四五）の江戸の大火で飯野藩邸が焼失したときも、容敬は、中屋敷を飯野藩主従のために開放して、金品を与え、再建を手助けしている。

そういう密接な親戚だったので、弾正忠正益としても苦しかったにちがいない。が、動乱の中で会津は賊軍だ、賊軍に与力するのかと詰め寄られれば、弱小なだけに西軍の言いなりになるしかなかったのであろう。

だが、会津側に伝わった情報では、小藩でも西軍の悪辣暴戻《あくらつぼうれい》に断然抗戦したところもある。飯野の隣藩たる請西藩《じょうざい》がそれである。

請西藩のほうはもっと小さい。たった一万石。大名としては最小である。が、その武士道と忠誠は関東譜代《ふだい》五十一藩の中でも、最も目ざましかった。

藩主は林昌之助忠崇《はやしまさのすけただたか》である。二十一歳。その若さ純粋さが、暴戻な西軍への批判的な行動に走らせた。

幕府の講武所《こうぶしょ》の教授方であった伊庭《いば》八郎《はちろう》と人見《ひとみ》勝太郎《かったろう》に率いられた遊撃隊が、箱根での西軍の進攻を止めるのに協力を求めた。林昌之助は、ただちにこれに応じ、七十人の兵を率いて、同行した。

一万石の小藩では七十人もの士分はいない。したがって、士卒の全部が参加したのだ。意気や壮たるものであった。箱根の峠での戦いは慶応四年（一八六八）五月二十日である。すでに上野の彰義隊《しょうぎたい》が敗れ、江戸は完全に大総督府の手に掌握されている。にもかかわらず、抗戦の火蓋《ひぶた》を切ったところに、武士の意地があった。

大総督府からは恭順の小田原《おだわら》藩を問罪すると同時に、長州・因幡《いなば》・津《つ》・岡山の四藩兵を差し向けてきたし、甲州《こうしゅう》からは沼津《ぬまづ》・高遠の藩兵で前後から襲撃してきた。林隊と遊撃隊は苦戦に陥った。伊庭八郎が片腕を失ったのはこのときである。辛《かろ》うじて生き残った者たちは海路を逃がれ、房州館山《ぼうしゅうたてやま》へ辿《たど》りついた。これだけの目にあいながら、林も遊撃隊も屈服しない。ふたたび蹶《た》って、奥羽越同盟に参加すべく、旧幕府軍艦に便乗して磐城《いわき》へ走るのである。

林昌之助と遊撃隊は、仙台藩や相馬《そうま》藩とともに、磐城の地に転戦する。次々と落城、あるいは降伏する諸藩敗戦の中で、屈することがなかったのは、その信念の強さであろう。相馬中村《なかむら》城が落ち、仙台に走るが、最後の頼みとした仙台も遂に降伏し、林昌之助は遊撃隊や榎本らと蝦夷《えぞ》行きを計画したが、伊達慶邦《だてよしくに》の奨《すす》めで、ようやく降伏し、抗戦の刃を折るに至ったのだ。武士の本分を尽くしたのである。

この林昌之助の行動から見ると、飯野藩保科正益の降伏はあまりにも早く、会津藩の親戚として愧《は》ずべきものだった。

せめてもの救いは、林昌之助の呼びかけに応じて、飯野藩からも大出銀之助《おおいでぎんのすけ》ら二十人が脱藩したことだ。

正益の苦悩もわからないではないが、会津藩が君臣一体となって、鶴ヶ城を枕に討死にを決意したとき、なぜ、城地を捨てて会津へ走らなかったのであろうか。その姑息《こそく》な処世が非難されるのは、その点である。

二

保科弾正忠正益が飯野藩保科家の存続に腐心する姿は、士道に生きようとする者にとっては我慢できなかったであろう。大出ら二十人の脱藩は責任者の切腹などの波紋を引き起こしたが、かれらとは別のかたちで、森要蔵《もりようぞう》父子とその弟子たちも白河の戦いに参加している。これは脱藩のかたちをとらなかったようである。

保身を計る正益にとって、これらの家臣の行動をどこまで誤魔化《ごまか》すか、大総督府の問罪を八方陳弁、丸亀《まるがめ》藩主からの口添えなどでようやく歎願が聞き届けられたのだ。それからは、ひたすら大総督府——太政官《だじょうかん》の鼻息を窺うことになった。

照姫は会津城下七日町の清水屋から江戸へ移されたが、実家の飯野藩邸にはすぐにはゆけなかった。あくまでも会津松平家の一人としての謹慎を強いられ、紀州《きしゅう》藩青山《あおやま》屋敷にお預けの身となった。

前年師走《しわす》に東京送りとなった海老名《えびな》（郡治）や井深（茂右衛門）など家老たちは、いったん小伝馬町《こでんまちょう》の牢《ろう》に入れられ、それから細川邸と堀田邸に分散、幽閉されたほどだから、照姫の処置には一応気をつかった様子が見える。

用人の永井民弥《ながいたみや》と笹原源之助《ささはらげんのすけ》、そのほかお附きの武士小者のほか奥女中二十二人という行列で、青山屋敷に入っている。

その処分の際、容保の側妾《そばめ》二人と奥女中らも同じく江戸へ移されることになっていたが、側妾の一人田代《たしろ》氏が懐妊ゆえ道中は耐え難きむね申し立て、会津城下で出産まで養生することを許された。桑原新八と原田清吾が奥女中たちとお護《まも》りして御薬園《おやくえん》に入った。

御薬園は藩主の別邸で、裏庭に数百種の薬草が栽培されている。いうならば薬草研究所であった。ただ庭を遊ばせておくのは勿体《もったい》ないとして、薬草を植えて、一方、その薬効を試し、地場産業にも役立てていた。朝鮮人蔘《にんじん》による収益なども尠《すくな》くなかったのである。

この御薬園で田代氏が男子を出産するのは、明治二年（一八六九）六月三日。

その朗報に先立つ半月ほど前、保科家別邸において、萱野権兵衛の切腹検死が行なわれたのである。

軍務官から保科正益に、戦争の首謀者の処分命令が届けられたのは五月十四日。小雨が終日けむる灰色の日であった。

保科弾正忠へ
昨臘《さくろう》依《より》御沙汰《ごさた》取調差出候松平容保家来叛逆《はんぎゃく》首謀萱野権兵衛今般刎首被仰付《ふんしゅおおせつけられ》候条於其方致処置可《しょちいたすべく》言上候事

来るべきものがきたのだ。この日が来ることは、正益はじめ、重役たちは、覚悟していたことである。萱野権兵衛はことにそうであった。

正月の下旬に生き残り首謀者として名前を書き上げ軍務官に届けて以来、権兵衛は日々を平安に過ごしていた。心の平静を保つことだけを心がけた日々であった。この日に見苦しい態を見せぬことであった。会津藩の六年に及ぶ誠忠の歳月に泥を塗ってはならなかった。主君一族と、藩士とその家族すべての名誉に関わることであり、三千余の非業の死を無にするか生かすかも、権兵衛の最期にかかっているのであった。

いうなれば、この会津藩の歴史の仕上げになる。

（立派にやることだ）

と、かれは毎晩、心静かに寝に就くとき考えた。

（万が一にも取り乱すようなことがあっては、容保公の苦衷《くちゅう》も家中の死も無駄になる）

武士道はそのいのちの終わるときに、花を咲かせるのである。在世とはその一瞬のための修行の時だったともいえる。

正益は軍務官からの命令を受けとったとき、どういう風に権兵衛に伝えるべきか、迷った。

かれは正式に使者を立て、権兵衛を別邸に招くことにした。

有馬邸には、世子若狭守喜徳《のぶのり》をはじめ、萱野、内藤介右衛門の二家老と、若年寄倉沢右兵衛、井深宅右衛門、浦川藤吾が幽閉されていた。

保科家からまず、因州邸（池田慶徳《よしのり》）の容保と有馬邸の喜徳へ、軍務官からの命令書の写しを添えて、その日が来たことを伝えた。

それだけで、萱野にもおよそのことが伝わると思ったのである。正益らしい姑息な手段であった。

萱野にしても、しかし、唐突に命令書を突きつけられるよりは、自然に、その時を察した方が、心を決めやすいと見たのだった。

そのあとから、萱野に死に場所を指示する使者を派遣することにした。

すでに切腹は決定していた。軍務官の命令は〝刎首〟である。これは〝斬罪《ざんざい》〟であった。同じ死を迎えるにしても、斬首と切腹には大きな違いがある。武士としての名誉に関することであった。

刎首は、斬罪であった。首を刎《は》ねるのは、罪の大きさを意味する。公開による磔刑《たっけい》や斬首よりは軽いが、しかし、切腹よりは重い。

切腹は武士にとっての名誉を保持させるもので、その罪とするところは、武士道の範疇《はんちゅう》にあることになる。

その罪の軽重いかんで、家名の存続や家族への影響があるのである。

五月十八日に広尾《ひろお》の保科家別邸に御来駕《ごらいが》ありたし、という保科弾正忠の使者の口上を聞いたとき、萱野権兵衛はすべてを察した。

「御配慮忝《かたじけな》く存じまする」

深々と平伏して、謝辞を述べたあとで、権兵衛は、両名の儀、御処置は如何《いか》と相成りしか、御洩《も》らし願えませぬか、と訊《たず》ねた。

使者は頷《うなず》いた。

「軍務官よりのただし書きを申し述べます。叛逆首謀之内《うち》田中土佐、神保内蔵助既《すで》に落命に付《つき》、能《あた》わず其の儀候え共《ども》存命候わば刎首仰《おおせ》付けらる可《べ》き事、とござった」

「承《うけたまわ》りました。両名に泉下《せんか》で会えることが楽しみでござる」

〝刎首〟の語が、権兵衛にも共通していることは疑いを容《い》れなかった。こういう場合は、その御預けの場所で処刑されるのが普通である。

保科家へ招くというのは、権兵衛に武士らしい最期の時を与えようとしてのことであった。正益のせめてもの餞《はなむけ》であったろう。

喜徳は容保の養子として水戸家からきた。容保の側室に男子が出生すれば事情は変わってくる。すでに田代氏懐妊のことは聞いている。が、喜徳は少年ながら、籠城《ろうじょう》を共にしたことで、会津の主従になりきっていた。家老の苦衷を察するに吝《やぶさ》かではなかった。

喜徳は権兵衛を呼んで、親しく言葉をかけた。

「われら父子に代わって、国に殉じてくれるのか、礼を申すぞ」

「恐れ入り奉《たてまつ》りまする。お言葉を賜わり、何よりの誉《ほま》れにござります」

何よりの冥途の土産、という気持ちであったろう。喜徳は権兵衛の心を休めるように、遺族には手当てとして金五十両を下賜し、兼ねて用意の白無垢《しろむく》の装束《しょうぞく》を与えた。

練絹小袖《ねりぎぬこそで》と裃《かみしも》一式である。喜徳はそれを運びこませた。近習がたとうを開いて一々、しつけ糸をとり、目の前で、それをいったん着用したのち、脱いで改めて、権兵衛に与えた。

形式ではあったが、主君の着衣を与えることで、主従一心同体を意味するのであった。家臣にとって、主君の〝垢《あか》つき〟を賜わるのは名誉な習わしであった。

権兵衛は拝受して落涙した。喜徳の行為が通り一遍の主君としてだけのものでなかったことは、北原半介を呼びだして、

「その方は、権兵衛の倅《せがれ》初之助《はつのすけ》に代わって、能《よ》く事を処すべし」

と、命じたことでわかる。

半介は故神保内蔵助の二男である。内蔵助は田中土佐とともに甲賀《こうか》口の戦いで指揮をとり、奮戦のあと自決している。生きてあれば、権兵衛と同座であった。その父の介錯《かいしゃく》をつとめるつもりで権兵衛に介添《かいぞえ》せよ、というのである。

東京に護送されて幽閉の身となった権兵衛は、むろん家族とは引き離されている。長男初之助に一目でも逢《あ》いたいであろう権兵衛の心情を思っての言葉でもあった。

また、土佐と内蔵助へも手当てとして金五十両宛《あて》賜わった。

翌五月十六日、故田中土佐の遺児小三郎《こさぶろう》と機八郎《きはちろう》を同道して、山川大蔵が喜徳に目通りを願い出た。御礼言上のためであった。

扇子腹

一

雨は翌日からまた降りはじめ、五月十八日の朝も止《や》む様子もなく、重い雲に閉ざされていた。

六ツ半（午前七時）、約束の時刻通りに保科《ほしな》家からの迎えの使者が芝赤羽橋畔《しばあかばねばしほとり》の有馬邸に着いた。

すでに萱野権兵衛は身支度を整えて待っていた。

「お迎え御苦労に存じます」

使者は中村精十郎《なかむらせいじゅうろう》、一小隊の兵を率いて来ていた。保科家の上屋敷ではない。広尾にある別邸へ案内するのであった。

梶原平馬《かじわらへいま》と山川大蔵《やまかわおおくら》は五ツ刻（午前八時）ころ、広尾に向かったが、着いてみると、まだ権兵衛たちは到着していなかった。そこへ上田八郎右衛門、北原半介らもやってきた。

飯野藩の上屋敷からも中老大出十郎右衛門、大目付玉置《たまおき》豫《よ》兵衛《へえ》らもやってきた。

この保科の広尾屋敷は、現在の天現寺《てんげんじ》橋の交叉点付近にあった。目黒川《めぐろがわ》を挟んで天現寺境内に隣接し、堀田摂津守《ほったせっつのかみ》と松平伊勢守《いせのかみ》の下屋敷と背中合わせになっている。古《ふる》屋敷地は矩形《くけい》を斜めに断ったような変形で、南側の間口が広く、六十間《けん》あまりもあり、古川《かわ》に面していた。この屋敷には不浄門の裏口がなく、舟着き場もあるが、水門で舟入りができているのは、二つの川に挟まれた地形を利用してのことである。

権兵衛の駕籠《かご》がやってきたのは、この古川沿いの道で、赤羽橋の有馬屋敷の竜源寺《りゅうげんじ》に面した北門を出て、三田久保町《みたくぼちょう》の二ノ橋を渡り、保科家上屋敷の横を通って仙台坂を登り、いまの港区南麻布五丁目付近、南部屋敷わきから広尾町へ下り、目黒川を渡って前記の堀田・松平の屋敷の前を祥雲寺《しょううんじ》山門へ突き当たって左へ折れ、迂回《うかい》して古川の通りに出るのが普通である。

だが、保科上屋敷の傍らを通ることになっていたとすると、大出と玉置が、一行より先に到着しているのは、ちょっと腑《ふ》に落ちない。

思うに一行は、二ノ橋を通らずに南へ向かい、綱坂《つなさか》をのぼり、会津藩下屋敷の前を塀に沿ってぐるりと廻《まわ》り、三ノ橋を渡ったとも考えられるが、半刻のいのちと決まった権兵衛は、せめてもの希《ねが》いとして、会津藩下屋敷をめぐることを頼んだのではあるまいか。長い間、親しんだ下屋敷を経《へ》めぐって別れを告げる――権兵衛の心情ならあり得ることだ。この下屋敷は五千坪《つぼ》ほどもある広大なもので、三ノ橋へ出るには、千メートル以上もの距離があるから、今生《こんじょう》の別れを告げたい思いで、中村隊長に頼んだものという推測が成り立つようである。

三ノ橋は広大な松平肥後守屋敷に因《ちな》んで、一名、肥後殿橋とも呼ばれている。この点も、権兵衛の希いをふくらませることになる。

この小橋を渡った場合、古川沿いの、いわゆる新堀端《しんほりばた》――川沿いの道を辿《たど》り、相模殿橋《さがみどの》とも呼ばれる四ノ橋の袂《たもと》を通り、光林寺《こうりんじ》の前を過ぎると、ようやく保科家の長塀が見えてくることになる。

権兵衛の駕籠は、屋敷の門前では止まらずに、そのまま中へ入ると、茶室の檐端《のきば》にようやく着いた。権兵衛は面《おもて》を伏せるようにして室内へ入った。

中村精十郎は山川大蔵と梶原平馬に向かっていった。

「萱野どのの支度が整いましたなれば、御案内仕《つかまつ》るゆえ、お別れをなさるが宜《よろ》しかろう」

「忝《かたじけな》く存じます」

「その際、一つお願いの儀があります。と申すのは、御両所の後に、当家の重役より朝旨《ちょうし》を伝達致します。されば、その由《よし》を萱野どのへあらかじめお伝え下さるよう」

〝刎首《ふんしゅ》〟などという言葉は本人に向かって誰しも口に出し難《い》い。先日の使者も、ただこの別邸へお出で下されば支度を整えて置きます、と、死に場所を仄《ほの》めかしたにすぎない。もとより喜徳《のぶのり》のほうでも口には出せなかったはずだ。

中老の大出十郎右衛門は、先に脱藩して抗戦した大出銀之助の由縁の者である。この難しく辛《つら》い役目も引き受けざるを得なかったのであろう。だが、嫌な役目であることに変わりはない。そのため、あらかじめ山川らに心の用意をさせておきたかった。

山川と梶原は承諾したが、その前にかれらにも役目があった。

隠居して祐堂《ゆうどう》と号している容保からの親書および、照姫からの手書を渡すことだった。

「祐堂さまより、面会のことを願い出されましたが、許されず残念だとの言葉がございました」

梶原平馬はこう伝えて面を伏せた。

「忝き仕合《しあわ》せに存じます」

権兵衛は親書を押し戴《いただ》き、被見《ひけん》した。

――今般御沙汰《ごさた》之趣窃《ひそか》ニ致《シ》承知恐入候次第ニ候右ハ全ク我等不行届ヨリ斯《かく》ニ相至候儀ニ候処《ところ》立場柄父子始《はじめ》一藩ニ代《かわ》リ呉《くれ》候段ニ立至リ不堪《たえず》痛哭《つうこくに》候扨々《さてさて》不便《ふびん》之至《リ》ニ候面会モ相成候身分ニ候ハ、是非逢《あいたく》度候へ共《ども》其儀モ及兼《およびかね》遺憾此《かんこの》事ニ候其方忠実之段厚《ク》心得候事ニ候間後々《あとあと》ノ儀等ハ毛頭不心置《こころをおかず》此上為国家潔《きよ》ク遂《ゲ》最期呉《くれ》候様《よう》頼入候也

照姫の立場は複雑なものがあった。実の弟である弾正忠正益《まさあり》によって取り計らわれるこの処刑が、彼女の心を重く暗くしめつけていたのは疑いない。軍務官の命令だと、事務的に処理してしまえばそれまでだが、それができないというところに正益の苦悩がある。照姫にもそれがわかるだけに、両者のはざまに立った運命の辛さが、いっそう切なく胸を痛くしていたことであろう。彼女が手書をしたためねばならなかったのは、その思いのあらわれで

ある。

――扨《さて》此度之儀誠ニ恐入候次第全ク御二方《ふたかた》様御身代リト存《ジ》自分ニ於《おい》テモ何共《なんとも》申候様無レ之《これなく》気ノ毒絶二言語一惜候事ニ存候　右見舞ノ為進《メ》候

とあって、一首が書き添えてあった。

夢うつゝ思ひも分す惜むそよ
　まことある名は世に残るとも

読み終わらぬうちから、権兵衛の双眸《そうぼう》に涙があふれ、潸然《さんぜん》として頬《ほお》を濡《ぬ》らした。梶原も山川も言葉を失い、胸が詰った。

かれらにしても、同じ家老職にあり、同罪の意識が深い。西軍に抵抗したことは罪とは思わないが、敗れて今日の悲劇を招いたという罪の意識は共通したものである。そのすべての罪を背負って、権兵衛がいま死んでゆくのだ。後へ残る身のうしろめたさと、生涯その負目を抱いて生きてゆく苦しさが、二人を苛《さいな》んだ。

権兵衛はややあって、二つの書を押し戴《いただ》いて懐中へ納めた。主君の厚情を抱いて十万億土へ旅立ちたいという希いのあらわれであったろう。

懐紙で面を拭《ふ》き、権兵衛は微笑を浮かべた。

「御両所には、お役目御苦労に存じます。今日、君国のために死を迎えるのは、すでに覚悟の事であれば、毫《ごう》も悲しむところではありません。むしろ光栄と思っています。しかるに、我が公ならびに照姫さまより懇《ねんご》ろなる書を賜わり、かような御厚情に浴することは、誠に恐懼《きょうく》の至りでござる」

それを聞いて、梶原らは、さらに瞼《まぶた》の熱くなるのをおぼえた。権兵衛の面は、むしろいつになく清々《すがすが》しく、明るいものに見えた。そこに真の武士の顔があった。

二

襖《ふすま》の外で、待ち兼ねたように声がした。上田八郎右衛門であった。かれもまた、最後の一刻《いっとき》を権兵衛と談笑のうちに過ごしたいと思って来たのである。

「御当家より酒肴《しゅこう》を賜わりました。雨に降りこめられての武士《もののふ》の酒宴とまいりましょう」

上田八郎右衛門は西軍来襲に際し陣将をつとめ奮戦した者だが、かれの老父伊閑《いかん》は一家母妹娘などとともに菩提寺《ぼだいじ》で自刃《じじん》して果てている。ことに上田の屋敷は一ノ丁と六日町通りの角屋敷である萱野方に隣接している。千五百石と八百石の禄高《ろくだか》差はあるが、隣同士で親しく交際していたのだ。

権兵衛も盃《さかずき》をこころよく受けた。斬首《ざんしゅ》の際、切り口から食べ物の残滓《ざんし》が出るのは醜いとされている。武士の心得である。彼もそんなことは言わなかったが、権兵衛は盃を口に運ぶだけで、多くは過ごさなかった。万一の失敗を慮《おもんぱか》ってのことだが、しかし態度は普段と変わらぬものだった。

そこに半介や遺族の者たちもやってきた。保科家の思いやりであった。おのおの談笑のうちに献酬《けんしゅう》し、それとない別れをした。誰もが涙を圧《おさ》えて、平静を保とうとしていた。

田中土佐の遺児機八郎などは怺《こら》えきれずに泣きだしたのを、権兵衛がなだめて言った。

「これこれ、何も悲しいことはないぞ、わしはそちの父御に会いにゆくのじゃ。そんな風ではめそめそ泣いていたと、告げ口してやるぞ。ははは、男らしく、強くなるのじゃ、父御の名を辱《はずかし》めぬようにな——」

保科家の者が軽く咳払《せきばら》いするのが聞こえた。

時刻が移るのを慮ってのことである。権兵衛は目をあげ、明るくなった障子《しょうじ》を見た。

「どうやら雨もあがるようじゃ、また降り出さぬうちにお戻りなされ」

遊びにきた者を、一夕《いっせき》の歓談を終えて送り出す、そんな静かな調子であった。

一同が出てゆくと、保科家の者が入ってきた。

権兵衛は居ずまいを正して、朝命を受けた。保科公から白無紋礼服一式を賜わったが、押し戴いただけで、権兵衛が着したのは喜徳から賜わったものである。

介錯《かいしゃく》は保科の家臣、沢田武司《さわだたけし》。森要蔵の弟子で手練《てだれ》をうたわれていた。沢田がかつて藩主より下賜された無銘相州物《そうしゅうもの》を示すと、権兵衛はしばらくその刀紋の見事さに眺め入っていたが、

「無銘とのことじゃが、正宗《まさむね》と思われる。かほどの名刀で介錯賜わるとは冥加至極《みょうがしごく》」

莞爾《かんじ》として言った。

あくまでも武士として作法通りの切腹ができることが、権兵衛には嬉《うれ》しかった。かれが切腹の座に就いたころから、また陽がかげり、軒端《のきば》に小雨の囁《ささや》きが聞こえてきた。

権兵衛の切腹を検するものとしては、保科家大目付玉置豫兵衛、中村精十郎、御徒目付《おかち》今井喜十郎、介錯助員中川熊太郎ということになっているが、実際にその場にあったのは豫兵衛と武司だけであった。

権兵衛自刃のさまをのちに聞かれて、

「——死に臨み従容自若《しょうようじじゃく》顔色毫《ごう》も変ぜず平生の如《ごと》し」

と、武司は語っている。

権兵衛の屍《しかばね》は梟首《きょうしゅ》などされず、首胴をつなぎ合わせ丁寧に納棺された。浅黄木綿《あさぎ》をもってこれを蔽《おお》い、外面は荷物の如くして、芝白金興禅寺《しろがねこうぜんじ》に運ばれた。興禅寺では藩大夫以上の葬儀に準じて、僧侶《そうりょ》十余人出座供養したが、沢田武司はその後、終生命日には供養を怠らなかったという。

沢田の介錯の見事さは、豫兵衛の口から伝えられたが、別室で控えていた梶原や山川も切り口を合わせるとき見て舌を巻いたほどであった。

容保公はいたく感心して、一首を贈っている。

何くれと沢田の水の浅からず
　心をつくすほとそうれしき

萱野権兵衛はまだ四十歳の男盛りを、会津藩叛逆《はんぎゃく》の罪科を一身に背負って、立派な最期を遂げたのであった。因《ちな》みに、この〝切腹〟は形式であった。扇子《せんす》を白布で包み、それを載せてある三方からとりあげて腹にあてる。そこを沢田が介錯したのである。

脱走

一

伴百悦《ばんひゃくえつ》が武士たる身を、名誉も身分も捨てて、死体埋葬を業とする者たちの群れに投じたことは、現代で考える以上に悲愴《ひそう》な決意になるものであった。現代のように身分制度がなくなってからの推測では、その時代人の感情は理解に難い。士農工商の身分はまだ存在していた。戦《いくさ》に敗北しても、武士は浪人になるだけのことと思われていたのである。いったん身を落としてしまえば、再びもとの身分に戻ることはできない。その厳しい社会習慣の中にあって、伴百悦と武田源蔵が莫大《ばくだい》な入金を払って死体埋葬の群れに入ったことは尋常なことではない。そこまでしても、かれらは同志であり、同藩士であった人々の死体を立派に埋葬してやりたかったのだ。

柴五郎の兄五三郎の手記の中には、このときの入金に関して、

——千金を携へ、指揮して墓を作らしむ。

とある。三千両という説を前に紹介しておいたが、どちらにしても莫大である。これは大

町の星定右衛門《ほしさだえもん》という富商に相談して出して貰《もら》ったと、出所まで記してあるので、信憑性《しんぴょうせい》が強いようである。

——然《しか》れども両人をして死刑に陥らしむるに忍びず、相談して余一人のみ三宮《さんのみや》氏を訪ひ、事実を陳して寛恕《かんじょ》を乞《こ》ふ、氏大《おおい》に感激し其《その》相貌を問ふ。伴は「眇也《すがめなり》」と。

前述したように、三宮義胤《よしたね》（耕庵《こうあん》）は江州出身で越後口総督府に属して、会津若松では軍務官に隷《れい》していたが、薩長の横暴に憤《いか》り、会津藩の立場には同情的だった者である。のちに英国に留学して、帰朝するや外務省に入り、宮内省に転じて、のち式部長になる。

この眇《すがめ》の百悦と武田源蔵、高津仲三郎《たかつちゅうざぶろう》らは、軍務官の久保村文四郎の虎《とら》の威を借る暴虐《ぼうぎゃく》に怒り、機会を狙《ねら》っていた。更迭《こうてつ》されて越前へ帰る途中、越後街道束松《たばねまつ》峠にこれを待ち伏せして斬殺《ざんさつ》した。会津藩死者の怨《うら》みを一刀にこめての天誅《てんちゅう》であった。

百悦らはその場から逐電した。

駕丁《かてい》や供《とも》の小者が百悦の人相などを洩《も》らしたのであろう。久保村斬殺の下手人《げしゅにん》として、ただちに手配されている。百悦は越後に奔《はし》り、名を変え、居所を晦《くら》ましていたが、その風貌《ふうぼう》が特異であったためか、発見されて、捕吏の囲むところとなったのは、翌年（明治三年）の六月。越後新津《にいつ》の大安寺《だいあんじ》村の慶雲庵《けいうんあん》に潜《ひそ》んでいたところを襲われた。

「薩長の犬が越後で吠《ほ》えるか」

百悦は踏みこんで来た捕吏を一刀に斬《き》り伏せたあと、かえす刀で立ち腹を切って、見事な大往生を遂げた。

横暴だったのは久保村だけではない。敗戦に打ちひしがれた人々が意気消沈した姿は、成り上がり者たちには、いじめやすい格好の目標だったのだろう。容保《かたもり》父子をはじめ重臣たちが東京へ護送され、さらに塩川・猪苗代謹慎の武士たちが松《まつ》代《しろ》や高田に向かって出発したあとは、砲弾のあとの目立つ満身創痍《そうい》の鶴ヶ城も文字通り孤影悄然《しょうぜん》として、城下は火の消えたようなさびれ方になっていた。御郭内には、屋敷を再建させないのが軍務局の方針だった。雨露をしのぐ仮り小屋すら許されないのである。

そのため、一家の支柱を失った藩士の家族たち——老幼婦女子たちは、僅《わず》かの縁を頼りに地方へ落ちたり、近在の知己《しるべ》に身を寄せるしかなかった。

湯川の河原や傾斜地などに俄《にわか》作りの掘立小屋を建てて住居とした者もいたし、神社の縁の下で風雪をしのぐ者もいた。昨日まではれっきとした武家の身が、悲惨な日々であった。

鮎川兵馬《あゆかわひょうま》の一家も、またその例に洩れなかった。父の外記《げき》が盲目であるだけ、より苦労が多かった。兵馬の妹の雪乃《ゆきの》の肩に重荷がかかっていた。下男や女中たちも去ったいま、両親を扶養するのは、彼女しかいない。弟の才次郎《さいじろう》は重傷を負って御山の病院に収容されていた。

敗戦は人の気持ちも荒らして、人間不信の感情が身分階級の別なく荒廃に輪をかけていた。諸式が急騰したのも不如意《ふにょい》に追い撃ちをかけてくるのである。

雪乃たちは知人の農家へ預けてあった重代の家財や道具類を売って生活費に充《あ》てた。こうした時だけに、足下を見られて買い叩《たた》かれて、思った値の半分にもならなかった。元気だったら狡猾《こうかつ》な商人など一喝するところだったが、盲《めし》いて歩行も一人ではできない外記は、愚痴《ぐち》もこぼさなかった。

「時勢じゃ、かような時代に廻《めぐ》り合わせたのを不運と思うしかない」

と、自分を納得させるように呟《つぶや》くだけだった。

「兵馬から便りは来ぬか」

「はい」

「案じられるのう。越後の高田は、オロシャ風が吹きつけて、ひとしお寒いと聞くが……」

「でも、便りのないのは健《すこ》やかな証《あかし》、と申しますゆえ」

雪乃はつとめて笑いをにじませようとするのだが、外記は見えぬ眼をしばたたいて、

「兵馬の傷が心配じゃ。治癒したとは申せ、異郷で不自由な暮らしでは、また悪くなるかもしれぬ……」

親心であろうか。おのれの不自由さも忘れて、兵馬の身を案じる外記であった。

「兄上は大丈夫ですわ、鳥羽伏見の戦で負傷なさりながら、一人で江戸まで帰りついたのですもの。才次郎の方が心配でなりません。お味方ばかりの病院ではないので、どうしても西軍の方に介護が手厚くなりましょう」

「敵味方を問わぬ、怪我《けが》をすれば同じ病人じゃ。依怙《えこ》贔屓《ひいき》をするとは思えぬが」

「でも……」

言いかけて、雪乃は口をつぐんだ。

才次郎の見舞いにいって、いつもそのことを感じるのだ。才次郎は左足に重傷を受けていた。鉛弾は脛《すね》の骨を削って貫通していた。辛《かろ》うじて足を切らないでも治癒する見通しが立ってはいたが、環境と手当てが悪いために、せっかく傷口がふさがりかけたのに、化膿《かのう》したりして、はかばかしくなかった。

雪乃は付き添って看護してやりたかったが、老いた両親の面倒を見なければならなかったし、同室の薩摩兵が執《しつ》こくからかったりするので、それもできなかった。敗者の弱い立場だし、相手には勝者の傲《おご》りがある。会津ばかりではないが、奥羽で聞く南国薩摩の訛《なま》りは、うるさく聞き辛《づら》かった。

その男は、三十がらみで眉《まゆ》が濃く、分厚い唇と大きな黄色い歯が、雪乃にはぞっとするほど嫌だった。伊集院というその男も、さして悪気はなかったろうが、無聊《ぶりょう》に苦しんでいるところに妙齢の美女が来たことで、冗談を言いたくなるのかもしれない。下品なのはかれらの通性だとしても、固い高士の家に育った雪乃には堪え難いものだった。

才次郎は十七歳で白虎隊士となった。年少で資格がなかったのを、混乱の中で年齢を偽って隊士になったものもいる。城下に敵の大軍が迫るという国家存亡の危機に際して、少年ながら保身など考えていられなかった。

籠城戦《ろうじょうせん》というのは、最後の戦いであった。大坂城の落城以後、二百数十年の間に籠城戦が行なわれたのは、寛永《かんえい》の島原《しまばら》の乱のそれがあるだけである。が、それとて、城というにはお粗末なキリシタンと農民による一揆《いっき》にすぎない。れっきとした会津藩二十八万石の居城が砲煙に包まれて、三万の西軍に囲まれ一ヶ月に及ぶ籠城という戦いは、近代では稀有《けう》のことであり、はしなくも武士道の精髄が発揮される場となったのだ。

あるいは二世紀半の徳川幕府統治下の泰平の年月の総決算として、御家門《ごかもん》会津藩が、士道の証を立てるよう運命づけられたのかもしれない。

才次郎は足が動かなくなったとき、何度も切腹しかけて、雪乃に止められた。

「お母様やお父様のことを考えなさい。兄様の討死には止《や》むを得ないとしても、そなたまでが死んでしまっては」

と、雪乃は泣いて口説《くど》いた。

「どうせお家は亡びるんだ、みんな死ねばいいんだ」

才次郎が自棄《やけ》っ八《ぱち》になるのも無理はなかった。多感な少年にとって、前途に光明はない。塩川や猪苗代に謹慎させられていた藩士たちが松代や高田などに護送されていったが、一体いつまで異郷に幽閉されねばならないのか。また、その配流のうち何人が切腹を命じられるかも見当がつかないのである。配流には刑期は定められていなかった。

才次郎も傷が癒《い》えれば、いずれ護送されることになる。若いだけ、その不安は大きかった。同じ落城の衝撃でも、ある程度の年齢に達していれば、漠然としたものながら、一縷《いちる》の希望の道を想定できる。

(新政府といえども、われわれ全部を殺しはすまい)

(処刑されるのは、重役からだろう)

(いくら長くとも、五年も経てば、赦免になるにちがいない……)

そんな希望を持てるほど、才次郎は大人ではなかったのだ。才次郎が自棄を起こさぬように、雪乃はなるべく手紙をことづけたり、餅《もち》や菓子を届けたりしたのだが、どの程度に少年の慰めになっているのかわからなかった。

遅い桜も心なしか例年よりも早く散り、山つつじの便りが聞こえるようになったころ、突然、外記が才次郎の見舞いにゆくと言いだした。

二

老人は言いだしたらきかないのである。雪乃は案内することにした。乗り物もないし、御山までは道のりがある。半日かかっても行けるかどうか。両眼とも盲いた老人の手を引いて歩いてゆくのは、時間がかかるが、しかたはない。

だが、外記は才次郎にとうとう会えなかった。七日町の通りで、西軍の将兵に乱暴を受けたのだ。

七日町の旅宿清水屋の前にさしかかったとき、数人の兵がどやどやと出てきたのだ。運が悪かった。

何やらふざけながら走り出てきた者が、老人の杖《つえ》に足をひっかけた。

外記は左手を雪乃に引かれ、右手の杖で足許《あしもと》を確かめながら歩いていたのだ。杖が滑ると、よろよろとなった。

「無礼な！　何をいたす」

外記は叫んだ。

目が見えぬだけに、怒りが先に立った。雪乃が止めようとしたが、間に合わなかった。

「何じゃと、無礼者だと」

「くそ爺《じじ》いが、偉そうに吐《ぬ》かすことか」

「無礼はうぬのほうじゃい。軍務局の者ば、どげん思うちょっとか」

罵声《ばせい》とともに、数人の手が足が、外記を突き飛ばし、蹴飛《けと》ばし、殴りつけた。杖ははねとばされて、もろに転がったところを、踏みつけられた。

「止《や》めて、止めて下さいまし。こんな老寄りにひどいことを」

雪乃は悲鳴をあげた。

「眼が悪いんです、堪忍して下さいまし」

止めるのがもう少し遅かったら、外記はこと切れていたかもしれない。

「眼が悪いだと、何だ、この爺いは……」

「おい、よせ。盲いた老いぼれを半殺しにしては寝ざめが悪い」

「ふん、まあ、勘弁してやろう。くそ爺いの娘にしては美《よ》い玉じゃ」

「娘かどうか、まさか、妾《めかけ》じゃあるめえ」

「娘か、おい、名前を教えろ」

雪乃は耳を藉《か》さなかった。外記は、荒い息をしていた。なかなか起き上がれなかった。転がった杖をもとめて、手が虚《むな》しく宙を掻《か》いていた。

さすがにかれらも、それ以上の暴行は気が咎《とが》めたか、

「こんな爺ィにかまっていても仕様がねえ、行こう行こう」

と、歩き出した。

外記は暫《しばら》く立てなかった。もうこうなっては、御山病院に才次郎を見舞いにゆくどころではない。

清水屋の若い衆が見かねたように出てきて、外記を立たせると、

「お屋敷まで送ってやっから」

と、肩を貸してくれた。

雪乃は涙が出るほど嬉《うれ》しかった。

「忝《かたじけの》うございます。お世話になります」

屋敷は焼けている。興徳寺の寺男の小屋を仕切っての仮り住まいであった。外記は、無念の歯がみをしながら、

「昔のわしであったなら、あのような無礼者は、一刀の下《もと》に斬り倒しているのじゃが」

などと口惜《くや》しげに言いながら、若い衆の肩にすがって歩いてゆく。

大町立丁《たてちょう》へ曲がる角で、若い衆はちらっと後ろを振りかえって、

「あの野郎、尾《つ》けてきだか」

と、舌打ちした。

雪乃が振りかえると、尻《しょ》っ端《ぱ》折《お》りに腹掛けをした男が、あわてて天水桶の蔭《かげ》に隠れた。

「さっきの人たちの申し付けでしょうか」

雪乃が眉をひそめると、

「この頃、変な野郎が入りこんで来とるげんじょも。大坂屋とかいうとったが、道具屋だべ」

落城にともない焼け残りの調度などが出廻《でまわ》っている。伝来の家宝なども手放す者がいる。それを狙《ねら》って諸国から道具屋が入りこんできていた。

その大坂屋という男は、二階からこの騒ぎを見ていたという。尾行してきたのは大坂屋に使われている者だった。

「大坂屋？」

と聞いても、雪乃には心当たりがなかった。

「なんだか、お前様を知ってるような塩梅《あんばい》だげんども」

「さあ、どのようなお方でしょうか」

「三十前か、頑丈《かっぷく》だども、吝嗇《しぶた》れだあいつ」

半焼けになった大町口門で振りかえったが、もう尾行者は見えなかった。見つかったと思って諦《あきら》めたのか。雪乃は不安をおぼえた。もっとその男について聞きたかったが、老父に心配をかけると思うと、それ以上拘《こだわ》りを見せられなかった。

「忝うございました。ここで結構でございます。あとは、大丈夫ですから」

興徳寺の裏門のところで、雪乃は礼を言った。

「ああそうげ、遠慮しっこねで」

「本当に、御親切さまでございました」

墓地の傍らのむさ苦しい小屋まできて貰《もら》うのは、恥ずかしかったのだ。

清水屋の若い衆は弥市《よいち》と名乗った。敗戦は純朴な気質を一変させた。目先の欲に表情を変える弊風が焼土を荒廃させるようになっていた。そんな冷厳な日々の中だけに、弥市の好意は身に沁《し》みる思いだった。

その〝大坂屋〟という男も、雪乃の容姿に心を動かされただけのものかもしれない。懐中の温かい他国者には、焼土に咲く花を手折る欲望は日常的なものかもしれなかった。

それきり雪乃は〝大坂屋〟のことは忘れた。外記は打ちどころが悪かったと見えて、夕方になって、呻《うめ》きを洩らすようになった。医者を頼むには、金がいる。雪乃は大事にしていた銀の簪《かんざし》を手放すことにした。

御典医《ごてんい》も士分だった者は幽閉の身となって、城下にはろくな医者は残っていなかった。村の馬医者が町に呼ばれてきている。それでもいないよりマシだった。

雪乃は甲賀口町から医者を頼んできたのだが、夕闇《ゆうやみ》のおりた境内に人影を見た。はっとなった。それはあの尾行してきた男に似ていると思ったときだ。

定かではなかった。あるいは気のせいかもしれない。

外記は心配された骨折はなかった。が、スリ傷が顔や手足に血をにじませて痛々しく、その夜、母娘はまんじりともせず介抱した。

（七日町などに行かねばよかった）

と雪乃は後悔した。才次郎の好物の桜餅《さくらもち》を買うつもりで廻り道をしたのが、不運だったのだ。

一晩中、武士たる身の不甲斐《ふがい》なさと屈辱感で自害しかねない外記の痛憤が案じられて、仮眠もとれなかった。

雪乃は、滝沢に謹慎している猪苗代残留組の大庭恭平《おおばきょうへい》か高津仲三郎に頼んで、老父をなだめて貰うことにした。大庭も高津も、兄の兵馬とは京都以来の仲である。高津が伴百悦とともに久保村文四郎を襲撃して逐電する数ヶ月前のことであった。

配所の月

一

越後高田の配所で、鮎川兵馬が老父の奇禍を聞いたのは、明治二年（一八六九）の五月の末。

「兵馬、便りが届いたぞ」

内田武八《うちだぶはち》に呼ばれて用局に行くと、数人の局員が手紙を選《よ》り分けているところだった。

この高田城下に護送されて来て半年近く経っていた。会津若松残留の町野（主水《もんど》）や伴などが、若松の様子を書いたり、散らばった縁者などから頼まれたものを、数十通ずつまとめて飛脚《ひきやく》に託してくるのである。またその帰途に配所からのものも、持ち帰って貰《もら》う。まとめてでなければ、費用が大変なので、半月ほどの遅速の差はしかたがなかった。

それでも、お互い気がかりの毎日だけに消息が知れるのは有難いのだ。兵馬のように若い者には、異郷の暮らしにも耐えられるが、年配の者には水が違うだけでも、からだの変調をきたす者が多かった。

「薩長のやつらは、何と意地悪だべし」と、愚痴《ぐち》も出る。「同じ謹慎すっにしても、房州だらば寒くもね、雪も降らねべし、魚も美味《うめ》からな」

魚に関しては、しかし、この越後の高田も悪くはなかった。海を持たない岩代《いわしろ》のくに会津では、新鮮な魚は口にしようがなかった。たとえ新潟から早馬で運んでも、半日では無理なのである。

この年――明治二年の正月から、高田へ護送された〝会津藩高田謹慎の人数〟は夥《おびただ》しい数にのぼっている。

正月五日からはじまった塩川よりの第一陣から計六回にわけての送りこみで、高田に着到した人数は、家老の上田学太輔《がくだゆう》以下一千七百四十四人。

その前年の師走《しわす》の会津在陣軍務官よりの通達によると、

一、塩川、猪苗代両処共《とも》、重役、若年寄之内両人宛、並《ならびに》応接懸《がかり》五、六人居残り不残《のこらず》引払候まで、精々不都合無様《なきよう》取計候様可申《もうすべき》候事……。

と、あって、道中の不祥事を案じ、念を押している。

が、これは、杞憂《きゆう》がそのまま現実になった。会津武士のなかには、黙って、いいなりになる気のない根性者が多い。

すでに重役の中からも、前に述べたように相馬《そうま》直登《なおと》が脱走している。

この人数からも案じた通り多くの脱走者が出るのである。正月二日――つまり第一陣が出発した三日前に、参謀から米沢藩隊長宛てに通達された文書がある。

一、兼《かね》て明三日より隣人護送之旨、相達置候処《あいたつしおきそうろうところ》、道中差支《さしつかえ》ニ付《つき》来ル五日より護送候事。

とある。出発は予定より二日遅れた。

正月三日といえば、前年には鳥羽伏見の戦がはじまった日である。わざとそのことを思い出せ、といわんばかりの命令だったのだ。道中差支えとは諏訪《すわ》峠の積雪に風雪多く道中叶《かな》わずとの案内人の報告があったからだった。

さらに翌々四日付で、念入りな通達がなされた。

一、明五日より隔日護送に相成《あいなり》候事。

隔日にしたのは、道中、河川の氾濫《はんらん》や、山崩れ、落石などにより山道が塞《ふさ》がれたりする不測の事故が起こった場合、先発の部隊に後発の部隊が追いついて、混乱が生じることが考えられたからである。

大別して三百人前後で一隊を構成するのだから、宿場でも立場《たてば》でも収容が大変である。それが倍加すれば、収拾がつかなくなる。一応の間隔を置いてゆかせれば、順調にゆけば、宿場でも掃除や後片附けする余裕《ゆとり》がとれるのだ。

一、明五日、高田へ出起《いでたち》の面々、正五ツ時、遅滞なく阿弥陀（寺）へ相揃之候《あいそろいこれそうろう》様《よう》、厳重仰被聞度旨《げんじゅうにおおせきかされたきむね》、米藩より申越候、依而《よって》出起之面々へ仰被聞度義申送候事。

一、道中、弐拾人宛之組合を相立、応接懸両人宛を人撰致《いたし》、万事掛合等引受け致《いたす》可事《べきこと》……。

肥前藩、米沢藩、高田藩、加賀藩などが護送の役を命令されている。米沢などは同盟諸藩中最後まで、会津救解に力を尽くしている。当初、罪を被《こうむ》ったことに同情を寄せ、仙台中将に声をかけて奥羽同盟を提唱したのも米沢中将である。

その唯一無二の味方も、怒濤《どとう》のように押し寄せる西軍に抗し切れず、遂《つい》に降伏開城し、西軍の先鋒《せんぽう》を強いられて攻めこんできたのである。

会津藩では、怒りを感じるよりも、そうした苦境に立たされた米沢藩にむしろ同情を禁じ得なかった。したがって、米沢藩が護送の任に当たったからには、脱走するなどの迷惑をかけないようにしよう、という声が起こっている。

太政官《だじょうかん》のほうでもその辺を計算に入れていたのではないか。

前代未聞といってよい、これらの強制的な大量の武士の移送が無事に行なわれるとは、太政官の方でも考えていなかったろう。だから、まず責任を持たせるために重役と若年寄を一人ずつ配置するよう指示したのである。

上田学太輔は第一陣で統率してゆくことになっていたが、むしろ全員がつつがなく出立し終わるまで見届けるほうがいい、と若年寄の萱野《かやの》右兵衛と話し合って、後陣に加わることにしていた。

結局、上田と萱野がその他の取り扱い役（用局方、応接懸等）などと塩川を発《た》ったのは、五回目の正月十三日発の組であった。

すべて疎漏《そろう》のないように取り計らわねばならなかった。

鮎川兵馬を含む猪苗代組の出発はその後であり、したがって、家臣団護送回数としては、第六回ということになる。

会津若松から越後高田への道中は、半月近くを要する距離であった。間には峠があり、川渡しがあり、難儀な道のりで、前途の不安がつのるばかりの苦しい旅になった。

二

出発は早朝で、猪苗代から塩川—中ノ目—坂下《ばんげ》に出て一泊。翌朝は船渡しで只見川《ただみがわ》を渡り、片門《かたかど》に至り、束松《たばねまつ》峠を越えて上野尻《かみのじり》に至り、二日目の泊りになる。三日目は車峠越えで、宝《ほう》川《かわ》を渡り、鳥井《とりい》峠を越えて八《や》ツ田《だ》から八木山、そして津川《つがわ》泊り。

津川には北越戦争のとき本陣が置かれ、北越と会津との連絡の要衝であったから、藩士たちには、思い出が多い。津川が破れれば、坂下・只見川防衛を考えるしかないほどの要地であったが、先に東方の母成《ぼなり》峠が破れたことで、城下の決戦が早まったのである。

津川から赤谷《あかたに》へ出る道はすべて山路で、諏訪峠を越えて、新谷から山内で四日目の泊りとなり、五日目が荒川、水原《すいばら》から分田《わけた》へ出る。水原は会津藩の飛地であり陣屋があったが、ここでの宿泊を許さなかったのは、会津藩ゆかりの者が多いからか。越後における会津藩の飛地は恩顧の者が多く、戦争の際も協力を吝《おし》まなかった。軍務官としては、万一を慮《おもんぱか》ったのであろう。

分田のあとの宿泊地は、加茂《かも》、三条、地蔵堂《じぞうどう》、出雲崎《いずもざき》、柏崎《かしわざき》、柿崎《かきざき》、黒井《くろい》——と来て、ようやく高田に入るのである。

加茂や三条も北越戦争では会津藩出張の佐川官兵衛が本陣や屯所を置いたりしている。柏崎は、親戚《しんせき》の友藩桑名藩の飛地であり要地だったが、長州から送りこまれた大軍は海路こへ上陸した。

まるで、古傷をなぞるような北越行であった。誰かがいったように、房州か駿州《すんしゅう》にでも謹慎させられるのだったら、怒りも、もっと少なかったろう。

「兵馬、いつやる」

と、高田へ着く前夜、北見守之進が囁《ささや》いた。

「雑賀《さいが》（孫六郎《まごろくろう》）や並河《なみかわ》は早い方がいいといってる」

「うむ」

兵馬はいつという決心はついていなかった。大庭恭平《おおばきょうへい》も猪苗代へ向かうとき、脱走を示唆《しさ》したが、町野や伴に説得されて残り、残留組の一人として後始末をするようになっている。

「それでなし、兵馬よ、船に乗るには柏崎か新潟がええ。北前船《きたまえぶね》が上方《かみがた》から戻ってくだべ。そいつにもぐりこんだら、そのまま蝦夷《えぞ》でなし」

「なるほど、そういう塩梅《あんばい》か。かえって蝦夷行きが楽になったわけだべし」

「ま、そうはいっても、見張りは厳しいに決まってる。見つかっだらそれまでだげんじょも」

「斬《き》りまくって、あとは立ち腹切るだけだべ」

「その覚悟さえあれば、何でもできねことなかっぺや」

守之進は片笑いして、目を上げた。かれらの寝所にまで、見張りがついていて、行灯《あんどん》が動いてくるのである。

(斬りまくるか……)

勇ましくいったものの、兵馬は闇《やみ》の中で考えていた。

武士としての最低の待遇として、脇差《わきざし》だけは許されていたが、大刀は奪われている。いずれ向こうへ着いたら返してくれるだろう、と呑気《のんき》に考える者もいたが、それは楽天的すぎるようであった。

脇差だけでは、よほどの小太刀《こだち》の名人でもないかぎり、一人を倒すのがやっとだろう。

(まず、仆《たお》したやつの刀を奪う。鉄砲か槍《やり》を持っていたら、それを頂戴《ちょうだい》する。そうすれば)

かなりの働きができよう。

護送の役人たちの中には、会津藩士に同情的な者もいたが、多くは虎《とら》の威を借る狐《きつね》で、規則を言い立てて、ひどい仕打ちをする者もいた。

「われわれが脱走したら、上田どのに迷惑がかかるが」

「仕方無《しっしょね》べし、そだごと言ってでたら、蝦夷に行げなくなってしまうでなし」

仙台で榎本《えのもと》艦隊に便乗して蝦夷へ向かった者たちが五稜郭《ごりょうかく》に拠《よ》って反抗をつづけているという噂《うわさ》は、会津にも伝わって来たし、この数日、越後へ入ってからも、度々《たびたび》、耳にしている。

会津よりは、情報の確かな越後である。それこそ北前船の齎《もたら》す情報は、新しく確実だった。

高田に着いた鮎川兵馬たちは、まず最初に意外なことを聞いた。

「いまごろ来でも、住むところが無《ね》えぞ」

高田の城下は、会津藩士であふれていた。

寺院という寺院が、ほとんど謹慎所にあてられて、自炊をすることになっていた。すでに最初に到着した連中とは、半月以上もの開きができてしまっている。寝起きや炊事や、馴《な》れぬ手に鉈《なた》をふるって薪《まき》を集めたり、火《ひ》熾《おこ》しのコツを教わったり、煮物の味付けをおぼえたり、それぞれ自活の方法が身につきはじめている。

二陣も三陣も、かれらを真似《まね》て、渋団扇《しぶうちわ》をばたばたやって七輪《しちりん》の火を熾す、目刺《めざ》しを焼く――それらのことも、世にあるときは〝殿様〟と呼ばれたこともある武士たちが自ら手を汚してやるのである。

家老や若年寄には付人が二、三人ずつついている。したがって、手を汚すことはないが、他の者は七、八百石とった高士でも、自ら糊《のり》せねばならない。洗濯などもむろんである。

高田藩にとっても、迷惑この上ない。

せまい城下に、他国人が一千七百余もやって来て住みつく。いずれも罪囚であり、監視の手は弛《ゆる》められないし、揉《も》め事は起こらないほうが不思議だ。

道中は二十人一組で、責任を持たされていたが、高田へ着いてからは、それぞれ寺院に割り当てられた。大寺は多く、小寺は少なく、である。

これだけの他国者を収容する牢獄《ろうごく》などもとより無いし、わざわざ造作するのも大変だ。乱世の昔から、寺社は何かと領主の都合で利用される。本願寺懸り所、神宮寺《じんぐうじ》、長岡寺《ちようこう》、称念寺《しようねん》、善導寺《ぜんどう》など、実に六十ヶ寺近くに及んでいる。

高田は榊原《さかきばら》氏十五万石の城下である。榊原氏といえば、井伊・本多・酒井と並んで、徳川の四天王であり、三河徳川氏を天下の将軍に押しあげた藩屛《はんぺい》である。

いかに保身が先立ったとはいいながら、その榊原氏が長州の手先となって同じ立場だった河井継之助《かわいつぐのすけ》の長岡藩を攻めようとは。士道は地に墜《お》ちていた。山県狂介《やまがたきようすけ》（有朋《ありとも》）より感状を貰《もら》って有頂天となり、いまは薩長の走狗《そうく》として、ひたすら看守の役目に忠実であろうとしているのである。

この一千七百四十四人は、翌年の斗南《となみ》移住まで、耐えているはずはなかった。この中から脱走者が正確には百十二人出た。また馴れぬ生活と、戊辰《ぼしん》時の心身の疲労が命とりになったのか、四十二人が病死している。

むろん、高田藩では要所に木戸を設け、追求はげしく、五人が失敗して召し捕られた。そのほか、とても逃げおおせないと諦《あきら》めて、のこのこ戻って来たのが、九人。

「無理に脱走することはない、いずれ御赦免になる。その日まで我慢しろ」

上田と萱野は、こういってなだめたが、若者ほど、我慢できなかった。兵馬が脱走したのは、雪乃の手紙を受けとった三日目である。篠突《しのつ》く豪雨が、かれの姿を消してくれた。北見が番兵を二人斬った。槍と鉄砲を奪って二人は、城下から姿をくらました。

榎本艦隊

一

猪苗代から越後高田へ移された会津藩士たちの大多数が、この境遇からの脱出を考えていた。もとより、保身のためではない。ただ命が助かるだけなら、与えられた運命に甘んじて、高田の配所で謹慎していれば済むことであった。

すでに萱野権兵衛が一藩の責を負って切腹と決まった時点で、他の者の生存は保証されたといえる。もっとも、そのとき敗戦の処理がすべて終息したわけではない。

重臣たちは死一等は宥《ゆる》されたが、しかし、その幽閉の立場は変わらず、また不安定でもあった。たとえば、手代木直右衛門《てしろぎすぐえもん》などは、権兵衛が切腹したあとで、因州藩より高須藩に預け替えになっている。

その謹慎者たちの不安が一応、払拭《ふっしょく》されるまでには、なお半年近い日時が費やされねばならなかった。周知のように、容保《かたもり》の罪が許され、会津藩は津軽《つがる》の下北《しもきた》半島に三万石の地を与えられて移住することになるのだが、むろん、それまでは、どういう処分を受けるか、誰にも予測もつかないのだ。

その不安感が、異郷高田の地の不自由な暮らしの中で、血気の若者たちを苛立《いらだ》たせたのであった。

かれらは、かつての身分の上下に拘《かかわ》らず、各二人扶持《ぶち》を給され、自炊することになったが、二人扶持では、あまりにも少ない。

「これ丈《ばア》では生きてゆけねべ」

「んだ、いぐら謹慎の身ちゅても、酷《ひど》すぎる。太政官《だじようかん》に申し出て増やして貰《もら》うべし」

「そうだ、武士たる者が、これぱっかしの扶持で暮らせるものでね」

一同は上申書を出して〝生活し難き旨〟を言い立てた。用局から高田藩の役人へ通じたのだ。高田藩では一人扶持を増やして三人扶持として、その内一人分は白米四合六勺《しやく》を現物支給し、残り二人扶持分を、市場の相場で現金に換えて与えることにした。これは、おそらく、会津藩士に同情しての高田藩独自の配慮によるものだったろう。

その程度の同情では、しかし、鮎川兵馬たちの鬱屈《うつくつ》した血を鎮《しず》めることにはならなかったのである。


会津鶴ヶ城の開城降伏に先立つ一ヶ月ほど前、品川沖を発した榎本艦隊は鹿島灘《かしまなだ》で嵐に遭遇し、全八隻が六隻となって、仙台松島《まつしま》湾の寒風沢《さぶさわ》に辿《たど》り着いている。遭難した二隻とは、咸臨丸《かんりんまる》と輸送船の美賀《みか》（嘉）保《ほ》であった。

咸臨丸はいうまでもなく、幕府の最初の遣米使節を乗せてアメリカに渡った軍艦である。そのときの艦長が、軍艦操練所教授方頭取《とうどり》であった勝海舟《かつかいしゅう》であったこともよく知られている。外国奉行新見豊前守正興《しんみぶぜんのかみまさおき》を日米通商条約批准《ひじゅん》交換の正使とする初の渡米という栄光を持った咸臨丸も、風浪に翻弄《ほんろう》されてコースを外《はず》れ、大破しながら、静岡の清水《しみず》港に難を避けることができた。だが、その後、東海道を下ってきた東征軍によって、咸臨丸と乗組員は襲撃され、多数の死者を出して拿捕《だほ》されるという憂目《うきめ》を見ている。

また美賀保のほうも、悲惨であった。咸臨丸は蒸気機帆船として当時の最新設備を持っていたが、美賀保はそうではない。輸送船としての力しかないから、速力も遅く、艦隊行動ができないので、最大の旗艦開陽丸《かいようまる》がケーブルで曳《ひ》いていた。

彰義隊の生き残りや旧幕勢力を慕う者たちおよそ三千五百人が、八隻に分乗していたが、美賀保の乗り組みは、その中の七百人ほどだった。

船長は宮永寿蔵《みやながじゅぞう》で、勝のもとで咸臨丸の渡米にも乗り組み、オランダにも留学し航海術を修めている。

その腕前はたしかなものであったが、かれらには不運な嵐だった。開陽丸が曳航《えいこう》していたケーブルは、直径十二インチ（約三十センチ）のもの二本。これが波浪《はろう》のためにぶっつり切れた。

甲板の大砲や荷箱が、右に左に転げ、二本の帆柱を折った。美賀保は数日間漂流し、下総《しもうさ》の黒生《くろはい》の浦《うら》の近くに座礁《ざしょう》した。この波浪の中から乗り組みの者たちは必死に岸に辿り着こうとしたが、五、六十人は波にさらわれてしまった。

辛《かろ》うじてこの風浪から脱出して寒風沢に辿り着いた六隻は――開陽、回天《かいてん》、長鯨《ちょうげい》、蟠竜《ばんりゅう》、千代田形《ちよだがた》、神速である。

この艦隊が寒風沢に入ってきたとき、仙台の人々は驚いた。

風浪に傷つき疲れた六隻ではあったが、やはり仙台の人々にとっては、これは威容であった。

「味方だ、味方が来たのだ」

薩長の西軍に抗戦していた人々は歓喜した。てっきり江戸からの援軍が乗り込んできたと思ったのだ。

会津救解同盟を提唱したのは米沢中将であるが、仙台中将慶邦《よしくに》も、まず賛意を表したことで、奥羽越同盟三十一藩の抵抗戦線ができ上がったのである。それだけに、この奥羽における戊辰戦争の責任を仙台は避けられなかった。

白河攻防戦の敗退あたりから仙台藩の内部分裂が目立ちはじめていた。すでに薩長へ通じる連中がいたのである。会津や米沢と違う事情があった。

白河が落ち、二本松も落ち、福島は戦わずして城主が奔《はし》り、相馬も落ちた。越後路も長岡、新発田《しばた》、村松と落城して、自ずから西軍の包囲網が狭められてくるに及び、仙台藩の抗戦派にも漸《ようや》く講和の気が動きはじめていた。

そこへ江戸から榎本艦隊が、たとえ気息奄々《えんえん》たる状態ではあっても、入港してきたとなると、藁《わら》にも縋《すが》るような気持ちで幻想を持ったのも不思議はない。

「将兵どもの士気もあがる。盛り返せるぞ。敗兵を集めて、編成するのじゃ」

当初から抗戦派の領袖《りようしゆう》として戦略に携わった但木《ただき》土佐《とさ》や玉虫左太夫《たまむしさだゆう》は、喜色をあらわにした。坂英力《さかえいりき》、真田《さなだ》喜平太《きへいた》、松本要人《まつもとかなめ》らの重臣たちも思いは同じである。

「榎本を城に呼ぼう、一大反撃に出るのだ」

かれらの榎本武揚《たけあき》への期待は大きかった。大きすぎたといえるかもしれない。

白河城奪還が不可能と悟ったとき、同盟軍は、進駐の西軍の背後からの攻撃があれば、と一縷《いちる》の望みを抱いた。奥州の西軍の前後を挟撃《きようげき》することができれば、失地回復も夢ではなかった。が、海軍副総裁たる榎本に陸上での活躍を求めようとするだけ、追い詰められていたといえる。もとより榎本には、そうした無謀な挙に出る気持ちは少しもなかったであろう。船から降りたら榎本の価値はない。

だが、奥羽同盟には、もはや溺《おぼ》れる者の藁にもひとしいものがある。挟撃等が駄目でも榎本が艦隊を率いて北上してくれれば、勝利の可能性はあるという幻想が、かれらをとらえていたのだ。

仙台には、会津藩の特使として永岡敬次郎《ながおかけいじろう》（久茂《ひさしげ》）や南摩《なんま》八之丞《はちのじよう》（綱紀《つなのり》）、小野《おの》権之丞《ごんのじよう》らがいた。会津と仙台をつなぐパイプであり、米沢との三藩の連絡を緊密にする重責を背負っていた。

榎本への幻想は多分に、幕臣としての肩書きであり、新造不沈艦開陽丸への幻想であった。

すでに一方の雄大鳥圭介《おおとりけいすけ》は関東で新選組の土方歳三《ひじかたとしぞう》らと転戦していた。これと呼応させることで、強力な戦線が張れるとの望みを抱いたにちがいない。

江戸品川沖の榎本のもとへ、仙台から使者が派遣されたのは、慶応四年（一八六八）七月の末であった。仙台藩から横尾東作《よこおとうさく》、会津藩から雑賀孫六郎《さいがまごろくろう》、米沢藩から佐藤市之丞《さとういちのじょう》の三人が新潟廻《まわ》りでひそかに榎本に会い、来援を要請していたのである。

榎本から仙台に向かうつもりだという返書が数日後に届けられたことで、仙台藩抗戦派は狂喜したが、それでもなお、一抹《いちまつ》の不安があった。

榎本艦隊のくるのがもう少し遅れたら、仙台藩は降伏し、以前から薩長へ通じていた恭順派が、牛耳《ぎゅうじ》るところとなっていたかもしれない。

すでに最後の頼みとしていた相馬藩が寝返って、敵となったことで、死傷者も増え、抗戦派の自信も揺らいできていたのだ。

「幕府艦隊くる」

の報を受けた青葉《あおば》城内は沸騰した。ただちに招聘《しょうへい》の使者が派遣されたが、玉虫左太夫は榎本に一刻も早く会いたかった。

「わしがゆく、馬を曳け」

玉虫左太夫は、自ら馬を駈《か》って寒風沢に走った。

艦隊が暴風雨で大なり小なり破損していることを知って中将慶邦は、船奉行に命じて船大工や鍛冶《かじ》の者を差し向けるように命じた。

左太夫は仙台藩抗戦派の巨頭として、降伏後、但木土佐とともに処刑されるのだが、もともと学究肌の温厚な人物であった。この動乱がなかったら、さらなる多くの著述を残して、後進の道を拓《ひら》くことになったろう。処刑時に四十七歳という若さにも拘《かかわ》らず、浩瀚《こうかん》な著作を残す。左太夫、名は誼茂《よししげ》、東海と号した。つとに林大学頭《はやしだいがくのかみ》の門に入って儒学《じゅがく》を修め、万延《まんえん》元年（一八六〇）には新見の遣米使節の一行に加わって、随員として見聞を広めてきた。この知識が、開国論を説くところとなったのは当然である。

会津藩に京都守護職の大命が下る文久二年（一八六二）より、玉虫は仙台藩公用方として京都・江戸を往来し、その見聞を筆記し、公文書を写し置き、また世上の噂《うわさ》を書き留め置くなどして、厖大《ぼうだい》な記録を残した。その編纂《へんさん》されたものが〈官武通紀《かんぶつうき》〉である。このほかにも〈航米日録〉〈夷匪入港録《いひにゅうこうろく》〉〈薩州記事〉〈長州記事〉等がある。これらの貴重な記録を無視しては、幕末動乱の記述は成り難い。

これほどの文筆の徒にして、奥羽越同盟の最も大きな戦闘力となった仙台藩兵を指揮して各地に転戦する勇武と不退転の強固な意思を持った武士であった。文武両輪のこの男が多くの将士の信頼を得ていたことは間違いない。

新選組の生き残りを率いた土方歳三が会津を去って仙台を目ざしたのも、かつて京洛《けいらく》に血風を巻き起こしたかれらへの仙台藩公用方たる玉虫の眷顧《けんこ》が幾分なりとも作用したのは疑いない。

二

「待ち兼ねていました」

と、玉虫は、榎本に会うなり言った。

「中将様のお喜びも一入《ひとしお》ですが、六十二万石、あげて、歓迎に沸いておる。承《うけたま》われば嵐に遭遇されたとか、修理の者も手配いたさせました。また城下に休息所も設けました。まずはゆるりと手足を伸ばされるがよい。医者も集めたゆえ、負傷の者、病人なども」

「忝《かたじけな》いが、海軍は常に船と共にありますから」

榎本は丁重に断わった。大破したとはいえ、一日でも船から離れていると落ち着かない。

それに修理の間、いちいち指図する必要もあった。

「修理が終えたら出航する心算《こころづもり》ですから」

とも言った。

これは玉虫左太夫には、衝撃だった。かれは眉《まゆ》をひそめた。

(われらを応援するためにきたのではないのか?)

左太夫は笑いを消して言った。

「中将様が是非にと申されている。お聞き及びであろうが、戦況は香《かんば》しくない。そこもとの来援で上下ひとしく、力を得たところゆえ」

左太夫は榎本がはっきりと断わらないうちに、巻きこんでしまいたかった。榎本にも思惑があった。

かれが仙台へ寄港した気持ちの中には、奥羽同盟救援の思いはほとんどなかった。あるいは、鹿島灘での遭難がなかったら、仙台には寄らなかったかもしれないと思われるほど、かれらの目はすでに蝦夷地《えぞち》へ向いていた。

品川沖を解纜《かいらん》するときには、仙台で大鳥圭介や土方歳三を拾ってゆくことは予定になかった。動乱の中では、親しい者の消息を知ることも難い。

事実、このとき、土方自身も蝦夷地へ行く気持ちは固まっていなかった。母成峠《ぼなり》の守りがあれほど脆《もろ》く崩れるとは、思ってもみなかったのである。

榎本には一応、仙台・米沢・会津三藩の置かれた状況を知る必要もあった。場合によっては、仙台藩全体を誘い込めるという望みを抱いたかもしれない。かれは玉虫左太夫の慫慂《しょうよう》に応《こた》えて慶邦に拝謁《はいえつ》する件を承諾した。

左太夫が榎本の招致に異常なほどの熱意を示したのは、薩長寄りの恭順派の擡頭《たいとう》を圧《おさ》える必要からでもあった。仙台の将兵の気持ちが、打ち続く敗北に動揺していることはわかっていた。榎本が来たというだけで、かれらも勢いづく。

艦隊が寒風沢に入港したのが八月二十六日。この日は会津城下の決戦から三日目である。決戦の前日に城下を去った大鳥圭介や土方歳三らはまだ仙台に到着していない。土方歳三と新選組の連中が会津からどの道を辿って仙台へ到ったかは判然としない。

土方は大鳥圭介と行を倶《とも》にしたように一般的には信じられているが、大鳥が仙台に入ったのは、早くとも九月十三日、正確な日時はわからないが前後の様子から見て多分十四日である。だが、土方歳三は、遅くとも九月二日には、仙台に来ていた。

当初、両者は同行していたと思われる。母成峠から退いて秋元原《あきもとはら》を彷徨《ほうこう》して、猪苗代に向かって進んだものの、すでに亀ヶ城が陥落したと聞いて、磐梯山《ばんだいさん》の裏へ道をとり、若松城下に向かったが、途中で応援の兵たちに何人も会った。

「すでに城下は囲まれてしまったぞ、そこら中、薩長土肥でもう駄目だ」

「これで会津もおしまいじゃ、おれたちは米沢へ行く」

かれらは口々に言った。

大鳥と土方は米沢へ向かうことにした。大鳥圭介や土方歳三の名を知らぬ者はない。敗残兵たちは、各地から会津を頼って来ていた者たちである。旗本もいたし、大名の家来も、薩長兵に土地を荒らされ家族を害された農民もいた。神官もいた。かれらは、大鳥圭介の指揮下に入ることに躊躇《ちゅうちょ》はなかった。

道々敗兵を吸収して米沢へ向かったが、しかし、かれらの志を受け入れるには、すでに米沢の藩論は動揺していた。

会津救解の主唱者であり、上杉謙信以来の信義に厚い名家である米沢藩も、西軍の侵攻の早さと、四囲の状況で、恭順論が噴き上がってきていたのだ。

まだ、降伏と決定はしていない。が、敗兵の受け入れを拒《こば》む命令が出ていた。それは情勢がすでに敗色に傾いていることを物語っていた。

「米沢領内には、われらを入れんというのか」

「上司よりの達しでござれば」

「裏切りだ、まことなれば、中将どのは降伏を仰せ出《いだ》されたのか」

「いや、それは……」

「わかった、米沢は同盟より脱する所存だ、そうだな、それで充分だ」

「行こう、米沢などに未練はない」

　と、土方歳三はいった。

　榎本が寒風沢に着いた同じ日、大鳥圭介は転じて塩川に出た。ここに数日布陣したのは、坂下《ばんげ》の会津軍と連携して、なお、反撃に出ようとしてのことだ。八月二十九日に、越後口の西軍が津川まで侵攻してきたと聞いて、大鳥は長岡からの敗兵と会って策戦を練ったが、すでに、そのとき土方歳三は、会津を去っていたと思われる。そうでなければ、九月二日に仙台に居合わせることができない。

　大鳥圭介はその後十日余りも、ともかく会津で努力した。母成峠の敗北に対する責任を自覚したのか、名誉挽回《ばんかい》の気持ちがあったのか。九月に入って米沢の降伏が聞こえてくると、各地に転戦したが利あらず、九日に小田村を出発して安達太良《あだたら》を沢尻《さわじり》峠越えで、十二日に福島に入っている。このとき、古屋佐久左衛門《ふるやさくざえもん》も衝鋒《しょうほう》隊を率いて同行しているが、会津藩の大《おお》庭恭平《ばきょうへい》、金子忠之進《かねこちゅうのしん》、籾山精助《もみやませいすけ》らも一緒だった。

大鳥が鶴ヶ城包囲軍攻撃の計画を捨てたとき、大庭たちは、はげしく諫《いさ》めた。放棄しないでくれ、と頼んだ。鶴ヶ城は持ちこたえる。内外呼応して、包囲軍を挟撃すれば、今のうちならば、まだ望みはある。大鳥と古屋たち外部からの応援の部隊の存在は、仙台や米沢からの救援がくるまでのつなぎとしても、必要だった。

ここまできて、会津を見捨てるのか、と、大庭たちは激昂《げっこう》した。大鳥が生粋の旗本でも、武士でもなかったことに、袖《そで》をふり払われてはじめて気がついたのである。

だが、大鳥は、会津を見捨てるわけではない、と言った。

「兵粮《ひょうろう》、弾薬が乏しくては、ろくに戦えぬ。福島には、小笠原《おがさわら》侯や竹中《たけなか》どのがいるはずだ。兵粮、弾薬を手に入れて、あらためて進撃する」

大庭らはやむなく、大鳥とともに、福島まで来た。だが、大鳥のその言葉は、一時《いっとき》の方便だったようである。

すでに、会津へ戻る気持ちはなかったのではないか。あったとしても、きわめて少なかったと思われる。

福島には、肥前唐津《からつ》藩主の世子の身ながら幕府老中をつとめた小笠原壱岐守《いきのかみ》（長行《ながみち》）や元陸軍奉行で若年寄並《なみ》の要職にあった竹中丹後守《たんごのかみ》（重固《しげかた》）がいた。

小笠原長行は老中の要職を二度もつとめ、かつて、長州征伐の最高責任者として広島に出陣、第二次長州征伐では小倉口総督となって戦った経験がある。フランス公使のレオン・ロッシュに軍艦や兵器の購入斡旋《あっせん》を依頼したほどで、兵庫開港に努力したし、幕府の終焉《しゅうえん》を支えた要人であった。かれは、奥羽越同盟の成立を知るや江戸を脱して会津に来たが、竹中とともに、福島に逃がれていた。大島圭介から見ると、この二人は本来、雲の上の存在であった。

土方歳三はむろん、会津藩家老たる山川大蔵《やまかわおおくら》も大鳥に一応の敬意をはらったが、あくまでもかれらが謙譲の故《ゆえ》であって、もともと、大鳥の出自や経歴は大したことはない。播州赤穂《ばんしゅうあこう》郡の医者の倅《せがれ》で、緒方洪庵《おがたこうあん》の門に入って、のち江川塾で蘭語を学び、砲術を習い、ジョン万次郎から英語を習うという努力が効を奏して、ようやく幕臣になれたのだ。禄米五十俵三人扶持（のち百石二十人扶持）だから、足軽《あしがる》に毛の生えたような身分である。だが、英蘭語に砲術・医術ができるというので、開成所洋学の教授となり、さらに幕府に歩兵の組織ができると、差図役頭取になった。

小笠原長行がロッシュとの話から実現したフランスお傭《やと》い士官によって幕府歩兵の撒兵《さんぺい》訓練が行なわれたことはよく知られているが、大鳥はそのはじめに、横浜でフランス士官により、撒兵操練の実習を受けている。フランス士官たちは一切日本語がわからなかったから、大鳥圭介の英仏語や砲術知識のすでにあることなどが大いに重宝され、歩兵の訓練を多少の齟齬《そご》はあっても、速やかならしめたことであろう。

こうした経歴だけに、小笠原・竹中・大鳥というコンビは、幕府最後の陸軍組織の首脳の復活といえる。だが、時すでに遅かった。

二日前——九月十日に二本松藩主丹羽《にわ》長国《ながくに》は降伏逃亡していたし、仙台の藩論も降伏に傾斜し、仙台藩兵を動かすことはできなくなっていたのである。

大鳥圭介は、小笠原・竹中両者に会って二本松城奪回策戦を提案したといわれる。奪回は成らぬまでも、会津若松を包囲攻撃している西軍の背後をおびやかす効果があるというものだった。

だが、仙台、米沢両藩兵が動かなければ、かれらの手勢だけでは如何《いかん》ともし難い。大鳥の率いるところ約二百、小笠原・竹中両者の手兵は合わせて、百に満たない。これでは圧倒的な西軍に抗するべくもなく、大鳥圭介はここに至って、すべてを諦《あきら》め、仙台を目ざしたのである。

したがって、大鳥の場合は、明らかに榎本武揚に会い、その率いるところの艦隊に便乗を目的として仙台入りしたといえる。

大鳥圭介の仙台入りに先立つ十日ほど前までに、仙台に集まった諸隊ならびに隊長らは左の通りである。

遊撃隊――人見《ひとみ》勝太郎《かつたろう》。陸軍隊――春日《かすが》左衛門。新選組――土方歳三。彰義隊――渋沢成一郎。大砲隊――関広右衛門《せきひろえもん》。伝習隊――滝川　某《なにがし》。神木隊《しんぼく》――酒井某。歩兵隊――隊長不明。一聯隊《いちれん》――松岡四郎次郎《しろじろう》。

このほか、勇義隊一大隊を仙台藩富田小五郎が率いて城南大年寺に屯《こ》し、回天《かいてん》一大隊は小梁川敬治《やながわけいじ》が率いて城東万寿寺《まんじゅじ》にあった。隊名は不詳だが、古田山三郎《ふるたやまさぶろう》も一隊を率いて定禅寺《じょうぜん》に屯集していたし、国境の笹谷《ささや》には、日野《ひの》徳次郎の農兵隊が駐屯して形勢を窺《うかが》っていた。

農兵隊といっても、かれらは士気が旺盛《おうせい》だった。米沢藩が盟約に背いて降伏したと聞くや徳次郎は激昂して、米沢の使者堀尾《ほりお》茂助《もすけ》を捕えて血祭りにあげている。

米沢ではこれを知って、徳次郎を捕えようとしたが、農兵に匿《かくま》われて行方知れずとなった。太政官に訴えて、ようやく投獄できたが、のちのことである。

フランス士官

一

仙台藩の去就は、会津にとって、死命を制するものであった。それは庄内《しようない》も同じであり、福島や二本松が領土の回復が成るかどうかでもあった。小笠原（長行《ながみち》）・竹中（重固《しげかた》）両者のほかに、これらの藩からも重臣たちがきていて、仙台、白石《しろいし》、福島の間に往来していた。

庄内からは中村七郎右衛門、山岸市右衛門、白井吉郎、戸田総十郎などが来ている。庄内もまた昨冬の江戸三田《みた》の薩摩邸焼き打ちの首謀者ということで、薩摩に仇敵視《きゆうてきし》されていた。

二本松の丹羽《にわ》侯と家族は米沢へ走ったが、腹心の植木二郎右衛門、浅見競《あさみきよう》などが仙台にとどまり、工作に当たっていた。福島も藩主板倉勝尚《いたくらかつあき》が城を捨てたのは七月二十九日のことで、二本松を西軍が占拠した日のことであった。

この板倉勝尚の行動は卑怯《ひきよう》の誹《そし》りを受け、もの笑いになったが、それというのも、西軍は、二本松を占領したことで、会津への攻め口を得たとして、それ以上の北進に無理をすることがなかったからである。

磐城《いわき》方面と越後方面の足場を固めて、包囲網を完璧《かんぺき》ならしめるため、いわゆる中通りの奥州街道の進撃は控えていたのだ。

西軍の見方としては、会津を陥《おと》すことが、この奥羽攻めの眼目であり、会津が陥《お》ちさえすれば仙・米は自ずからなびく、と踏んでいた。その会津攻めのための攻め口を確保しさえすれば、あえて福島を犯し、仙台領に突っ込む必要はなかったのだ。

ちなみに、このとき、会津から転じた板倉勝静《かつきよ》も仙台に在ったが、この板倉侯は、福島の板倉氏とは違う。親類ではあるが、福島のほうが分家で、勝静は、備中《びっちゅう》松山（現、高梁《たかはし》市）五万石の城主で、久しく閣老をつとめ、前将軍慶喜《よしのぶ》が片腕と頼んでいた。松平容保《かたもり》兄弟と同じく、慶喜が大坂城から深夜の脱出、東帰に強引に供を命じた者である。日光で西軍にいったん捕われたが、大鳥や山川らの東軍が救出して、会津に入り、米沢を経て、仙台に来ていたのである。

会津藩から来ていたのは、安部井政治《あべいまさはる》、永岡久茂《ながおかひさしげ》、井深恒五郎《いぶかつねごろう》、神尾鉄之丞《かみおてつのじょう》、柴守三《しばもりみつ》、柏崎才一《かしわざきさいいち》、土屋宗太郎《つちやそうたろう》、三瓶梶助《みかめかじすけ》、坂綱《さかつよし》、結城繁治《ゆうきしげはる》、松川信平《まつかわしんぺい》、雑賀《さいが》孫六郎らであった。

永岡敬次郎久茂は、仙台にあって但木土佐《ただきとさ》や坂英力《さかえいりき》らと交わり、藩論の会津救解を強固ならしむことに奔走して、その成果を得ていたが、しかし、大勢は日に日に、東軍に不利となり、櫛《くし》の歯の欠けるように、三十一藩同盟が欠け落ちていくのを歎《なげ》いて一首を賦《ふ》した。

独木誰レカ支エン大廈《たいか》ノ傾クヲ
三州ノ兵馬乱レテ縦横

羈臣《きしん》空《むな》シク灑《そそ》グ包胥《ほうしょ》ノ涙
落日秋風白石城

これは会津へ帰国しようとして、すでに若松が包囲されていると聞き、白石に引き返してきたときの作と伝えられている。

久茂は剛直であり、行動の人であったが、また詩人でもあった。かれの詩は多く残されている。久茂、字《あざな》は子明、敬次（二）郎は通称で、磐湖《ばんこ》と号す。天保十一年（一八四〇）の生まれで、このとき二十九歳。代々の世臣で禄二百五十石。十八歳で日新館大学に及第し、ついで江戸昌平黌《しょうへいこう》に留学を命じられた秀才で、視野も広く、剣技もすぐれ、北越戦線では、河井継之助とともに戦った。のちに思案橋《しあんばし》事件で捕われ獄死する。

榎本武揚が青葉城に登城して、伊達《だて》中将慶邦《よしくに》に拝謁《はいえつ》したのは九月三日であった。対面所に入る前に控えの部屋が用意されたが、榎本の一行を迎える仙台城では、奇妙な混乱が起こった。

榎本艦隊にはフランスのお傭《やと》い士官たちが数人乗船同行していて、榎本の登城を聞いて、是非中将様に目通りを願い出ているというのである。

「異人を登城させるのか」

遠藤吉郎左衛門が口元を歪《ゆが》めていった。

「榎本だけでよいのではないか」

遠藤は元、大藩士で、初名は虎之進、のち通称を主税《ちから》と賜わったが、昨年、吉郎左衛門と改称した。近侍《きんじ》より近侍頭となった。要領のいい男で、主君の信任を得たが、讒《ざん》にあっていったん失脚したものの、再び登庸《とうよう》され、内外の機密に参与して、才鋒《さいほう》をあらわした。昨夏には若年寄となって、相馬口に出撃、負傷して帰ったが、奉行に進み、役料二千石を賜わるようになった。要職に立って十五年。

玉虫左太夫は静かに訓《さと》した。

「フランス国はエゲレスやアメリカと違い、大公儀（幕府）の為によく尽くしたと聞く。かの者どもも三兵訓練のために、招かれた者で、この度《たび》も、榎本や旧幕臣の一挙に賛同しての乗船とあれば、殿からのお言葉を賜わってよいのではないか」

事情通の左太夫は賛成していた。が、遠藤の懸念は別の点にあったらしい。

「フランス国があげて味方してくれるなら宜《よろ》しいが、その士官どもは、いうなれば脱走ではないか、されば殿がお目通りを許されると、難しいことになる」

「いかにも。ウートレ公使とシャノワンという司令官の命令を聞かずに乗船したと申す」

左太夫は愉快そうにいった。

「近ごろ、かような痛快な話は聞いたことがない。遠いフランス国から、はるばるこの国へやって来たのは、何ほどかの禄米《ろくまい》の為でござろう、されば、かような時勢となれば、強きほうへ付いてこそ、故国への土産も持ち帰れる。江戸の有様を見ておれば異人にも、情勢の判断はつくであろうに、好んで、榎本に同船してくるとは、なんと近ごろ、珍しい話ではないか」

「よほどの気まぐれ者か、酔狂であろうか」

「わしはそう思わぬ」と、左太夫は、確信的な口調になっていた。「フランス国にも武士はいる。かれらは薩長の非道さを知り、あくまでも佐幕《さばく》たる武士の心ざまに打たれたか、想いを寄せての行動であろう。意気に感ずるものがあってのことじゃ、さなくては、損得ぬきのかような行動はできぬ。考えても見よ、かれらに何の得がある」

薩長土の軽輩らが上司を倒して成り上がり、藩の権力を握ったあたりから、討幕へ向かって時代の歯車は回転しだした。動乱の京師《けいし》にあって、つぶさに尊攘《そんじよう》運動なるものの実際を見聞してきた玉虫左太夫には、かれらの真意が見抜けていた。だからこそ、仙台六十二万石をあげて、会津救解同盟の主唱者たらしめ、抗戦を主張してきたのである。

薩長土の権力中枢にある連中の号する〝王政復古〟や〝世直し〟というスローガンが、いかにまやかしであるか。文久初年（一八六一）以来のかれらの行状を知る左太夫にして、はっきり否定できることであった。

ことに左太夫が嬉《うれ》しく思ったのは、尠《すく》なくとも、左太夫ほどは歳月の推移を見ていないフランス士官たちが、その中心人物であるブリューネ大尉がカズヌーヴ伍長《ごちよう》を連れて同行してきたことである。それはいみじくも、異人によって、日本の武士道が認められたということではないか。異人たちをも感動させるほど、この薩長の不義非道に対抗する関東、奥羽の反抗は正しかったことが証明されたのだ。

遠藤が納得しかけながらも、なお、一抹《いちまつ》の懸念を抱いているのへ、左太夫はとどめを刺すように言った。

「お忘れかな、遠藤どの。わが藩祖政宗《まさむね》公は、支倉常長《はせくらつねなが》をノイスパニヤに派遣されたほどの、開明な御方であった。あれから二百何十年経っている、夷狄《いてき》などというのさえ、もの知らずと嗤《わら》われよう。かれらも人間じゃ、ただ、国が違うというだけで、われらと心を通じる武士たちだ」

「仰せられる通りだ。よろしく御前に披露して下さい」

遠藤は深々と頷《うなず》いた。

しかし、遠藤吉郎左衛門のいうことにも一理あった。

かれらは、もはや同盟の破綻《はたん》と、薩長西軍への抗戦が終末に近づいていることを意識していた。

仙台藩六十二万石の責任を、かれは一身に負うつもりであった。だが、主君慶邦への罪の波及は、能《あた》うかぎり避けねばならない。

いま、慶邦が榎本や脱走フランス士官を引見することは、尠くとも、この九月二日において、未《いま》だ降伏恭順の意志がなかったことを意味する。

榎本が八隻の旧幕艦隊を率いて、品川沖を脱走したことは、太政官《だじょうかん》を激昂《げっこう》させた。過《す》ぐる江戸城開城の際、薩摩の西郷らは、この艦隊の引き渡しを要求していただけに、怒りは凄《すさ》まじかった。この時点で、薩長土肥は、この旧幕海軍に匹敵するだけの軍艦を持たなかった。それがあれば、品川沖を江戸湾を封鎖して攻撃すればよかったのだ。開陽丸などは隅田《すみだ》川《がわ》を遡《さかのぼ》れないから、撃沈されるか降伏するしかなかったわけだ。

人間は懐中が淋《さび》しいと根性もいじましくなる。西郷も大村益次郎《おおむらますじろう》らも、この艦隊を傷つけずに、手中に納めたかったのである。

その逡巡《しゅんじゅん》が、榎本らに脱走の機会を与えてしまったのだ。

前述したように、品川沖脱走が八月十九日。翌二十日、この艦隊と大部隊に背後からの攻撃を恐れたように、諸道の西軍は一斉に会津進撃を開始したし、二十一日には、鎮将府の名をもって、榎本の脱走を管内に布告して、艦隊が各領域の沿海に到るときは直ちに拘留《こうりゅう》せよと命じ、なお同盟各国に報じたが、さらに二十二日には、諸藩で外国人をひそかに傭うことを重ねて禁じている。

これは、ブリューネらが、たとえば仙台藩のお傭いになる気かもしれないと推測して、機先を制したつもりであろう。

会津藩や米沢藩で軍事顧問に就いたヘンリー・シュネルなどの活動にも、手かせを嵌《は》める意図であった。そのせいかどうか、ヘンリーはそのころ、会津から姿を消している。新潟にいって、弟のエドワード・シュネルの船に乗ったと思われる。

二

青葉城内表《おもて》対面所における榎本武揚、ブリューネ、カズヌーヴらと藩主慶邦の対面はきわめてなごやかな雰囲気で行なわれた。

榎本の忠告もあったが、ブリューネらが、靴《くつ》を脱ぐことをためらわなかったからである。遠藤たちが案じていたことの一つには、その習慣の相違がある。フランス人にかぎらず、欧米人は自室以外で靴を脱ぐことを嫌う。それは屈辱を意味するという。

だが、六十二万石の太守《たいしゅ》への拝謁には、やはりそれだけの礼を尽くさねばならない。

対面所の下段に榎本武揚が坐《すわ》り、さらにその下座でブリューネたちは椅子《いす》を与えられた。膝《ひざ》を折って正座はできないので、特に椅子を許されたのである。

「榎本和泉守《いずみのかみ》さまでございます」

慶邦が正面に坐ると、一揖《いちゆう》して、左太夫が榎本を示して言った。

「そなたの志は、兼ねて聞き及ぶ。こたびのこと、重畳《ちょうじょう》に思うぞ」

「御尊顔を拝し恐悦至極《きょうえつしごく》に存じまする」

榎本は型通りに拝揖《はいゆう》した。

慶邦はブリューネにも声をかけた。

「砲術に長《た》けているとか。仙台にとどまって、兵どもに大筒を教えてくれぬか」

とさえ言った。慶邦は降伏恭順など、一切考えていないようだった。

田島金太郎という通弁がいた。弱冠《じゃっかん》十八歳ながら流暢《りゅうちょう》なフランス語を話した。かれはブリューネが横浜に上陸した日からお傭い士官団の通弁見習いとして世話をした。フランス公使館には、メルメ・ド・カションという専属通訳がいた。田島は神奈川奉行所の出先機関としての運上所《うんじょうしょ》（税関）の低い身分だったが、向上心に燃えてフランス語を習得したものである。

ブリューネは、「キンタロ、キンタロ」と呼んで可愛《かわい》がった。田島はこの一年の間に、驚くばかりフランス語が上達していた。

ジュール・ブリューネ砲兵中尉がシャルル・シュルピス・ジュール・シャノワン参謀大尉とともに十五人の部下を連れて横浜に上陸したのは、昨慶応三年（一八六七）の一月十三日の事である。

団長格のシャノワン大尉は一八三五年生まれで、ブリューネは一八三八年生まれであり、三年の開きがあったが、シャノワンは十二月で、ブリューネは一月で、実際は二年の違いしかないと、いつもブリューネは昂然《こうぜん》として言った。一・六五メートルのシャノワンよりは七センチも上背《うわぜい》があるブリューネは二十九歳で、整った顔立ちに栗色の八の字髭《ひげ》がよく似合い、一行の中でも際立って人目を引いた。

徳川政府の要請で、レオン・ロッシュ公使の斡旋《あっせん》により、フランス陸軍から派遣されてきただけに、居留地の商館を守るために駐屯している軍隊とは使命感が違い、かれらは誇りに満ちていた。

ブリューネは長身でハンサムな上に、すべてに器用な質《たち》であり、絵もよくした。かれはいつも胸ポケットに鉛筆をしのばせていて、興味のある物を素早くスケッチする。来日二ヶ月後に大坂城でロッシュ公使の口ききで、将軍慶喜《よしのぶ》に拝謁がかなったときも、この特技を発揮した。

慶喜はこのフランス士官に好意を持ったようである。ブリューネの乞《こ》いに応じて、座を立ち、庭に降りてモデルになった。

　異例のことであり、側近らははらはらしていたが、慶喜はむしろ、面白がっているように見えた。

　ブリューネ中尉の鉛筆の動きが、速かったせいで、慶喜は耐える必要がなかったのである。

「もうできたのか」

　ブリューネが謝意を表して一礼したことで、慶喜は破顔した。鉛筆の速時性に驚きを示して、

「見せよ」

と、言った。

　近習《きんじゅう》がブリューネから受け取って、捧《ささ》げたのを見ると、慶喜は、ほう、と感歎《かんたん》の声をあげた。

　それはほとんど一筆描きで全身の羽織袴《はおりはかま》姿に草履《ぞうり》までを描き、まず頭部だけを立体的に陰《いん》翳《えい》を施したものだった。面長《おもなが》でおっとりした慶喜の貴族的な風貌《ふうぼう》が活写されていた。右手に扇子《せんす》を持ち、脇差《わきざし》のあたりで水平にかかげた粋《いき》なポーズである。

　おそらく、慶喜としては画像のためのポーズをとったこれがはじめてであろう。

　この上下のちぐはぐな奇妙なコントラストは、今日から見るとそれなりに興味深いが、むろん、顔だけで済ませるつもりではなく、後刻、衣服の部分も入念に描くつもりでいたのがそのままになってしまった。それが後世に残ることになった。

　ブリューネは絵を描くことが好きであった。かれの在日期間は二年半にすぎないが、その

間にスケッチしたものが多く現存する。激動の中で散逸したものも数えると、厖大《ぼうだい》なものになろう。

その絵はいずれも諷刺《ふうし》やいたずらな好奇心ではなく、真摯《しんし》な写実で作者の誠実さと日本という異郷への好意を感じさせるものである。

ブリューネによって幕兵の砲術訓練が成果をあげたことはいうまでもないが、かれのお傭い士官としての功績で特筆されるのは、三田の薩摩屋敷砲撃の指揮をとったことである。

大政奉還後も、なお幕府勢力の残存を憎む西郷吉之助《きちのすけ》（隆盛《たかもり》）は、腹心の益満休之助《ますみつきゅうのすけ》や伊牟田尚平《いむたしょうへい》などという異常なテロリストを江戸へ潜入させた。

「騒乱を起こすがよか、江戸が灰になっても構いもはん」

という命令を受けたかれらは、まず無頼者や浮浪者、囚人などを傭った。小伝馬町《こでんまちょう》の獄を破り、兇悪犯《きょうあくはん》を逃亡させて、これを三田の薩摩屋敷に匿《かくま》い、手先に使ったのである。

相楽総三《さがらそうぞう》などという男も、攘夷《じょうい》討幕熱に浮かされて利用されたあげく、かれらの手で処刑されるという愚かにも哀れな最期をとげているが、為政者への鬱憤《うっぷん》ばらしと、金銭に目がくらんだ犯罪者がほとんどだった。

三田の薩摩屋敷は、悪党の巣窟《そうくつ》と化した。商家への強請《ゆす》りにはじまり、脅《おど》し、強盗、殺人、放火は思いのままといわれて、かれらは狂喜した。天下の薩摩が庇護《ひご》してくれるのだ。江戸の市民たちは恐怖した。連日火災と殺人と押し込みがあり、それも集団での暴虐《ぼうぎゃく》だけに町奉行所の与力や同心では手が出せない。

市中取り締まりの任は庄内藩が任じられていた。強盗を捕えて白状させたことで、薩摩屋敷が巣窟と判明したのである。調子に乗った強盗らは、庄内藩の屯所に鉄砲を撃ちこんだり、遂《つい》に江戸城二ノ丸に放火して、十三代将軍家定《いえさだ》の未亡人、天璋院《てんしょういん》（島津斉彬《しまづなりあきら》の養女篤姫《とくひめ》）を連れ出そうとした。山伏《やまぶし》上がりの伊牟田がやったと伝えられる。

ここに至って、閣老らは決断を下した。慶喜の留守を預かるだけに慎重ではあったが、もはや放置できない。薩摩屋敷に掛け合い下手人《げしゅにん》らの引き渡しを要求した。が、為にするための騒乱である。薩摩屋敷の留守居は戸を開けずに突っ放した。

「当邸内に不審な者は居りもはん」

治外法権を楯《たて》にとっての抵抗である。

広大な薩摩好みの頑丈な門扉《もんぴ》がぴたりと閉ざされて、市中取り締まり庄内藩士たちは斬《き》り込むことができない。

事情を聞いたブリューネ砲兵大尉は、さっそく視察して攻撃計画をたてた。

「山砲と野砲をもってぶち破れば容易である」

ブリューネがたてた攻撃文書は六ヶ条からなり、旋条砲、カノン砲とも百五十グラムの火薬を使用し、千メートルの仰角射《ぎょうかくしゃ》を行なうことまで明記されている。かれは田島金太郎の肩を叩《たた》いていった。

「卑劣なサツマに、正義の鉄槌《マルテル・ド・ジュスティス》を下すのだ」

蝦夷へ

一

三田の薩摩屋敷に向かった藩兵は、庄内・上山《かみのやま》・鯖江《さばえ》・岩槻《いわつき》の四藩である。庄内藩は江戸市中取り締まりの役目に就いていて、その市中の屯所に鉄砲を打ち込まれるという目にあい、これが巣窟《そうくつ》討伐のきっかけとなった。

野伏《のぶ》せり強盗などを討伐するのに、士分を動員するほどのことはない、と高《たか》をくって、浪士隊である新徴組《しんちょう》と新整組《しんせい》とで三百人ほどをくり出させた。

上山藩松平家の方は、意気込みが違った。藩主自ら出馬し、槍《やり》隊・銃隊から大砲隊など総勢二百余人。これらの総指揮をとったのが、中家老の金子与三郎《かねこよさぶろう》で、金子はこの戦いで討死にするのである。

鯖江隊は大砲隊とも百人前後で、岩槻藩はもっとも少なく、五十人前後だったらしい。

これに対して、薩邸内の不逞《ふてい》浪人らの人数は五、六百人はいたが、正確な数はわからない。

討伐隊は三方を包囲して、背後の一方を開けておいた。窮鼠却《きゅうそかえ》って猫を噛《か》む、の死に物狂いの反撃を避けるためであった。

師走《しわす》二十五日の未明で、寒気が厳しく霜が雪のように降りていたという。その中であるいは甲冑《かっちゅう》を着込み、あるいは稽古《けいこ》用の革胴《かわどう》に小倉《こくら》の袴《はかま》、脛当《すねあて》だけをつけた姿などもあった。

庄内藩の指揮は石原倉右衛門《いしはらくらえもん》で、仰々《ぎょうぎょう》しい甲冑姿で、一きわ目を引いた。

不逞浪士引き渡しの談判が決裂し、戦闘がはじまったのは、午前七時ごろであった。

薩邸側からと攻撃軍の庄内藩と上山藩とでほとんど同時に撃ち出した大砲は、冬の朝の寒気を吹き飛ばす轟音《ごうおん》と火煙で三田の町々を驚かせた。

ブリューネ大尉の指揮による大砲方は、いずれも仰角《ぎょうかく》から照準の合わせ方まで、急ぎのレクチュアを受け、もっとも効果的に薩邸の長屋などを狙《ねら》って焼き玉を叩《たた》きこんで火災を生じせしめた。

薩邸では、大砲と小銃でしばらく応戦したが、的確な攻撃に音をあげた連中が、裏門からどんどん逃げだした。

わずか三時間に満たない戦闘であったが、薩邸は炎上し、降参した浪士ら百十一人、討死に五十一人を数え、完全な薩摩側の敗北に終わった。

このことが、翌年（慶応四年＝一八六八）の奥羽攻めとなるや、会津藩の次に庄内藩が逆賊として狙われることになったのである。薩摩の私憤といえよう。それも強盗団を飼って悪虐《あく》《ぎゃく》を続けさせた張本人の、逆恨みにすぎない。

このときの武功の第一人者は、大砲の総指揮をしたブリューネ砲兵大尉であることはいうまでもなかった。ブリューネは各藩の大砲を見て廻《まわ》り金杉橋《かなすぎ》に陣した大砲隊では、自ら発砲している。ブリューネには、幕府に招聘《しょうへい》された恩返しという気持ちもあったろうが、それだけではない。それだけだったら、この薩摩屋敷焼き打ちで充分だったはずだ。

ブリューネは、教え子である旗本たちの奥州路での反抗に心を打たれて、榎本武揚の率いる艦隊へ投じたのである。

フランス公使マクシム・ウートレもシャノワン大尉も、むろんこの内乱に加わることは許さなかった。幕府とは深いつながりのあるフランスとしては、長州や薩摩と結びついたイギリスに対抗上、幕府軍に肩入れする気持ちはあったが、しかし、参戦することは憚《はばか》られた。かれらの行動がフランス国を代表すると見られることを慮《おもんぱか》ったのである。

前公使レオン・ロッシュは老獪《ろうかい》だったが、ウートレは事なかれ主義で酒と女に目がなかった。前将軍徳川慶喜《よしのぶ》の水戸退隠と、上野彰義隊の惨敗を聞いて旧幕府軍の敗亡を思《も》った。血気のブリューネ砲兵大尉が、頻《しき》りに旧幕府と、佐幕派の人々への同情と共鳴を洩らしていたので、シャノワンにブリューネの足止めを計った。

だが、ブリューネは情熱的な男であり、フランス軍人がよく叫ぶガリア魂《だましい》の持ち主であった。シャノワンの説得を肯《き》かなかった。かれは、八月十七日のイタリー公使館における仮装舞踏会に出席し、花のような婦人たちとワイングラスをしきりに空け、談笑しつつ、ワルツなどを踊っていた。

同じく招待されたシャノワンとウートレは、その姿をローヴデコルテの間に散見しながら、

「ブリューネ大尉の周りは、いつも御婦人でいっぱいだ」「パリでモテる男は、ヨコハマでもモテますな」などと話し合っていたが、舞踏会も終わりに近づいて、ラスト・ダンスになるころには、ブリューネの姿は消えていた。

二人がそのことに気づいたころ、ブリューネは腹心のカズヌーヴ伍長を伴って、バッテイラで神速艦に向かっていた。

かれはシャノワンに手紙で一応、出奔の意を伝えていた。

シャノワンが、それを読んだのは、出奔直後である。

――余《よ》は既《すで》に貴下に辞意を申し出たにも拘《かかわ》らず、貴下は許諾しなかった。帰国の日を待っていたが、心中平穏ではなかった。トクガワ政府の厚意に対して何とか報いたいと考えていたがもはや忍耐は極限に達せり。余はトクガワの旧家来たち、愛する日本の生徒たちと行動を共にすることにする。

シャノワンはグラスを取り落とさんばかりに驚いた。

「軽率だ」

と、思わず叫んでいた。

「大尉、自重し給《たま》え、自重を……ああ、しかし、もはや……」

ガラス戸を押し開けると、潮風が待っていたように吹きこんできた。暗い海に船灯《ふなあかり》が美しく瞬《またた》いていた。陸軍軍法では、この行為は脱走と目される。脱走は銃殺である。

シャノワンはフランス軍事顧問団の団長格であり、ブリューネを右腕として信頼していた。性格的にはむろん相違があったが、二人の間に意見の衝突はあまりなかった。

シャノワンには、しかし、団長として、上官としての責任がある。ウートレ公使の要請でブリューネの説得に当たりはしたが、無理にも足留めしようという気持ちはなかったことが、ウートレに宛てた手紙からもわかる。

「――彼の行動は、軍規上許されるものではないが、その心情は理解できる」

と、同情しているのだ。なろうことなら、自身参戦したかったようである。

ウートレは激怒した。あの舞踏会の夜のシャノワンの態度から思うと、逃亡を知っていたのではないかとすら疑った。

開陽丸をはじめ八隻の軍艦汽船は八月十九日に解纜《かいらん》したが、ブリューネからの辞表を同封した手紙がシャノワンのもとに届いたのは、夕刻になってからだった。

一、ここにフランス陸軍大臣に提出すべき余の辞表を同封す。

一、余は旧部下たりしカズヌーブを同伴せり。かれ嘗《かつ》て余と同連隊にあり、その総(聡)明たると勇気とは余の感服せる所なり。日ならず二名の同僚が若干《じゃっかん》の下士と共に余と行動を共にすべく参加するであろう。

一、余はむろん、貴下の同意せざる辞職に就いては全責任を負うものであるが、しかし、余には余の言い分がある。

我々を本来の使命から遠ざけ、殊《こと》に現在起こりつつある実戦に参加せしめぬ命令には、余は大いなる不満を禁じ得ない。我々がいま本国に帰還することは、我々の使命の過去および現在を無価値にするものである。余はこの際フランス新公使の政策によって、害せられ失われたる我々の名誉を恢復《かいふく》する必要があると痛感する。

一、余らが前大君《タイクン》の兵に協力することは教官団の日本における第二の成功であると考える。かかる余の行動が貴下を煩労《はんろう》せしむると同時に、公使の政策に反するものであることは熟知している。

一、余らはいま旧門弟を介して北方の諸侯から招聘された。北方諸侯の連合軍は軍容を新たにし、開戦の準備を整えつつあり、その親フランス派たる友人らは、余らの指導を必要なりとしこれを採用すべきことを約した。

一、余は敢然フランス士官としての将来をなげうち、若き日本のために最善の努力を尽くし、余が日本において得た知己《しるべ》に酬いんと欲するのみである。

祖国フランスの国威を輝かすことなくんばただ死あるのみだ。フランス万歳、フランス陸軍万歳！

右の書簡の中にある同僚の下士官とは、歩兵下士ブュフィエー、歩兵軍曹マルラン、砲兵下士フォルタンの三人である。かれらは、一行を追うようにして、別の汽船で寒風沢《さぶさわ》に到着している。

大勢は西軍の有利と判断されたにも拘らず、かれらのほかにもフランス軍人の中に、任意参戦のため東軍に投じる者がいたことだ。

これらの者は、旧幕府に傭《やと》われたわけではない。自国の居留民保護と公使館の警護が目的で横浜沖に投錨《とうびょう》しているフランス海軍と陸軍からの脱走で、ミネルバー号の見習い士官コラッシュとニコール、上海《シャンハイ》からやって来た海軍砲術下士のクラトー、それから陸軍の退役下士のプラジーエとトリブー。

これらを合わせて榎本軍のフランス軍人は十人となる。ブリューネがこの隊長となった。

二

レオン・ロッシュは幕府の閣僚要人らと交流が深く、日仏の国際交流の功績は歴史的なものがある。むろん、当時の外交官は利益代表であり、時に恫喝的《どうかつてき》な態度に出ることも尠《すくな》くはなかったが、結果的には、幕府の兵制をはじめとする近代化を促進させることになったのも事実である。

そうした関係だけに、幕府の瓦解《がかい》と、東征軍の江戸侵攻は、ロッシュにとって、またフランスにとっても立場を困難なものにした。掌《たなごころ》を反《かえ》すには遅すぎた。ともかく、フランス政府は公使の更迭《こうてつ》を計り、ロッシュはこの五月（慶応四年）に日本を去った。

後任のウートレが、まず中立の態度を表明したことも、事態を静観する必要からだった。

そうしたフランスの立場を知りながら、ブリューネ大尉が同志を語《かた》って、榎本軍に投じたのは、軍人としても、駐日フランス人としても、はみ出した行動なのだ。

まだ日本国そのものも知らず、武士の心もわからない。

ウートレには、ブリューネの心情などわかるはずがなかった。

薩摩屋敷の攻撃に際して、ブリューネが野戦四斤《きん》砲の仰角を指導し、浪人たちが屯《たむろ》する長屋を焼き玉が直撃したが、それは会津藩士の正確な報告があったからだった。

当時、大名屋敷は一種の治外法権である。

ことに幕末になって幕府の力が弱ってきてからは、大大名ではその傾向に拍車がかかった。治外法権的な存在だったから、強盗たちを匿《かくま》うことができたわけで、容易に町方《まちかた》役人が踏みこめるようなら、巣窟にはならない。

益満《ますみつ》休之助や伊牟《いむ》田尚平《たしょうへい》に唆《そそのか》されたのちに赤報《せきほう》隊を結成する相楽《さがら》総三などが浮浪者や、やく、ざ者に金をばら撒《ま》いて集めているというのを知って、会津藩士の甘利《あまり》源次郎《げんじろう》が変名して潜入した。

不穏の企《くわだ》てを察したからであった。変名は原惣十郎《はらそうじゅうろう》、急場で募集した連中の中にまぎれたのだから、素姓の詮索《せんさく》などはされない。

かれは何喰《なにく》わぬ顔で、薩邸の内部を観察し、建物の位置、距離などを計って正確な図面を作った。これを事前に庄内藩に渡していたという。

広大な薩摩屋敷に、やたら砲弾を打ち込んでも、徒《いたず》らに費消するだけで効果はなかったろう。この図面があったればこそ、ブリューネは狙いをつけることができ、その効果により、強盗どもを、死傷、退散させることができたのだ。

庄内藩でも新徴組から、間諜《かんちょう》が潜入していたが、二人とも捕まり、一人は斬殺《ざんさつ》、一人は拷問のあと放免され、したがって、ろくに探ることができなかった。甘利源次郎の報告がなかったら、ブリューネも目標を定めることができなかったろう。

ブリューネとしては、〝お傭い〟の身分ではあっても、佐幕であることを自認していたのだ。

かれが榎本艦隊へ投じたのは、当然の成りゆきだった。

ブリューネとカズヌーヴは、榎本に付き添われ、仙台の青葉城で伊達慶邦《だてよしくに》に拝謁《はいえつ》した際、勝利の可能性を説き、協力を誓った。

このとき、薩摩屋敷の焼き打ちの話も出て、慶邦は身を乗り出して聞いた。慶邦には、この紅毛碧眼《こうもうへきがん》の青年将校の雄弁はむろん、通訳田島金太郎の解説で理解したのだが、縷々《るる》と述べるブリューネの自信に満ちた流れるようなフランス語の音律を耳にここちよいものに聞いた。

ブリューネたちに慶邦は引き出物を与えたが、かれらが退出してからも、しばらくフランス語の響きが、耳朶《じだ》に残っていた。その快い旋律は新しい夜明けを告げる早起き鳥の囀《さえず》りのようでもあり、奥羽同盟結成以来の心痛を払拭《ふっしょく》してくれるかのようであった。

翌九月三日もブリューネは青葉城に伺候している。この日はカズヌーヴも同行した。

この日集まったのは、仙台藩重臣はもとより仙台滞在の前閣老で備中松山城主だった板倉《いたくら》勝静《かつきよ》、若年寄などをつとめた永井玄蕃頭《ながいげんばのかみ》（主水正《もんどのしょう》）尚志《なおゆき》、遊撃隊長人見勝太郎《ひとみかったろう》、前陸軍奉行並《なみ》の松平太郎、榎本武揚、土方歳三らのほか、会津、米沢、庄内、一関《いちのせき》、上山各藩の代表らだった。

会津藩からきていたのは、永岡敬次郎（久茂《ひさしげ》）や南摩八之丞《なんまはちのじょう》（綱紀《つなのり》）、小野権之丞《おのごんのじょう》、中沢帯刀《なかざわたてわき》らであった。

この時期、すでに会津鶴ヶ城は包囲されていた。ここで仙・米が中心になって、一大反攻の挙に出れば、西軍は会津攻撃の背後を襲われる不安で動揺する。そこを鶴ヶ城から一斉に斬《き》って出る。

この内外呼応の戦法を、永岡敬次郎らが力説したのだが、仙台の但木《ただき》土佐、玉虫左太夫ら主戦派はすでに藩内での力を失っていた。

それに代わって、薩長寄りの恭順派が擡頭《たいとう》してきていて、この一大反攻策戦への積極的な賛同を得ることができなかった。

このことは永岡敬次郎に、おのれの弁舌の至らなさを歎《なげ》かせることになった。

それは、会津藩の挽回《ばんかい》の虚《むな》しきを痛感せしめたのである。

「残念です」

と、小野権之丞は、前夜、男泣きに泣いた。

「せめて、仙・米二中将に、同盟結成当時の意気込みがあれば」

「やむを得まい。所詮《しょせん》は他国だ」

南摩八之丞がなぐさめるように言った。中沢帯刀は黙って目を伏せた。

「他国の力を恃《たの》んだのが間違いであった。もはや致し方ない……」

永岡は、こみあげる悲憤の涙を見せまいとして、つと立ち上がり、縁端に歩いていった。

青葉城は、鬱蒼《うっそう》たる樹木に包まれていて、ただ夜空を剌《き》った森が黒々と目前にあり、それはこの力なく卑小な身を重圧で潰《つぶ》すかのように、迫ってくるのを感じた。

かれは、いつか微吟《びぎん》していた。先日作ったところの悲歎《ひたん》の詩であった。

　独木誰レカ支エン

　大廈《たいか》ノ傾クヲ

　三州ノ兵馬乱レテ縦横

　羈臣《きしん》空シク灑《そそ》グ

　包胥《ほうしょ》ノ涙……

南摩も中沢も顔をそむけた。何か言えば、かれらも涙があふれそうであった。

かれらに比べて若い小野権之丞だけは、しかし、まだ絶望を見せなかった。

「榎本どのにも、この案をもって、仙台藩を動かすように致せば、あるいは」

「左様、それが最善と考えるげんじょも」

と、諏方常吉《すわつねきち》も言った。

「成るか成らぬか、とにかく、最後まで力を尽くすことだ」

南摩が静かな言葉で結論をつけた。会津から離れているだけでも、籠城《ろうじょう》の苦難を思って居ても立ってもいられない焦慮があるだけに、絶望に打ち沈んでいると、気が狂いそうになる。

かれらは、その夜、うち揃《そろ》って国分寺の榎本を訪れ、会津の窮状を話して、協力をもとめた。

「もとよりです。そのためにわれわれは四方からやって来たのです」

榎本武揚は、派手な軍服の胸を叩かんばかりにして言った。鼻下の八ノ字髭《ひげ》が、かれらの眼には頼母《たのも》しく見えた。

この九月三日の会議では、その約束通り榎本は奥羽越列藩同盟の復活と勢力の結集を説き、一大反撃に出れば回復は容易だと力説している。

「──奥羽ノ地タルヤ、日本全国ノ六分ノ一ヲ占ム。而《しか》シテ其《その》軍人ハ殆《ほとん》ド五万ヲ算ス。此《こ》ノ土地ト此《この》兵トヲ以《もっ》テ、何《なん》ゾ上国ノ軍ヲ恐レン……」

上国の軍とは、京畿《けいき》を中心とした、いわゆる薩長連合軍であり、外国を知る榎本には、天皇とか王政復古とか錦旗《きんき》などという認識は一切なかった。

かれにとっては、ただ戦略と、軍隊・兵器の優劣だけしか、その計算になかった。きわめて近代的な軍人意識である。

「──機ヲ見テ軍略ヲ行フ、勝ヲ制スル決シテ難キニアラズ……」

と。

榎本がブリューネらを高く評価していたことは、続けてこう説いているのでもわかる。

「──然《しか》レドモ、兵ハ調練ヲ要シ、戦ヒハ兵学ノ原則ニヨリテ、活動セザルベカラズ。

依《よっ》テ此《ここ》ニ軍務局ヲ置キ、仏人二人ヲ雇ヒ、軍事、謀略ヲ決スルト共ニ、有為《うい》ノ士三四人ヲ選任シテ、外国教師ノ所見ヲ叩キ、緩急ノ用ニ供スル為、馬ヲ以テ便宜往復スベシ……」

この時点では、フランス軍人は、ブリューネとカズヌーヴだけで、他の者たちは遅れていたようである。

仙台の恭順派の連中も、しかし、このころまではまだ日和見《ひよりみ》を持していた。

したがって、榎本の威勢のいい言葉で、会議は抗戦持続ということになったが、以後の情勢はしだいに東軍に暗雲がかぶさってくるばかりで、主戦派の意気も挫《くじ》けてきたのである。

榎本もブリューネも、ついに仙台で、戦術を試す機会にはめぐまれなかった。

大鳥圭介や土方歳三たちが、会津を救うための援軍をくり出すことを強調しなかったのは、すでに大勢が、その不可能を日に日に明確にしていたからだ。

三

榎本武揚が仙台藩で活躍できなかったのは、フランス人のせいだとする説がある。仙台のような奥羽の地においては、紅毛碧眼の異人を受け入れるに抵抗があったと。

あるいは一部にそうしたものもあったかもしれない。が、奥羽だからという見方は偏《かたよ》っている。

会津若松にも米沢にも、シュネル兄弟が来ているし、異人への嫌悪感は少ない。が、仙台ではそれが一部にあったかもしれない。

事実、江戸の旗本たちの中にも異人嫌いが尠《すくな》くなかった。

つまり、心情的攘夷《じょうい》である。こうした人種・風俗の違いが齎《もたら》す感覚的な攘夷、それは思想と呼ぶほど大げさなものではないし、ちょっとしたきっかけで、容易に解消するものだった。

むろん、個々の気持ちに多少の差もあるし、嗅覚《きゅうかく》の違いもある。こうした異人嫌いと、攘夷を討幕の具にしようとする思想的なものとは同日に論じられない。

この旗本たちが、江戸をあきらめて、榎本の軍艦に次々とやってきた。

勝（海舟）の勧告にもかかわらず、榎本は品川沖に艦隊を浮かべて、さながら海上幕府の牙城《がじょう》を聳《そび》えさせていたのだから、江戸を放棄した幕臣たちが、最後の望みをつないできたのは当然である。

榎本が形勢を展望しながら品川沖にとどまっていたのは、そうした人々を吸収するためだったと思われるふしがあるが、かれはブリューネたちがすでに乗艦したあとに来た旗本らに対して、こういった。

「君たちが、ただ江戸脱出のために、この艦隊を利用しようとするのなら、お断わりする。即刻下船して貰《もら》いたい」

と。

彰義隊の連中は激怒した。こう直截《ちょくせつ》に断わられたのは、八番隊長の寺沢正明《てらさわまさあき》ら五名の幹部たちで、かれらは榎本の気持ちを打診に来たのだった。

市中に多くの同志が潜《ひそ》んでいる。勝利に傲《おご》る西軍による厳しい捜索が行なわれていて、彰義隊の残党は、五尺の身を置く場所すら失われている状態だった。

そのことを哀願すると、榎本はにべもなくはねつけた。エリートの冷たさと、洋行帰りの過剰な自信が、鼻持ちならない尊大さになっていた。とくに、この時期の榎本はそれが強い。

寺沢正明はあわてて言った。

「何も、逃げ場として頼んでいるのではない。われらにも志がある。いま一度、天下を回復したい、それが成らぬまでも薩長どもに一泡吹かせたい。このままでは、徳川家中《かちゆう》の士としてあまりにも無惨ではないか」

「榎本どのも、このまま海軍を薩長に引き渡すようなことはなさるまい。その気持ちの底には一矢報いる壮気があるはずだ。われらと志において差異はない。されば、小異を捨てて大同につくが賢明ではないか」

他の者も舌鋒《ぜっぽう》鋭く詰め寄った。

榎本はプライドの高い男である。あくまでも自分が寛大に、かれらを救ってやるというかたちを保持したがった。

「君たちの申し入れを受け入れるのに吝《やぶさ》かではない。同じ幕臣だ。だが、国際公法にもある通り、船の上では、艦長の権限は絶対だ。そのことを忘れないで貰いたい」

と、釘《くぎ》を刺すことを忘れなかった。

「実はもう一つ問題がある。君たちは異人嫌いと聞いておる。が、この軍艦にはフランス軍人が乗っている。三兵調練の指揮のためにお傭いになった者たちだ。中には存じ寄りの者もいよう、ブリューネとカズヌーヴだ。それから、まだいまにも、七、八人やってくることになっておる。これらは異人ながら武士の魂を持っておる。教え子が奥羽で戦おうというので、義に感じて、国籍を捨ててまで、応援しようとして来たのだ。こういう武士をヨーロッパでは騎士というのだ」

榎本はブリューネたちを引き合わした。旗本たちはブリューネと話してみて、このフランス士官がすっかり好きになった。遠い異国のこの地に来て、フランス軍人たる身分を捨てて、薩長の暴虐と戦おうと決意するほどの熱情は、旗本たちの心を打たずにいなかった。

ブリューネたちの作戦計画と榎本の力説によりいったんは抗戦に決した仙台藩が、それから半月ののちには、降伏恭順となったのは、仙台戊辰《ぼしん》史上の最大の汚点となった。続々と仙台を目ざしてやって来た武士たちは、最後の望みをこの奥羽最大の雄藩に託していたのである。それを裏切られたのだ。

大鳥圭介は仙台にやってくると、ブリューネが来ていることを知って驚いた。

「旧知の仲だ、すぐにも会いたい」

と言って、自ら大町一丁目の松ノ井屋敷に尋ねていった。

「お懐かしい、よくぞ御無事で」

ブリューネも大きな手で、大鳥の手を握りしめて言った。

「こちらへ来て、一緒に戦えるとは、まことに思いがけないことです。大いにやりましょう。サツマ屋敷を粉砕したように、サツマ軍やチョーシュー軍を吹っ飛ばしましょう」

大鳥圭介はのちに往時を回想した手記の中で、こう書いている。

——久々にて外国の旧師に遭ひ積年の恩義を謝し、時運の変遷を叙し、ブリューネも偶然旧識の友に会せしを喜び、手を握り涙潸々《さんさん》たり……。

関東各地に転戦し、会津では敗北ばかりを味わってきた大鳥圭介は、ブリューネに会って、この痛手を癒《い》やされた思いがし、新たな勇気が湧《わ》き出るのを感じたのであろう。

ブリューネへの評価は高く、かれへの期待は大きかった。

——予が横浜兵学校伝習以来の教師にて、年齢三十以内なれども、性質怜悧《れいり》にして、数学、築城学に長ぜり。

と。

またカズヌーヴのことについても、こう書いている。

——学術浅き人なれども、篤実朴実の性にして、西洋にても再三度戦場に出て、已《すで》にキリム役の時、セパストポールに行き戦ひし由《よし》なり、戦場にては鋭敏にして、臨機の策に長じ頗《すこぶ》る勇猛にして、兵隊に先立ち松前《まつまえ》進撃の時も、しばしば功あり……。

と。

会津攻めを中心とする奥羽戦争はいよいよ大詰めにきていた。その攻防の様相も仙台藩では情報蒐集《しゅうしゅう》に力を入れて、去就を定める資としてはいたが、東京の大総督府では、仙台藩

ある。
都合のよい内容のものであり、降伏勧告の具にしたものだから、その成文は察するに容易で
できないように、と勅書《ちょくしょ》を奉じさせた。勅書といっても、討幕の偽勅と同じことで、薩長に
それもただ、親戚《しんせき》の家老たちが来るというだけなら、主戦派が拒絶するに違いない。拒絶
の説得のために、親戚の伊予宇和島藩《いようわじま》から執政を赴かせるという手段を用いている。

宇和島藩執政桜田出雲《さくらだいずも》は、是が非でも、降伏恭順させて来いとの厳命を受けてきている。
使者は桜田以下五人である。かれらは、一方において、降伏恭順派の仙台藩執政石母田但《いしもだだじ》
馬《ま》と遠藤《えんどう》吉郎左衛門（主税《ちから》）と中島外記《なかじまげき》らを口説《くど》いた。この連中を唆《そその》かして抗戦派を屈服させ
るのだ。

すでに但木土佐は身を退《ひ》いていたが、抗戦論は松本要人《まつもとかなめ》や大内筑後《おおうちちくご》に引きつがれている。
が、これらは但木ほどに腹はすわっていない。

そのうえ、このところの情勢の不利と、大屋台の揺れのために、藩主慶邦は、歯痛に悩ま
されていた。

かれらがやってきたのは、九月九日。翌十日は御前において、一大評定《ひょうじょう》となった。武士
としての義を叫ぶ松本らも、伊達家の存続を計ることが忠義という石母田らの論法の前には、
声が小さくなるしかなかった。

こうして仙台藩は上下、降伏恭順に藩論の決定を見たのである。

「なんということだ、何が政宗《まさむね》以来の名家だ。おれは仙台藩士であることを今日ほど恥ずか

しく思ったことはない」

星恂太郎《ほしじゅんたろう》は悲痛なまでの声を放って、藩を呪詛《じゅそ》し、その率いるところの額兵《がくへい》隊二百五十人とともに榎本と同行を約し、寒風沢に向かったが、慶邦自身これを追って説得した。慶邦にとっては、文字通り伊達家の存亡の秋《とき》であったのだ。

榎本艦隊が寒風沢を出帆したのは、翌十月十二日。すでに仙台には、半月ほど前に長州藩兵二千余が入城していた。だらしない仙台藩は一発の砲も発せず、これを迎え入れている。

「然《さ》らば奥羽よ。われわれは、蝦夷《えぞ》の地に徳川の旗を翻《ひるがえ》そう」

土方歳三は、艦橋に立って、暫《しば》しの土地に別れを告げた。この艦隊に会津藩士たちが同船したことは、あまり知られていない。南摩や永岡は乗船しなかったが、小野権之丞や諏方常吉ら、土方や榎本らと運命を共にしようとする会津藩士たちがいた。蝦夷の地は、必ずしも未知のくにではない。すでに警備や探索のために北海に渡った先輩たちの著書や図解などで一応の知識は持っていたのである。

(蝦夷の地に新しい国家を建設するのだ、新しい会津のくにを!)

小野は諏方と顔を見合わせ、遠く水の果てに目を投げた。北の海へ、榎本艦隊は波濤《はとう》を蹴《け》って進んだ。

解　説

歴史・文芸評論家　高橋《たかはし》千劔破《ちはや》

『会津《あいづ》士魂《しこん》』は、幕末から戊辰《ぼしん》戦争までの混迷の時代を、会津藩主従を通して描いた大河歴史小説である。月刊「歴史読本」に昭和四十六年（一九七一）一月号から昭和六十三年十月号まで、十七年間にわたって連載された。執筆年月は足かけ十八年におよぶ。その間休載は、海外からの送稿がうまくいかず締切りに間に合わなかった一回のみであった。十八年という歳月を考えるなら、驚異的なことといわざるをえない。その間作者が病気らしい病気もせず健康に恵まれたこともあるが、途切れることがなかった最大の理由は、作者がこの作品に賭《か》けた情熱と使命感であろう。

作者早乙女貢《さおとめみつぐ》は、かつて、「私が書きつづけている『会津士魂』は、私にとって、父祖の呻《うめ》きであり、血を引く会津藩士四代目としての、書かなければならない宿命的な仕事なのである」と記した。早乙女貢の曾祖父《そうそふ》は、戊辰戦争で「西軍」に立ち向かった最後の会津藩士の一人なのである。

会津落城後、旧会津藩士たちは辛酸を嘗《な》めた。杜甫《とほ》の「国破山河在、城春草木深」という「春望」の詩はよく知られているが、会津藩士たちは、国破れたのち山河さえも奪われて寒冷不毛の地津軽下北《つがるしもきた》に追いやられ、結局は散り散りにならざるをえなかった。のみならず、「朝敵」「逆賊」の汚名を、一世紀近くの間被《き》せられつづけたのだ。

しかも、薩長《さっちょう》藩閥政権がつづいていた昭和の戦前までは、そのことに異をとなえることさえできなかった。戦後になってもしばらくの間は、薩長史観による幕末維新史が生きつづけていた。勤皇《きんのう》の志士を助ける鞍馬天狗《くらまてんぐ》は正義の味方であり、対する会津藩士や新選組《しんせんぐみ》は、退治されてしかるべき悪いやつらであったのだ。

会津藩士の末裔《まつえい》のみならず、無念の思いを持ちつづけた人は少なくない。『会津士魂』は、逆賊の汚名のもとに戊辰の戦火に散った武士《もののふ》たちへの鎮魂歌であるとともに、そうした人たちの無念と怨念《おんねん》を霽《は》らすために書きつづけられたものなのだ。作者としては、少々の熱や体調不充分で連載を休むわけにはいかなかったのである。

物語は、明治以降、尊皇《そんのう》・勤皇の志士の名のもとに正義とされてきた尊攘《そんじょう》派を、狂気不逞《ふてい》の輩《やから》と断じて徹底的に糾弾《きゅうだん》する。同時に、薩長を中心とする明治藩閥政府によってつくられた幕末維新史が、いかに欺瞞《ぎまん》に満ちたものであるかを厳しく追究する。

この『会津士魂』は、雑誌連載の終了を待って、新人物往来社により全十三巻の書籍としても完結し、翌平成元年度の吉川英治《よしかわえいじ》文学賞を受賞した。激動する歴史の変革期を敗者の視点から描いたダイナミックな歴史大河小説として評価されたのだ。

しかし、多少は胸のつかえがとれたものの、作者にとっても読者にとっても、無念の思いはなお消えない。その思いは『続 会津士魂』へと受け継がれることになる。

『続 会津士魂』は、引きつづき「歴史読本」の昭和六十三年二月号から連載され、一回も休むことなく平成十三年三月号で完結した。足かけ十四年、全八巻の書籍として正篇同様新人物往来社により刊行された。正続合わせて全二十一巻、原稿枚数にして約一万枚、三十一年の間、同一雑誌にほぼ休むことなく連載されつづけたのである。『会津士魂』は、本来は正続と分かれるべきものではなく、全二十一巻の一貫した大河小説とみるべきものだ。正続に分かれたのは、吉川英治文学賞受賞のからみと、出版社の販売上の都合によるもので、作者の意図したものではない。集英社による文庫本も親本の書籍に倣《なら》っているが、いずれ一本化されることを期待しよう。


早乙女貢が真に描きたかったのは、むしろ明治以降の会津藩士たちの行末であったと思われる。戦い敗れて故郷《ふるさと》の山河を奪われ、「賊」の汚名を被せられて流亡の民とならざるをえなかった彼らは、明治の世をどう生きたのか。

「会津の人たちの受難は落城にとどまらない。冷厳な環境の中から苦悩しつつ立ち上がってゆく。北海道に共和国を夢見る人々と、下北半島斗南《となみ》の地に一縷《いちる》の希望をつないで移住する人々と。それらの人々の姿に私は我が家の辿《たど》った道を重ね合わせて考えている」

『続 会津士魂』第一巻(新人物往来社版)のカバー袖《そで》に載る、作者の言葉である。

その『続 会津士魂』第一巻、すなわち本篇は、会津鶴《つる》ヶ城《じょう》開城直後からはじまる。

城門に無念の白旗が掲げられたのは、慶応《けいおう》四年九月二十二日の朝であった。すでに九月八日「明治」と改元されていたが、作者はあえて「慶応四年」とした。戦いの渦中にあって会津にすれば、敵の政府が号令した新元号を、すぐさま受け入れるなどありえないことであったろう。

奥羽《おうう》越《えつ》列藩同盟はすでに脆《もろ》くも崩壊し、各藩の落城や降伏開城が相つぎ、ついに会津が降伏したことで、戊辰戦争における奥羽最大の戦いは終わった。だが会津の城下は、勝ち誇った薩摩《さつま》や長州《ちょうしゅう》の兵に掠奪《りゃくだつ》の限りを尽くされ、無法の街と化した。その模様を記す作者のペンには、暴戻《ぼうれい》な「西軍」への憤《いきどお》りが満ち満ちている。

殺戮《さつりく》や強姦《ごうかん》、劫掠《ごうりゃく》が公然と行われ、掠奪した物を法外な値で元の持主に買い戻させるといった理不尽がまかり通っていた。もっともそうしたことは戦争にはつきものだ。だが作者が許すことができないのは、暴虐《ぼうぎゃく》の限りを尽くす無法な連中が、錦《にしき》の御旗《みはた》を掲げ天皇の軍隊・王師を標榜《ひょうぼう》していたからだ。さらにである。彼らは、累々《るいるい》と城下を埋める「東軍」側の死屍《しし》を、「賊の死体であり見せしめだ」といって、数ヶ月の間埋葬はおろか移動さえ許さずに放置した。人間として、同じ日本人として許すべからざることであった。どこが「官軍」であり正義の軍隊だというのか。

降伏した多くの会津藩士たちは、猪苗代《いなわしろ》や塩川《しおかわ》の地に謹慎させられ、その後配所に護送された。大多数は越後《えちご》高田《たかだ》に送られた。その中に鮎川兵馬《あゆかわひょうま》もいた。その後どうなるのか、絶望と不安が渦巻く日が、何ヶ月も続いた。その間、十二月に松平容保《まつだいらかたもり》の死一等が減じられ、翌明治二年五月十八日、会津藩家老萱野《かやの》権兵衛《ごんべえ》が、会津藩叛逆《はんぎやく》の罪を一身に背負って切腹させられた。その十日余りのち、兵馬は北見守之進と二人、番兵を斬《き》って越後高田を脱走する。

いっぽう、会津鶴ヶ城開城降伏に先立つ一ヶ月ほど前、品川《しながわ》沖を脱走した榎本武揚《えのもとたけあき》率いる旧幕府艦隊が、仙台松島《せんだいまつしま》湾の寒風沢《さぶさわ》に辿りついていた。彰義隊《しょうぎたい》の生き残りや旧幕府方の兵三千数百人が各艦に分乗していた。

明治元年十月、その榎本艦隊が寒風沢を出帆した。目指すは新天地蝦夷《えぞ》の地。艦上には、降伏前に会津から仙台へと向かった、土方歳三《ひじかたとしぞう》と新選組の生き残りや会津藩士たちの姿もあった――。

〈巻末エッセイ〉

私と早乙女貢《さおとめみつぐ》先生

会津松平家十四代当主
松平《まつだいら》保久《もりひさ》

早乙女先生には毎年九月、会津若松《あいづわかまつ》で行われる「会津秋祭り・歴代藩公行列」でお目にかかる。葦名《あしな》、伊達《だて》、蒲生《がもう》、保科《ほしな》、松平《まつだいら》と歴代の藩公に若松市民や各地からの参加者が扮《ふん》して市内を練り歩く時代行列で例年、多くの観光客で賑《にぎ》わう。私も毎年、松平容保《かたもり》役で参加させていただくのだが、早乙女先生の役は西郷頼母《さいごうたのも》である。西郷頼母は会津藩家老で、戊辰《ぼしん》戦争で会津城下に西軍が攻め入ってきた折り、その家族ら二十一名が悲壮な自決を遂げた事は広く知られている。その西郷頼母に扮する早乙女先生はいつも、驚く程はつらつとしておられる。

この行列、数時間に渡り市内を馬に跨《また》り練り歩く。乗馬の心得の無い私などお尻や、太ももが痛くなり結構参ってしまうのだが、早乙女先生はそんな様子は微塵《みじん》も感じられない。正に会津武士である。三十歳程も年若の私は情けない限りである。

今回、この巻末エッセイを書かせていただくにあたり、改めて『続 会津士魂』を読み進むうち、何度も馬上豊かな早乙女先生の姿が想い浮かんだ。

幕末の会津をテーマにした文学作品や映像作品は数多く存在する。幕末から維新の激動する時代に翻弄《ほんろう》される会津藩の歴史は、歴史時代小説の題材としては興味深いのであろう。

しかし、その多くが会津落城までを綴《つづ》ったもので、その後の会津の行く末を扱ったものは少ない。『続 会津士魂』は会津降伏の日から書き起こされており、明治新政府の下、会津の人々が辿《たど》った苦難の道が克明に記されている貴重な作品である。

私は常々歴史小説の果たす役割は非常に大きいと思っている。歴史ファンを自認する方は非常に多いが、それは多くの場合歴史小説や映像作品などがきっかけとなっているかと思う。学校で習う歴史の授業だけで歴史に興味を持つ人はあまりいないのではないだろうか。学校で習う歴史はいわば正史であり、歴史的事象の記録に過ぎない。多くの場合過去の歴史はその時代の権力者、いわば勝者の側の論理でまとめられた物だろう。勿論《もちろん》、それは歴史的事実であり記録としてはそれで良いのだが、そこには敗者の視点はあまり見られない。しかし、物事には必ず裏表があり歴史もまた然《しか》りである。歴史も視点を変える事で様々な表情を見せる。そうした事が出来るのが歴史小説の強みではなかろうか。人々はそこに描かれる世界に血の通った歴史を見つけロマンを感じるのであって、決して教科書にロマンは感じない。

それにしても早乙女先生はライフワークともいえる『会津士魂』（全十三巻）、さらに今回の『続 会津士魂』（全八巻）を完成されるのに三十年余の歳月をかけておられるが、これは並大抵の事ではない。早乙女先生御自身、会津の血が流れている事が大きな原動力になっているのは確かだが、それだけで出来る事ではない。現代において小説という武器を使い歴史と戦い、歴史の持つ違う表情を見せるんだという凄《すさ》まじい執念を感じる。正に今も会津武士として、早乙女先生は戊辰戦争を戦って来たのである。

我が家は毎年五月、家族そろって会津を訪れる。猪苗代《いなわしろ》にある土津《はにつ》神社（会津松平家初代藩主・保科正之《まさゆき》公が祀《まつ》られている）と、若松市内の院内御廟《ごびょう》（二代以下が祀られている）例祭に参列するためである。院内御廟というのは広大な敷地を持つ墓所で、小さな山全体が墓域となっておりそこに歴代の藩主、その家族の墓が多数存在する。私の父はこの全ての墓にひとつ、ひとつ手を合わせてお参りする。私も小さい頃からこれにつき合わされていたのだが、若い頃は正直言って「面倒臭いな、何もこんなに丁寧にしなくても」などと不謹慎にも思っていたものである。しかし、最近自分も中年となると実はこうした小さな事が歴史を後生《こうせい》に伝える為《は》には大切な事だと思えて来た。ひとつ、ひとつの墓前に手を合わせてその時代に想いを馳せ歴史を感じる事が非常に意味のある事なのではないか。

血の通った歴史、正史の裏にある歴史は放っておくと、どんどん風化し錆《さ》びついてしまうのではないか。誰かが積極的に関わっていかないとやがて消えてしまい、いわゆる正史しか残らないのだろう。我が家の墓参りと早乙女先生の執筆を比べるのも変な話だが、何か血の通った生きた歴史を伝えて行くという意味においては近いものを感じるのである。

早乙女先生の作品は徹底して会津贔屓《びいき》である、容保の血を引く自分にとっては嬉《うれ》しい限りであるが西軍の御血筋にあたる方には御不満もあると思う。しかしそれ故《ゆえ》に視点に揺れがなく力強い。膨大なリサーチと検証の上に数多くの登場人物によって時代が描かれて行く。読み進むうちにぐいぐいと早乙女ワールドに引き込まれて行く。小説はこれでなくてはと思う。様々な視点から自由に歴史を切り取り読者に見せてくれる、これこそが歴史小説の醍醐《だいごみ》味なのだ。今年もまた、二十一世紀に今も生き続ける西郷頼母にお目にかかれるのを楽しみにしている。

年表

（月日は旧暦、ただし一八七三年以降は新暦。月の下の数字は日を表す。）

西暦	和暦	日本・幕末明治会津藩の事項
一八五三	嘉永六	6月、アメリカ東インド艦隊司令長官ペリー、軍艦四隻を率いて浦賀に来航。
一八五四	嘉永七	1月、ペリー、神奈川沖に再来。3月、日米和親条約を締結。
一八五八	安政五	4月、井伊直弼大老に就任。6月、日米修好通商条約調印。9月、安政の大獄始まる。10月、徳川家茂第十四代将軍となる。
一八五九	安政六	5月、露・仏・英・蘭・米五ヶ国に神奈川・長崎・箱館の三港を開港。
一八六〇	安政七・万延元	1月、咸臨丸、米国へ向けて出航。3月、3大老井伊直弼、桜田門外で水戸浪士らに暗殺される（桜田門外の変）。
一八六二	文久二	2月、11将軍家茂と皇女和宮との婚儀（和宮降嫁）。4月、23上洛中の薩摩藩島津久光、同藩尊攘派志士を弾圧（寺田屋騒動）。7月、6幕府、一ツ橋慶喜を将軍後見職とする。9松平慶永（春嶽）を政事総裁職に任命。8月、21島津久光の行列護衛の薩摩藩士、英国人を殺傷（生麦事件）。閏8月、1会津藩主松平容保、京都守護職を拝命。10月、28三条実美・姉小路公知、幕府への攘夷勅旨の勅使として江戸着。12月、9朝廷、国事御用掛を設置。12尊攘派井上馨ら品川御殿山の英国公使館を焼き討つ。24松平容保、会津藩兵を率いて上洛。
一八六三	文久三	1月、2松平容保、はじめて孝明天皇に拝謁。2月、23尊攘派浪士、足利三代木像の首を賀茂の川原に晒す。清河八郎ら浪士組入京。3月、4将軍家茂、上洛し

		二条城に入る。4月、13清河八郎、暗殺される。15新選組、京都守護職の傘下となる。20将軍家茂、攘夷期限を5月10日と上奏。5月、10長州藩、下関で攘夷開始、米・仏・蘭艦を砲撃（下関事件）。6月、1米軍艦、5仏軍艦、長州藩砲台を報復攻撃。6長州藩の高杉晋作、奇兵隊を編成。13将軍家茂、海路江戸に戻る。7月、2薩摩藩、鹿児島湾で英艦隊と交戦（薩英戦争）。8月、18公武合体派による宮中クーデター（8月18日の政変）、三条実美ら七卿、長州へ（七卿落ち）。11月、1薩摩藩、生麦事件の賠償金10万ドルを英国へ支払う。12月、30松平容保、一ツ橋慶喜・松平慶永・山内豊信（容堂）・伊達宗城と共に朝廷より朝議参与を命じられる。
一八六四	文久四・元治元	6月、5新選組、池田屋に長州浪人を襲う（池田屋騒動）。12会津藩士柴司（次正）、土佐藩士を刺傷させ自刃。7月、11佐久間象山、京都で暗殺される。19会津藩兵、御所を守り、蛤門などで長州藩兵と交戦（禁門の変＝蛤御門の変）、長州藩士久坂玄瑞自刃。21真木和泉ら自刃。24長州藩追討の勅命で、幕府諸藩に出兵を命令（第一次幕長戦争）。8月、5米・英・仏・蘭四国艦隊、下関の長州藩砲台を砲撃破壊（馬関戦争）。11月、11長州藩、禁門の変責任者益田右衛門介ら三家老に自刃を命ず。
一八六五	元治二・慶応元	6月、24薩摩藩西郷隆盛、京都で坂本竜馬らと会い長州藩の武器購入の協力を約す。7月、21長州藩井上馨・伊藤博文、薩摩藩の仲立ちで英国商人グラバーより鉄砲を購入。9月、21将軍家茂、長州再征の勅許を受ける。
一八六六	慶応二	1月、21坂本竜馬の斡旋で、長州藩の木戸孝允と薩摩藩の西郷隆盛ら、薩摩と長州の同盟を密約（薩長同盟）。6月、7第二次幕長戦争始まる。7月、20将軍家茂

一八六七	慶応三	大坂城で死去。そのため翌月、征長停止の勅命が下る。12月、5徳川慶喜、第十五代将軍に就任。25孝明天皇急逝。 1月、9皇太子睦仁親王践祚、明治天皇となる。10月、14将軍慶喜、大政奉還上奏表を朝廷に提出。15大政奉還の勅許。24慶喜征夷大将軍の辞職を請う。11月、15坂本竜馬、京都の近江屋で中岡慎太郎と共に暗殺される。12月、9朝廷、王政復古を宣言。松平容保、京都守護職を免じられる。25旧幕府、薩摩藩浪士の江戸攪乱に対し、諸藩に薩摩藩邸の焼き討ちを命ず。
一八六八	慶応四・明治元	1月、3旧幕府軍、入京途中鳥羽・伏見で薩・長・土三藩軍と交戦(戊辰戦争始まる)。4会津白井隊、鳥羽街道で、上田隊、淀で奮戦。6松平容保・松平定敬、徳川慶喜に従い、軍艦開陽丸で大坂脱出、6日後江戸着。10朝廷、徳川慶喜・松平容保ら旧幕閣の官位を止め、京都屋敷を没収。17会津藩征討の朝勅、仙台藩に下る。 2月、3天皇親征の詔。9総裁有栖川宮熾仁親王を東征大総督に、板垣退助を東山道先鋒総督府参謀に任命。10松平容保、徳川慶喜により登城を止められる。12徳川慶喜、江戸城を出て上野寛永寺で謹慎。13恭順に傾いた会津藩用人神保修理、三田屋敷で自刃。22松平容保、江戸より会津に帰国、挙藩防戦を藩士に告げる。23旧幕臣の渋沢成一郎ら浅草本願寺で彰義隊を結成。月末までに会津藩士、藩主容保に続いて順次帰国。 3月、6大総督府、江戸総攻撃を命令。8会津藩、軍組織を改革し白虎隊などを組織。13西郷隆盛と勝海舟、江戸薩摩藩邸で会見(江戸無血開城談判)。19奥羽鎮撫総督九条道孝、仙台藩・米沢藩に会津征討を命じる。

4月、11江戸開城。徳川慶喜、水戸に退隠。旧幕府歩兵奉行大鳥圭介、江戸開城に反対し、兵を率いて脱出。19大鳥軍、北上し、宇都宮城を落とす。

閏4月、11奥羽列藩重臣、白石城に会し会津救解嘆願書提出に同意。12同嘆願書、総督府参謀世良修蔵に退けられる。20仙台藩士、世良修蔵を斬殺。会津藩兵、白河城を襲撃占領。26小千谷へ向かう西軍と会津軍、雪峠で戦う（北越戦争）。

5月、1白河城、西軍伊地知隊が攻略。3奥羽越列藩同盟が成立。輪王寺宮、奥羽越列藩同盟軍事総裁となる。7山川大蔵、大鳥圭介と今市で西軍に敗れる。15上野寛永寺の彰義隊敗れる（上野戦争）。輪王寺宮、品川から海路脱出。19長岡城陥落。25奥羽越列藩軍、白河城の攻撃開始。27西軍総督参謀板垣退助、白河城に来援。

6月、2長岡城の奪回作戦、河井継之助ら今町の西軍を攻撃。6輪王寺宮、若松城に到着。12東軍、白河城を総攻撃、奪回ならず。16西軍、三隻の汽船で常陸平潟港に上陸。

7月、17朝廷、江戸を東京と改称。24河井継之助ら、長岡城を一時奪還。26三春藩、西軍に降伏。29二本松城、落城。河井継之助、長岡城の攻防に敗れる。

8月、月初め、北越戦争終結。16河井継之助、会津へ逃れる途中で傷病死。21西軍、石筵口に殺到。22西軍、猪苗代を攻略し、十六橋を突破。23西軍、若松城（鶴ヶ城）下に迫る、白虎隊、飯盛山で自刃。

9月、4米沢藩、西軍に降伏。8明治と改元。15仙台藩なども西軍に降伏。21松平容保、家臣に開城の意を懇諭。22若松城を開城降伏。23会津藩士、猪苗代・塩川に収容される。24西軍、若松城受け取り。

一八六九	明治二	10月、12榎本艦隊、仙台寒風沢を出航。19松平容保・喜徳、謹慎場の会津妙国寺を後に東京へ出立。20榎本艦隊、蝦夷地鷲ノ木に到り上陸。22榎本軍、峠下にて政府軍の夜襲を破る。25榎本軍、函館五稜郭を入手。 11月、5榎本軍、松前城を制圧。13山川健次郎・小川亮の二少年、秋月悌次郎・小出鉄之助・真竜寺の僧河井智海に伴われ、越後の奥平謙輔のもとに赴く。15軍艦開陽丸、江差にて座礁沈没。榎本軍、館城を制圧。 12月、7松平容保・喜徳、死一等減じられ永預けに処す詔書下る。15蝦夷地平定と新政府樹立を宣言して選挙が行われ、総裁榎本武揚以下の幹部を選出。28米・英・蘭・仏・独・伊六ヶ国公使、蝦夷島政府に対する局外中立解除を宣言。 1月、5塩川謹慎の藩士は越後高田、猪苗代謹慎の藩士は東京に護送される。 3月、25宮古湾の海戦。 4月、9政府軍、乙部に上陸。12大鳥圭介指揮、木古内の戦い始まる。13土方歳三指揮、二股口の戦い始まる。17政府軍、松前城を奪回。29茂辺地・矢不来の戦い、榎本軍敗走。 5月、2仏士官ブリュネら仏艦コエトロゴン号に乗船、箱館を去る。11政府軍、箱館に向けて総攻撃。12政府軍、榎本武揚らに降伏勧告。18榎本武揚以下、五稜郭を開城降伏(戊辰戦争終結)。広尾の飯野藩保科家別邸にて萱野権兵衛、切腹。 6月、3松平慶三郎(容大)、会津御薬園にて生まれる。17諸藩の版籍奉還を許して旧藩主を藩知事に任命、公卿・諸侯の称を廃して華族となす。 7月、伴百悦・井深元治ら、束松峠で元民政局の久保村文四郎を斬殺。 8月、15蝦夷地を北海道と改称。

		11月、3松平容大、家名相続して華族に列し陸奥国に三万石を賜わり、後に斗南藩と名づく。この年の春、ヘンリー・シュネルに率いられた会津藩士の一団が渡米。カリフォルニアに入植してワカマツ・コロニーをつくる。
一八七〇	明治三	1月、謹慎中の会津藩士、宥免の達しが出る。4月、16会津藩に斗南へ移住命令下り、翌日には第一陣が品川を出立、5月下旬より翌年閏10月にかけて新潟より五便出航。他に横浜からの太平洋北航、陸行もあり。6月、伴百悦、越後新津郊外の大安寺村で村松藩兵に囲まれて自刃。9月、2松平容大、会津御薬園を出立、新潟から海路にて斗南に向かう。12月、28米沢藩士雲井龍雄・旧会津藩士原直鉄ら、謀反の罪により処刑。
一八七一	明治四	1月、1山川健次郎、遣米留学生として横浜を出航。9払暁、広沢真臣、暗殺される。2月、18五戸から藩庁を移し、松平容大、田名部の円通寺を仮殿とする。3月、24松平容保・喜徳、正式に謹慎蟄居を解かれる。7月、14廃藩置県の令下り、斗南藩は斗南県となる。20松平容保・喜徳、田名部に到着。8月、25松平容保・容大・喜徳、斗南から東京へ移る。26贋札造りを行った佐藤雪之助・森金甚太郎・赤羽平助ら、斬首。9月、4斗南、七戸・八戸・黒石・館と共に弘前県と合併。23弘前県を青森県と改称、県庁を弘前から青森へ移転する。10月、27広沢安任、青森県三沢に日本初の洋式牧場・開牧社設立の許可を得る。11月、12岩倉具視を特命全権大使とする遣外使節団、横浜を出航。山川捨松・津田梅子ら女子留学生五名、遣米留学生日下義雄（石田五助）らを伴う。この年、カリフォルニアでおけい病死。

一八七二	明治五	1月、6松平容保・喜徳の御赦免令下る。6月、29米英臨時代理公使、同月4日に横浜へ寄港したペルー船マリア・ルーズ号乗船の清国苦力虐待に対し、取り調べを外務卿副島種臣に申し出（マリア・ルーズ号事件）。9月、12新橋・横浜間鉄道開業式。13マリア・ルーズ号乗船の清国苦力、清国使節に引き渡される。10月、2芸娼妓解放令が出され、娼妓の年季奉公制が廃止される。11月、9太陰暦を廃して太陽暦を採用、明治5年12月3日をもって明治6年1月1日とすること決まる。28徴兵の詔書および太政官告諭。29山城屋和助（野村三千三）、陸軍省の官金流用により、陸軍省内にて割腹自殺。
一八七三	明治六	4月、1柴五郎、陸軍幼年生徒隊に入る。5月、26遣外使節副使大久保利通、帰国。6月、25マリア・ルーズ号事件に関する日本・ペルー約定成立、露国皇帝に採決を依頼（翌々年5月29日、日本に賠償責任なしとの判決）。7月、23遣外使節副使木戸孝允、帰国。8月、3西郷隆盛、征韓の意見書を太政大臣三条実美に提出。17西郷隆盛の朝鮮派遣が内決、岩倉具視の帰国を待って正式決定することを決める。22松平喜徳、実家の水戸に復帰。9月、13遣外使節大使岩倉具視、帰国。10月、18三条実美、急病。23太政大臣代行岩倉具視、天皇に奏して朝鮮遣使を無期延期とする。西郷隆盛、辞職。25副島種臣・後藤象二郎・板垣退助・江藤新平ら辞職。
一八七四	明治七	1月、14岩倉具視、赤坂喰違にて高知県士族武市熊吉らの夜襲を受ける。2月、1憂国党、佐賀の豪商小野組の会所を襲う。4江藤新平・島義勇らの佐賀の乱に対し、熊本鎮台などに出兵命令、山川浩（大蔵）も陸軍少佐として出動。18江藤新平ら、佐賀県庁を占領。3月、1政府軍、佐賀県庁を奪回。7島義勇、鹿児島

		にて捕わる。29江藤新平、高知にて捕わる。4月、13江藤新平・島義勇ら、佐賀城にて斬罪梟首。6月、西郷隆盛、鹿児島に私学校を設立。
一八七五	明治八	6月、28讒謗律・新聞紙条例公布。9月、20江華島事件。11月、29新島襄、山本覚馬とともに同志社英学校（のちの同志社大学）創立。
一八七六	明治九	3月、28廃刀令布告。7月、12天皇東北ご巡幸に際し、青森県三本木原にて広沢安任が召され、牧事を問われて金50円を賜わる。8月、21若松県、磐前県と共に福島県と合併。10月、24熊本県士族太田黒伴雄らの敬神党、熊本鎮台を襲撃（神風連の乱）。27福岡県士族宮崎車之助ら、神風連に呼応して挙兵（秋月の乱）。28前参議前原一誠・奥平謙輔ら、熊本に呼応して山口県庁を襲撃しようとする（萩の乱）。29永岡久茂、前原一誠と通じて千葉県庁を襲撃しようとするが、事前に知られ捕わる（思案橋事件）。11月、5前原一誠、島根にて捕わる。12月、3熊本・福岡・山口にて士族反乱被告の処罰を決め、前原一誠ら斬首。
一八七七	明治十	1月、12永岡久茂、獄中死。29～31鹿児島私学校派、草牟田の陸軍火薬庫や磯の海軍造船所などを襲い、移送中の武器弾薬を奪う（西南の役の発端）。2月、7思案橋事件で永岡久茂と連携した井口慎次郎・竹村俊秀ら、斬首。15西郷隆盛、出陣。19鹿児島賊徒征討の詔勅下り、有栖川宮熾仁親王が征討総督となる。22西郷軍、熊本城を包囲、鎮台司令長官谷干城は籠城して防戦。3月、4田原坂の戦い始まる。18佐川官兵衛、西南の役にて戦死。20政府軍、田原坂を占領。4月、14陸軍中佐山川浩、熊本城を囲む西郷軍を撃破。15黒田清隆・山田顕義、熊本城入城。5月、26木戸孝允、没。9月、24西郷隆盛・桐野利秋ら、城山で自刃（西南の役終結）。

集英社文庫

続《ぞく》 会津士魂《あいづしこん》 一 艦隊蝦夷《かんたいえぞ》へ

2002年 7月25日 第1刷
2002年12月 7日 第2刷

定価はカバーに表示してあります。

著者 早《さ》乙《おと》女《め》 貢《みつぐ》

編集 株式会社 創美社

発行者 谷山尚義

発行所 株式会社 集英社
東京都千代田区一ツ橋2—5—10
〒101-8050
(3230) 6095 (編集)
電話 03 (3230) 6393 (販売)
(3230) 6080 (制作)

印刷 図書印刷株式会社

製本 ナショナル製本協同組合

ISBN4-08-747469-0 C0193